귀경찰의 리셋 라이프

The Reset Life

회귀 경찰의 리셋 라이프 39

초판 1쇄 발행 2024년 10월 17일

지은이 ǀ 한길
발행인 ǀ 최원영
편집장 ǀ 이호준
편집디자인 ǀ 박민솔
영업 ǀ 김민원 조은걸

펴낸곳 ǀ ㈜ 디앤씨미디어
등록 ǀ 2002년 4월 25일 제20-260호
주소 ǀ 서울시 구로구 디지털로32길 30 코오롱디지털타워빌란트 1301-1308호
전화 ǀ 02-333-2513(대표)
팩시밀리 ǀ 02-333-2514
E-mail ǀ papy_dnc@dncmedia.co.kr
블로그 ǀ blog.naver.com/gnpdl7

ISBN 979-11-364-5642-7 04810
ISBN 979-11-364-2581-2 (SET)

※ 저자와 협의하여 인지는 붙이지 않습니다.
※ 이 책은 ㈜ 디앤씨미디어(파피루스)가 저작권자와의 계약에 따라 발행한 것으로 본사와 저자의 허락 없이는 어떠한 형태나 수단으로도 내용을 이용할 수 없습니다.

한길현대 판타지 장편소설

Papyrus Modern Fantasy

회귀 경찰의
리셋 라이프

39

PAPYRUS
파피루스

1장. 유전자(2) ·· 7

2장. 다시 본청으로 ···································· 81

3장. 2012년의 시작 ································· 283

1장. 유전자(2)

유전자(2)

끼이익! 쾅!
어두운 밤, 횡단보도를 지나던 민영우의 몸이 허공을 날았다.

"비키세요! 비켜!"
"선생님! 302호 환자가……!"
"뭐해! 달려!"
생명의 위급을 다투는 순간이 너무도 많은 병원.
그 안에서 홀로 고요한 1인 병실에 민영우가 누워 있다.
-교통사고를 당했다고요.
"큭! 죄송합니다, 회장님. 횡단보도를 건너는데 갑자기 음주운전 차량이 덮치는 바람에……."
팔다리에 깁스를 한 민영우 변호사.

그의 얼굴에 진한 죄책감이 서려 있다.

"아무래도 몸이 이렇다 보니 계속 업무를 수행하는 건 어려울 것 같습니다. 저를 대신할 사람을 보내 주시면 업무 인계하겠습니다."

-……알겠습니다.

그 말을 끝으로 끊긴 전화.

"몸 괜찮냐는 말 한마디를 안 하네."

역시 이놈의 권력가들은 죄다 남 생각할 줄을 모른다.

얼굴을 구긴 민영우는 담배를 찾기 위해 손을 뻗었다.

드르륵!

"변호사님-!"

갑자기 문을 열고 들어와 치킨 봉지를 들어 올리는 사무장.

민영우의 얼굴이 확 펴진다.

"어서 와요! 어서! 맥주도 사 왔…… 크악!"

"괘, 괜찮으십니까, 변호사님?!"

"괜찮아요, 괜찮아. 그보다 맥주는 생맥주로 사 왔죠?"

"흐흐. 제가 누굽니까."

아득한 고통이 느껴진 옆구리를 부여잡은 민영우는 흔들리는 페트병을 보며 눈을 빛냈다.

'아, 다음에는 속도 조절 좀 해야겠네.'

변호를 그만둘 명분을 실감 나게 꾸미려다가 황천을 갈 뻔했다.

다음에도 이런 일이 있을 걸 대비한 훈련이 필요한 것

같았다.
 민영우는 닭다리와 맥주를 쥐며 배시시 웃었다.

　　　　　　＊　＊　＊

 그로부터 며칠 후.
 예기치 않은 보고를 전해 들은 이민석 회장은 눈을 가늘게 떴다.
 "……모두 사라졌다고?"
 "죄, 죄송합니다, 회장님."
 이민석 회장은 허리를 숙인 채 벌벌 떠는 비서를 차가운 눈으로 응시했다.
 마치 짜기라도 한 듯 모든 스폰녀들과 자신의 아들들이 함께 증발하듯 사라져 버렸다.
 심지어 그들을 감시하기 위해 붙여 둔 이들까지 전부.
 이것은 단순한 우연으로 치부할 수 있는 일이 결코 아니었다.
 '설마 최종혁 총경 그놈이?'
 이민석 회장은 고개를 저었다.
 종혁은 음주 폭행 사건으로 인해 근신 중에 있었다. 현재 움직일 수 있는 상황이 아니었다.
 '그럼 답은 하나군.'
 순간 눈을 섬뜩하게 빛낸 이민석 회장이 몸을 일으켰다.
 "차 대기 시켜. 연희동으로 간다."

"예, 예!"

스르륵!

차에서 내린 이민석 회장이 연희동의 저택 안으로 들어간다.

가정부가 잡아 주는 신발을 벗으며 들어간 그의 앞으로 추레한 몰골의 한 중년인이 스쳐 지나가다 깜짝 놀란다.

"이야, 이게 누구야? 민석아, 집에 자주 좀 와라. 이러다 얼굴 까먹겠다."

"형이야?"

앞뒤 모두 자른 이상한 말.

하지만 이민석 회장의 친형은 입술을 비튼다.

"아니, 너무 신중해서 돌다리도 두들겨 보는 누구답지 않게 제 뒷구멍도 제대로 못 닦기에 내가 대신 움직여 줬지."

뻐억! 쿠당탕!

갑자기 얼굴을 얻어맞고 쓰러진 이민석 회장의 친형이 멍하니 이민석 회장을 본다.

"……뭐냐, 이거?"

"선은 형이 먼저 넘었다는 거 잊지 마."

"이 새끼가!"

"뭐하는 짓들이야!"

"아버지!"

이민석 회장의 친형이 아버지 윤성철 의원을 억울하다

는 듯 쳐다보고, 이민석 회장이 서재에서 나오는 그에게 다가선다.

"아버지가 지시한 일입니까?"

아버지가 아니었으면 정치인은커녕 한량처럼 살았을 형.

아버지의 허락이 아니라면, 아버지가 인력을 빌려주지 않았다면 이 개 같은 일은 결코 벌어질 수가 없었다.

"결국 전 아버지의 것을 하나도 물려받을 수 없다는 거군요."

"……경찰 인맥을 말하는 거냐? 준석이가 빌려 달라기에 그러라고 했다. 저놈도 이제 곧 2선 의원인데, 본청 인맥 정도는 있어야지."

"제가 그딴 걸 말하는 게 아니란 걸 알고 계실 텐데요."

자신이 손을 쓰기 전에 먼저 움직여 최종혁의 인사이동에 개입한 아버지.

그 의도는 뻔했다.

아버지의 도움에는 항상 대가가 뒤따랐고, 이번에도 그 대가로 정치인인 본인이 나설 수 없는 더러운 일을 맡기려 할 것이 분명했다.

현진그룹의 지배 구조를 뒤흔들 만큼의 지분을 아버지가 들고 있는 이상, 그것을 거부하는 것도 불가능했다.

하지만…….

아들에게 똑같은 성을 쓰는 것조차 못하게 만들었던 아버지의 비정함도 지금까지 감내해 왔으나, 이번 일은 선을 넘어 버렸다.

"그룹의 지분을 무기로 삼는 것도 이젠 먹히지 않을 거 같으니, 제 핏줄들을 손에 쥐고 흔드시려는 겁니까?"

오랜 시간에 걸쳐 대주주들을 자신의 편으로 만들어 왔던 이민석.

이제 아버지 윤성철의 지분으로도 흔들리지 않을 만큼 기반이 만들어지기 시작하자, 이런 짓까지 저지른 것이 확실했다.

그 말에 윤성철 의원의 낯빛이 굳는다.

"야! 무슨 말이야! 네 핏줄이라니? 너한테 자식이 어디 있어?!"

"준석이는 들어가라."

"아버지!"

"들어가!"

깜짝 놀란 이민석 회장의 친형은 이내 눈을 빛내며 돌아섰고, 윤성철 의원은 몸을 돌렸다.

"들어와."

"제가 이제 아버지 말을 들을 것 같습니까?"

"내가 한 짓이 아니니까 들어오라고!"

'아니라고?'

믿을 수 없다.

그래도 이민석 회장은 뭐라고 지껄이나 한번 들어 보기 위해 안으로 따라 들어갔다.

"어떻게 된 일이야?"

"연기력이 정말 대단하시네요."
"방금도 말했지만 난 아니다."
"아닐 리가요."
 현진그룹의 비서실과 미래전략실의 사냥개들을 전부 풀었음에도 사라진 여자들과 아들들의 흔적을 전혀 찾을 수가 없었다.
 이러면 답은 하나다. 현진그룹보다 더 능력 좋은 사냥개들이 움직인 것이다.
 그리고 그런 사냥개들을 가지고 있는 사람이 공교롭게도 자신의 앞에 있었다.
"CCTV를 뒤져 봐도 찾을 수 없었다고? 그 인식 프로그램인가 뭐가도 써 봤어? 안 써 봤으면 지금 내가 경찰에 말해 놓으마."
"저도 경찰 인맥은 있습니다. 깔끔하게 사라졌습니다."
 감시역들이 사라지는 모습마저 찍히지 않았다. CCTV가 조작된 것이다.
"도대체 어떤 놈이……."
 윤성철은 도무지 믿기지 않는다는 듯 눈을 가늘게 떴다. 정말 아무것도 모르는 것 같은 그의 모습.
"저까지 속일 생각은 마십시오."
 하지만 믿을 수가 없다.
 새벽까지 아가씨를 옆에 끼고 놀며 국민들을 개돼지라 폄하하다가도, 낮에는 국민들 앞에서 웃음을 짓고 눈물을 짓기도 하는 게 바로 자신의 아버지였으니 말이다.

"이 멍청한 놈! 이런 짓을 벌이면 네가 어떻게 반응할지 뻔히 아는 나다!"

윤성철은 억울함에 눈을 부릅뜨며 소리쳤다.

자신의 둘째 아들 이민석은 속에 용암을 담고 있는 놈이다.

자신이 그어 놓은 선까지는 인내하지만, 그 선을 넘어 버리면 자신의 죽음조차 감수하고 다 같이 죽자고 용암을 터드려 버릴 놈.

그런 아들임을 알았기에 애당초 정을 이용할 생각을 하지 않고 오로지 거래로만 대했던 것도 있었다.

"……정말 아버지가 아니란 말입니까?"

"황금알을 낳는 거위의 배를 가르는 취미는 없어! 이 아비가 그렇게 멍청해 보이냐! 진짜 어떻게 된 일이야!"

"그럼 대체 누가……."

"빨리 말 안 해?!"

그는 다급했다. 이는 심각한 일이기 때문이다.

자칫 윤성철 자신에게까지 불똥이 튈 수도 있는 일.

아니, 지금 눈이 돌아간 둘째 아들 이민석이라면 세상에 자신이 윤성철 의원의 아들이라고 공표할 수도 있었다.

그렇게 되면 자신의 정치 생명은 끝이었다.

"일단 그년, 멍청하게 경찰에게 잡힌 그년은 어떻게 됐어?"

이민석 회장은 핸드폰을 들었다.

"나야. 김연진은 어떻게 됐지? 민영우가 보내 준 주소에 있는 거 맞아?"

-지금 막 확인했습니다. 잘 있습니다.

지이잉!

얼굴을 가리는 연진의 사진을 본 이민석은 고개를 끄덕이며 윤성철에게 보여 줬다.

"잘 있다는군요."

"……그년까진 찾지 못했다는 건가. 그럼 답은 하나군."

"예."

아무래도 연진의 위치에 대한 정보를 흘려야 할 것 같다. 그러면 다른 이들을 납치해 간 놈이 모습을 드러낼 테니까.

"아버지, 앞으로 제 의사를 묻지 않고 움직이는 일에 대해서는 그 어떤 대가도 지불하지 않을 겁니다. 그리고 멍청하게 잔머리나 굴리는 형에게도 말해 놓으세요. 이 따위로 행동해 봤자 제가 조카를 때린 건 사과하지 않을 거고, 그 빌미로 그 어떤 것도 주지 않을 거라고요."

이민석은 몸을 돌려 서재를 빠져나갔고, 남겨진 윤성철은 한숨을 내쉬었다.

'저놈이 내 뒤를 잇게 했어야 했나…….'

자신의 유전자를 가장 먼저 물려받은 장남이라고 영특할 줄 알고 대우해 줬는데, 언제나 실망스런 모습을 보이니 골치가 아프다.

다시 한숨을 내쉰 윤성철은 미간을 좁혔다.

'지금 민석이를 노려서 이득을 볼 놈은 없다.'

이민석이 그동안 해 온 짓이 알려진다 한들 현진그룹이 흔들리는 건 잠시였다.

곧 다른 이가 회장직을 대신하며 안정을 되찾을 터였다.

즉, 그를 노려서 이득을 볼 인물은 딱히 없다는 것이었다.

그렇다면 진짜 목적은 분명 그 뒤에 있는 윤성철, 자신일 터.

'나와 민석이의 관계를 아는 놈이라는 건데……'

하지만 그걸 아는 단 한 명은 이미 죽고 없었다.

미간을 좁힌 윤성철은 핸드폰을 들었다.

"나야. 찾을 놈이 있으니까 사냥개들을 풀어."

윤성철의 눈이 잔인하게 빛나기 시작했다.

* * *

"아니요."

담당 형사의 얼굴이 일그러진다.

자신 외에도 여러 명의 스폰녀들과 아들들이 있다는 걸 알게 된 후 하나같이 입을 다물었던 스폰녀들.

이민석 회장은 결코 살해 지시를 한 적이 없고, 모두 자신들이 독단적으로 저지른 짓이라고 진술했다.

그 이유를 모를 리 없는 담당 형사.

아마 자신들이 입을 다물면 이민석 회장이 자신을 더 각별히 여길 거라고 생각한 거다.

하지만 그건 오산이었다. 담당 형사는 그녀들에게, 아직 이십대에 불과한 그들에게 냉혹한 현실을 알려 줬다.

이민석 회장이 바라는 건 그저 자신의 피를 진하게 이어받은 후계자라고.

당신들 따윈 어떻게 되든 상관없다고.

그리고 교도소에서 20년, 30년씩 썩을 건데 돈이 무슨 의미가 있겠냐고.

그 말에 굴복해 버리고 나서야 그녀들은 진실을 말했다.

하지만 문제가 있었다.

"살해를 지시한 증거가 없다고?"

"네……."

담당 형사가 다급히 S톡 대화 내용을 살핀다.

그리고 이내 이마를 잡았다.

이민석 회장은 그 어떤 증거도 남기지 않았다. 있는 거라곤 그녀들의 증언뿐.

담당 형사는 취조실 유리 거울 너머를 바라봤다.

"치밀한 새끼."

그동안 다른 스폰녀가 있다는 사실조차 김연진 외에는 누구에게도 들키지 않았던 이민석 회장.

예상은 했지만 지독히도 치밀했다.

하지만 상관없다.

연진 한 명뿐이라면 모르겠지만, 다른 8명의 스폰녀들 모두 살해 교사를 받았다고 진술했다. 이민석 회장을 체포할 증거는 차고 넘쳤다.

하지만 종혁은 지끈거리는 관자놀이를 누른다.

현 상황에서 가장 큰 문제가 되는 윤성철 의원.

무려 6선 의원으로 정계에 막강한 영향력을 행사하는 정치인.

그런 그가 어떤 수작을 부릴지 가늠을 할 수 없는 이상, 먼저 함부로 움직일 수 없다.

"어떤 관계인지는 대충 예상은 가는데……."

정계와 재계가 지저분하게 얽혀 있는 건 흔한 일.

그렇다면 이민석 회장과 현진그룹을 무너트린다고 해도, 윤성철 의원을 잡지 못한다면 의미가 없었다.

분명 서로의 약점을 쥐고 있을 그들이었다. 윤성철은 이민석의 입이 열리는 걸 막기 위해서라도 어떻게든 그를 구하려 들 터였다.

그렇다고 시간을 계속 지체할 수도 없었다.

이대로 인사이동이 진행된다면, 자신은 다시 미국으로 가게 될 것이다.

"그러면……."

사건은 윤성철 의원과 이민석 회장의 입김이 닿은 경찰, 검사에게 이관될 테고, 판사가 판결을 내릴 터였다.

이것이 권력가들의 힘.

이번 싸움은 시간 제한이 있는 지독히도 불리한 싸움이었다.

"쯧."

종혁은 담배를 찾아 손을 내렸다.

지이잉! 지이잉!

"응? 이분이 왜……? 예, 여사님."

압구정 김 여사다.

계림그룹 사건 때 도움을 줬던 권회수의 지인이자 서민들의 희망, 의로운 사채업자 구옥순의 뒤를 이은 사채 시장의 큰손 김단향 여사.

-요즘 골치 아프지?

종혁의 눈이 빛난다.

"……제게 이렇게까지 관심이 많으실 줄은 몰랐는데요."

-시간 되면 넘어와.

종혁은 그 말을 끝으로 통화가 끊긴 핸드폰을 묘한 눈으로 바라봤다.

* * *

쿵!

"예?"

그녀가 꺼낸 믿기지 않는 말에 종혁의 눈과 귀가 먹먹해진다.

"다시 얘기해 줘?"

심드렁한 표정을 지은 김단향이 다시 입을 연다.

"한 35년 전쯤이었을 거야."

시간은 70년대로 거슬러 올라간다.

아직 김단향이 구옥숙 여사에게서 독립하기 전, 구옥숙

여사의 곁에서 일하던 시절에 윤성철 의원이 구옥순 여사에게 선거 자금을 빌리러 온 적이 있었다.

그런데 희한하게 웬 꼬맹이의 손을 잡고 함께 왔었다.

"살쾡이처럼 매섭게 치켜떠진 눈이 꼭 윤성철을 닮았었지."

어린애답지 않게 과묵했고, 무심했다.

"그런데 윤성철이 그 꼬맹이에게 하는 꼴이 참 요상했어."

마치 사채업자에게 돈을 빌리려면 이렇게 하는 거라며 하나하나 세심하게 가르쳤고, 꼬맹이는 마치 다 알아듣는다는 듯 고개를 끄덕였다.

참 요상한 광경이었고, 윤성철 의원이 꼬맹이를 데려온 건 그날이 처음이자 마지막이었다.

"이후 재선에 성공한 윤성철은 승승장구했지."

김단향도 이후 잊고 살았다. 하루에도 수많은 사람들이 사채업자 사무실의 문지방을 넘나드니까.

"그런데 한 10년 전쯤이었나? TV에서 그때의 꼬맹이를 보게 된 거야."

젊은 기업가 이민석 회장.

솔직히 믿기지 않았다. 그때도 얼핏 봤던 것이라 착각하는 줄 알았다.

하지만 아니었다. 눈매가 딱 젊은 날의 윤성철을, 그날 돈을 빌리러 왔던 윤성철의 눈을 그대로 빼다 박았다.

그래서 단번에 알아봤다.

"1남 3녀."

윤성철 의원의 자녀 숫자다.

"그런데 하나뿐이라는 아들의 얼굴이 내가 본 그 얼굴이 아니었어. 그때 그 아이처럼 눈매가 날카롭지 않고 흐리멍덩했지. 꼭 제 어미처럼."

거기까지 말한 김단향이 종혁을 보며 입술을 비튼다.

마치 이게 무슨 뜻이겠냐는 눈빛으로 질문을 던진다.

"혼외자식이라는…… 겁니까?"

"이번 일본 일에 대한 정보값은 이걸로 치른 거야. 바쁠 텐데 가 봐."

단호한 축객령에 마치 귀신에 홀린 듯 비척비척 김단향의 사무실이자 한옥 저택을 나선 종혁이 담배를 문다.

찰칵! 치이익!

"이민석이 윤성철의 혼외자식이라……."

생각보다 더 긴밀한 커넥션이다.

그리고 생각보다 더 큰 스캔들이다.

'보였다.'

이민석과 윤성철을 한꺼번에 보낼 방법이.

종혁의 입술이 비틀렸다.

"예, 검사님. 회 어떠십니까? 횟감은 윤성철 의원입니다."

쿵!

수화기 너머 강철선 검사가 입을 떡 벌렸다.

-뭐, 뭔 말이고? 갑자기 윤성철 의원이라니?! 너 그 양반이 어떤 양반인 줄 아나!

"이민석 회장이 윤성철의 자식이랍니다."

정계의 엄청난 권력가 중 한 명인 6선 의원 윤성철.

오랜 정치 기간만큼이나 다양한 혐의를 의심받았으나, 어떠한 증거도 찾을 수 없었던 그.

그런데 이민석 회장이 윤성철 의원의 비자금을 관리했다면?

자금 세탁을 하고 있다면?

이건 대한민국을 뒤집을 게이트가 될 수 있다.

"경검 합동 특수본으로 가시죠."

─……미쳤나, 진짜! 쪼, 쬠만 기다리래이! 마! 검사장님께 전화해서 대검 중수부 창고 쫌 열어 달라 캐라! 뭐 하노! 전화 걸라꼬─!

대한민국 모든 권력가들의 비리와 약점이 때를 기다리며 잠자고 있다는 대검찰청 중앙수사부의 사건 창고.

통화를 종료한 종혁은 담배 연기를 길게 내뿜었다.

"그럼 나도 움직여 볼까?"

지이잉!

"음?"

핸드폰을 확인한, 연진의 곁을 지키고 있는 경호원이 보낸 문자를 확인한 종혁은 재빨리 연진의 SNS 계정에 접촉했다.

[젊은 기업가와의 만남! 팬이에요, 회장님!]

"……요것 봐라?"

이민석과 연진이 함께 찍힌 사진.

이민석이 이상한 짓거리를 하고 있었다.

아무래도 자신의 스폰녀와 아들들을 데려간 이를 찾으려는 수작인 것 같았다.

"예, 서장입니다. 하던 일 관두고 올라오세요. 이민석 땁시다."

입술을 비튼 종혁은 몸을 돌렸다.

* * *

찰칵! 치이익!

"후우우."

어두운 밤, 연진이 머무는 단독 빌라의 정문이 훤히 보이는 골목. 차 안에서 불꽃과 함께 하얀 연기가 뿜어진다.

"미쳤냐? 담배 안 꺼?"

"에이, 한 대 정도는 괜찮잖습니까."

"왜? 우리가 여기 있다고 아예 광고를 하지?"

"개미 새끼 한 마리 안 지나다니잖습니까."

"끄라고."

입맛을 다신 사내는 담배를 끄는 순간이었다.

부아앙!

멀리서 가까워지는 오토바이 소리에 얼른 마스크를 올려 쓰는 그들.

이내 오토바이가 지나쳐 가자 한 사내가 무전기를 든다.

"어디로 가는 거야?"

-저희 쪽으로 오고 있습니다.

"후."

다시 마스크를 내린 그들은 한나절 동안 빌라의 정문을 뚫어져라 쳐다보느라 피로해진 눈을 어루만진다.

다시 그 순간이었다.

부우웅!

느릿하게 그들의 앞을 스쳐 지나가는 외제차 한 대.

또 다른 집으로 가겠거니 하며 심드렁하게 쳐다보던 그들은 차가 연진의 빌라 앞에 서자 다급히 마스크를 끌어 올린다.

"모두 주목!"

순간 긴장의 끈이 팽팽하게 당겨지는 무전기 너머의 사냥개들.

이윽고 멈춰 선 차에서 내린 3명의 괴한이 담벼락을 넘어 빌라 안으로 들어간다.

그리고…….

콰장창!

"꺄아아악!"

안에서 들리는 비명 소리.

그리고 1분도 안 되어 빌라의 문이 열리며 괴한들이 연진을 끌고 나와 차에 싣는다.

부우웅!

"……쫓아!"

키리릭! 부르릉!

골목골목에서 쏟아져 나와 이리저리 흩어지는 차들.

무작정 흩어지는 게 아니다. 은밀한 미행을 위해 흩어지는 것이었다.

"예, 의원님. 말씀하셨던 놈들이 나타났습니다. 지금 미행 중입니다."

-손자, 아니 아이들만 데려와.

"예."

통화를 종료한 사냥개들의 리더는 볼을 세로로 가로지르는 흉터를 매만지며 비릿하게 웃는다.

"참 한결같으시지."

저들이 도착할 곳에 있는 존재들 중 아이들만 빼고 모두 죽여 버리라는 뜻.

'그나저나 손자라······.'

리더는 고개를 저으려 손자란 단어를 머릿속에서 지워버렸다.

말실수가 아니다. 이건 시험이다.

주인의 일을 궁금해하는 개새끼 따윈 삶아져야 하는 법. 혹시라도 말실수를 했다가는 그날이 바로 제삿날이다.

"서대문구 방향으로 가고 있습니다."

"3호 차, 가까이 붙어."

-수신.

부아아앙!

"어?"

순간 속도를 높이는 미행 차량.
뒤따르는 사람들의 얼굴이 하얗게 질린다.
"쫓아!"
"네, 네!"
부아아아앙!
질세라 다급히 속도를 높이는 차량들.
12시의 늦은 밤, 도로에서 추격전이 벌어졌다.
"남대문시장 방향으로!"
-좌회전했습니다!
"뭐해! 얼른 따라붙어! 아니, 앞을 막아! 막으라고, 새끼들아! 현진 애들한테도 전파해!"
텄다. 들켰다.
이제 남은 방법은 하나. 강제로 입을 열게 만드는 것뿐이다.
리더가 이를 악물며 칼을 꺼내 든다.
'경찰이 도착하기 전에 목숨만 붙여서 사라진다.'
저녁 12시의 늦은 밤. 차량이 별로 돌아다니지 않는 도로다 보니 과속에 대한 신고가 들어갔을 터.
그가 칼끝의 날카로움을 다시 점검하는 순간이었다.
-어?! 건물로 들어갑니다!
"나도 봤어! 바로 따라 들어……?"
오싹!
순간 그의 눈에 들어오는 거대한 건물과 그 입구를 지키고 있는 푸른 제복의 남성들.

건물의 맨 위에는 이렇게 적혀 있었다.

[경찰청]

'함정!'
"그, 그냥 지나쳐-!"
그가 그렇게 외치는 그때, 정면에서 터진 상향등들이 그의 눈을 잠시 멀게 만든다.
그리고······.
부아아아앙! 끼이이이익!
경찰 본청 앞 8차선 도로의 앞뒤를, 그들의 앞뒤를 틀어막는 수십 대의 차량.
탁! 탁탁!
"······빌어먹을."
리더는 앞뒤를 막은 차들에서 내려 다가오는 수십 명의 경찰을 보며 이를 악물었다.

-하, 함정입니다! 어서······ 회장님! 크악! 막아!
"······."
현진그룹의 회장실, 종료 버튼을 누른 이민석 회장이 몸을 일으키는 순간이었다.
우당탕!
시끄러워지는 바깥.
이윽고 회장실의 문이 열리며 십수 명의 경찰이 안으로

들어온다.

"이게 뭐하는 짓입니까!"

"공무집행 중이라니까 그러네. 여기 체포 영장 안 보여요?"

몸으로 막는 비서를 옆으로 밀어낸 대광해수욕장 영아 살해 및 유기 사건의 담당 형사가 앞으로 다가와 수갑을 꺼내 든다.

"이민석 회장님, 여기 체포 영장 보이시죠? 당신을 12명 영아 살해 교사 및 유기 교사, 방조 혐의로 체포합니다."

철컥!

"당신은 묵비권을 행사할 권리가 있고……."

담당 형사의 입에서 흘러나오는 미란다 원칙.

그러나 이민석 회장은 담당 형사가 아니라 그 뒤에 서 있는 덩치 큰 사내, 종혁을 차가운 눈으로 응시한다.

"어디서부터 속은 겁니까."

자신이 언제부터 종혁에게 속고 있었을까.

처음 종혁이 자신을 찾아왔을 때부터?

아니, 그런 건 이제 상관없다.

"최종혁 총경, 날 적으로 돌린 게 얼마나 후회할 짓인지 곧 알게 될 겁니다."

"예, 예. 이거나 처드세요."

빠드득!

이민석 회장은 종혁을 죽일 듯 노려보며 끌려갔다.

* * *

서울 강남의 일식집.
윤성철 의원과 현몽준 의원이 술잔을 기울인다.
"그동안 격조했습니다. 허허."
"죄송합니다. 당의 일이 바쁘다 보니 같은 당사에 있으면서도 이렇게 한잔 기울일 여유가 없었습니다. 건강은 괜찮으십니까."
6선 의원으로 당의 원로인 윤성철 의원.
"아직 정정합니다. 허허허."
챙!
둘은 술잔을 부딪치며 그동안 쌓인 이야기를 나눴다.
하지만 결국 직업이 직업인지라 정치 쪽으로 화두가 틀어질 수밖에 없었다.
"대통령과의 대화는 잘 이뤄지고 있습니까?"
"끙. 아픈 곳을 찌르시는군요."
박명후 대통령과 현몽준 당대표. 여당과 야당. 보수와 진보.
서로 대립을 할 수밖에 없는 관계였다.
게다가 많은 국민이 반대하는 강 보수 사업을 하고 있으니 총과 칼만 안 들었지 매일이 전쟁이다.
"허허허. 정치란 원래 그런 것이지요."
서로의 생각과 사상이 달라 싸울 땐 또 싸우더라도, 필요할 땐 양보할 건 양보하며 합치하는 것이 바로 정치 아니겠는가.

"그래도 요즘 현 대표를 보면 참 대단하단 생각이 듭니다."

어쩔 땐 일 년에 10개가 넘는 법안을 발의하는 현몽준 당대표.

대선 레이스를 시작하려면 아직도 1년이 넘게 남았는데도 벌써부터 차기 대통령은 현몽준이라는 말이 나돌 정도로 국민들의 인기가 대단하다.

현몽준 당대표가 여론을 제어하는 게 아니다. 정말 국민들이 그렇게 외치는 것이다.

그래서 배가 아프다. 생각 같아선 당장이라도 찢어 죽이고 싶다.

하지만 그럴 수 없음에 윤성철은 슬그머니 화제를 돌렸다.

"마치 제가 젊었을 적 이 국회에 들어왔을 때의 모습을 보는 것 같다고 할까요."

"하하. 그렇습니까. 그렇다니 정말 다행입니다. 모두 국민들의 성원과 제 젊은 친구 덕분입니다."

종혁이 사건을 해결할 때마다 법의 허점을 꼬집는데 어떻게 가만히 있을 수 있을까.

현장의 목소리는 너무도 쓰고 아팠다.

"최종혁 총경이라고 했던가요?"

"오. 아십니까? 이번에 경무관으로 진급을 한다고 합니다. 선물이라도 주고 싶은데, 저보다 더 부자다 보니……

허허."

"설마 현 대표만 하려고요. 지나온 세월이 다르잖습니까."

"아닙니다, 아니에요. 저와는 비교도 할 수 없이 대단한 친구입니다."

"……정말 아끼시나 봅니다."

"만약 제게 그 또래의 딸이 있었다면 어떻게든 결혼을 시켰을 겁니다. 저번에 일본에서 돌아온 이후 만났을 때 어땠는지 아십니까?"

"허헛!"

팔불출 같은 현몽준의 모습에 윤성철이 속으로 미간을 좁힌다.

계속 종혁에 관한 이야기만 나와서 그런지 갑자기 느낌이 불길해졌다.

하지만 그는 이내 곧 고개를 저었다.

이 술자리는 거의 한 달 전에 잡은, 종혁과 얽히기 전에 잡은 약속이었다.

윤성철은 마음을 놓으며 술잔을 들었다.

바로 그 순간이었다.

"그래서 왜 그러셨습니까?"

오싹!

윤성철이 딱딱하게 굳은 얼굴로 현몽준을 본다.

두 눈에서 감정이 사라져 있는 현몽준.

"제가 그리 우습게 보이셨습니까."

"……현 대표의 정보력을 우습게 봤군요. 그런데……."

윤성철이 술잔을 내려놓으며 입술을 비튼다.

"고작 일개 경찰 때문에 나와 대립각을 세우려는 겁니까. 고작 그놈 하나 때문에 차기 대통령을 포기하려는 겁니까."

윤성철 자신은 6선 의원이자 당의 원로다.

자신과 자신의 파벌이 반대하기 시작한다면, 과연 차기 대통령에 도전이라도 할 수 있을까.

박노형 전 대통령이 무리한 개혁으로 인해 당이 갈라지다 못해 새로운 당을 창당했듯이, 당이 다시 갈라질 수 있다.

"차기 대통령 포기라……. 글쎄요. 굳이?"

굳이 너의 도움이 필요하냐는 눈빛에 윤성철의 표정이 딱딱하게 굳는다.

"허허. 우리 당 대표께선 자신이 있나……."

지이잉! 지이잉!

'어떤 놈이!'

하지만 그는 무시하려고 했다. 지금은 전화보다 현몽준과의 대화를 마무리 짓는 게 중요했다.

그 끝이 파국이든 그렇지 않든 말이다.

하지만 전화는 계속 울렸다.

"급한 것 같은데 받아 보시죠."

"내 잠시 실례하겠……!"

발신자를 확인한 윤성철 의원이 혀를 차며 다시 앉는다.

사냥개 리더의 전화. 지금은 받지 않아도 될 전화였다.

그런데…….

"받지 않으시려는 겁니까? 정말 급한 전화일 텐데요?"

오싹!

현몽준의 차분한 눈빛에 섬뜩함을 느낀 윤성철 의원이 자리를 박차고 일어나려는 순간이었다.

똑똑!

문이 두들겨지는 소리와 함께 철렁 내려앉는 윤성철의 심장.

"들어와요."

스르륵!

문이 열리며 강철선이 들어온다.

"이렇게 두 분을 만나 뵙게 되어 영광입니더. 서울 중앙지검 특수부의 강철선 부장이라예. 그런데 제가 지금부터 쪼금 실례를 할까 하는데…… 괜찮겠습니꺼?"

"난 걱정 마시고 볼일 보세요."

"현 대표! 네놈이 결국……!"

"감사합니더. 윤성철 씨, 2005년도 경기도지사로 계실 때 안양의 재개발에 개입한 적 있으시지예? 산업 재해도 일나고, 탈세 의혹도 생기고, 로비 의혹도 생기고, 공사를 담당하던 건설업체 사장은 그 때문에 자살하고. 그것 때문에 왔심더."

"……국회의원에겐 불체포특권이 있다는 걸 모르나!"

"하모요. 제가 검사인데 그걸 모를 리가 있겠습니꺼."

물론 불체포특권은 회기 중일 때만 효력이 발휘되며,

회기 중이 아닐 때는 상관이 없는 문제였다.

그러나 재적 의원의 4분의 1만 동의해도 언제든 임시국회를 열 수 있는 탓에, 당에서 작정하고 소속 의원을 보호하려고 나선다면 국회의원을 구속할 방법은 없었다.

"그러니 일단 선전포고를 하러 온 거라예. 국회에 체포동의안이 내려갈 텐데 잘 막아 보시라고예. 그럼 수고하이소. 큰 결례를 끼쳤습니더."

강철선은 마지막으로 현몽준에게 고개를 숙이곤 돌아섰고, 윤성철은 현몽준을 보며 이를 악물었다.

"정말 싸우자는 것이로군."

"전 이미 싸우자는 걸로 알았습니다만."

빠드득!

"내일 국회에서 보지!"

"그러면 내일 뵙겠습니다."

쾅!

거칠게 닫히는 문을 일견한 현몽준은 술잔을 들며 종혁에게 전화를 걸었다.

"여기도 시동 걸었습니다, 최 서장."

─······괜찮겠습니까?

"하하. 제 걱정을 하시는 겁니까?"

현몽준은 정말 진심으로 웃었다.

"걱정 마십시오. 윤성철 의원이 당의 원로이자 6선이라고 해도 저 역시 6선이니까요."

같은 급, 아니 이쪽은 당대표다.

현몽준은 은은한 미소를 지으며 술잔을 입으로 가져갔다.
　'우리 당도 이제 물갈이를 할 때가 됐지.'
　국민에게 믿음을 주지 못하는 정치인이란 소리도 이젠 지긋지긋하다.
　현몽준은 미래를 위해 큰 결단을 내렸다.

　검찰과 수사관이 가득한 복도를 빠져나온 윤성철이 이를 악문다.
　'안양 재개발에 관한 걸 검찰이 알고 있을 줄이야!'
　대검찰청 중앙수사부다. 대검 중수부의 창고에 보관되어 때를 기다리고 있었던 것이다.
　'그런데 왜 하필?'
　내년 대선레이스에 참가한다는 소식을 밝힌 것도 아닌데, 왜 끄집어져 나온 것일까.
　그의 머리가 팽팽 돌아간다.
　"의, 의원님!"
　"어디 갔던 거야! 지금 당장 의원들에게 연락하고……."
　"그, 그보다 이민석 회장님이……!"
　"뭐?!"
　윤성철 의원은 눈을 부릅뜨며 핸드폰을 봤다.

　　　　　　　　＊　＊　＊

　서로 죽이지 않으면 죽고 마는 전쟁의 포문을 연 건 이민석 회장의 체포 소식이었다.

　현진그룹 이민석 회장 밤사이 체포?!
　죄목 신생아 12명 살해 교사 및 유기 방조!
　이민석 회장! 혼외자식들을 죽이다?
　9명의 첩?! 현대판 아방궁!
　딸과 장애아는 NO? 아들만 OK?
　모든 것은 후계자를 만들기 위해서? 사람을 도구로 취급하는 기업가의 실체!

　척척척!
　정장을 차려입은 일단의 무리, 현진그룹의 법무팀이 본청의 복도를 걷는다.
　그런 그들을 보며 인상을 찌푸리거나 호기심 어린 표정을 지으며 비켜서는 경찰들.
　종이컵을 입에 문 종혁이 자신에게 다가오는 그들을 보며 눈을 빛낸다.
　결국 종혁의 앞에 선 20명의 현진그룹 법무팀.
　"최종혁 총경님?"
　"예. 제가 12명 영아 살해 교사 및 유기 방조 특별수사대책본부의 본부장, 최종혁 총경입니다."
　"말씀은 많이 들었습니다. 현진그룹 법무팀장 김한준입니다."
　"이런 곳에서 대법원장님을 뵙게 될 줄은 몰랐습니다."

전 대법원장 김한준.

시작부터 전관예우의 끝판왕이 행차한 것이다.

"그러게 말입니다. 더 좋은 자리서 만나 뵀으면 참 좋았을 텐데……. 아, 총경님 기수들의 활약은 익히 들었습니다. 정말 대단하더군요."

경찰대학교를 졸업한다고 해서 모두 경찰이 되는 건 아니다.

그중 일부는 판사, 검사, 변호사가 된다. 일명 경찰대 라인.

"으하핫! 그렇습니까? 저희 기수가 좀 그렇습니다!"
"회장님은 어디 계십니까?"
"저쪽에 계십니다."

고맙다 고개를 끄덕인 그들은 안으로 들어갔고, 종혁은 침을 뱉었다.

"씹새끼가 초장부터 협박질이네."

이제부터 너희 기수 판사들이 괴로울 거라는 협박.

"컥! 그, 그렇게 말해도 괜찮은 겁니까?"

이번 특수본을 위해 콜업을 한 최재수의 말에 종혁은 코웃음을 쳤다.

"쌍욕 정도는 해야지."

곧 저들의 반격이 시작될 테니 말이다.

아니, 이미 시작됐다.

"봐."

경찰, 증거도 없는 체포? 경찰이 기업을 죽인다!
혐의를 부인하는 이민석 회장!
경찰 특수본 본부장 최종혁 총경, 자격 논란?

종혁의 눈빛이 차갑게 가라앉았다.

* * *

한편 유치인 면회실.
"다들 나가 있어."
고개를 숙인 법무팀이 면회실을 빠져나가자 법무팀장이 이민석을 응시한다.
"특수본 본부장과는 무슨 관계입니까?"
원한에 의한 수사였냐는 물음.
이민석은 고개를 저었고, 법무팀장은 고개를 끄덕였다.
"아침부터는 본격적인 공세에 들어가도 되겠군요. 그러면 어디까지 사실입니까?"
이민석은 손을 까딱였고, 법무팀장과 함께 남아 있던 비서가 얼른 그의 손에 담배를 쥐여 준다.
찰칵! 치이익!
"……전부."
"한 시간 전 경찰에 검거된 비서실과 미래전략실 직원들도 모두 같은 의미입니까?"
이민석은 고개를 끄덕였고, 법무팀장은 눈을 감았다.

법복을 벗고 현진그룹에 올 때까지만 해도 참 더러운 일을 많이 하겠구나 각오를 했던 그.

그러나 이 정도로 고약한 일을 맡게 될 줄은 몰랐다.

"어떻게 될 것 같아?"

"몇 시간만 버티십시오."

최종혁에 대한 자격 논란에 불을 지필 장작들을 준비해 놨고, 일부는 이미 투입됐다.

여론이 움직이기 시작하면 특수본의 본부장은 바뀌게 될 것이고, 그때 특수본에 이쪽의 끈이 닿은 경찰을 집어넣는다면 끝이었다.

"역시 믿을 만하군요."

아버지 윤성철도 이를 도울 것이다.

'이번엔 지분을 얼마나 줘야 할지 모르겠지만…….'

그래도 교도소에 들어가는 것보다는 나았다.

이대로 교도소에 들어가면 몇 년을 살고 나올지 알 수 없는 상황.

그러면 지분은커녕 그룹을 통째로 빼앗기고 말 터였다.

이민석이 입술을 비틀며 어깨에 힘을 빼는 순간이었다.

"저, 저기 회장님……."

"왜 그러지?"

"그, 그게……."

법무팀장의 눈치를 본 비서는 귓속말로 윤성철의 소식을 알렸고, 이렇게 잡혀 온 상황에서도 흔들리지 않던 이민석의 눈빛이 흔들린다.

"정말이야?!"

"바, 박 보좌관이 직접 연락해 왔습니다!"

이민석의 얼굴이 딱딱하게 굳는다.

'경찰과 검찰이 동시에 움직였다?'

그것도 하필 이런 상황에서 검찰이 아버지 윤성철에게 선전 포고를 했다.

"검찰 특수본의 본부장은?"

"가, 강철선 부장검사입니다."

"……들켰군."

"예. 아무래도 정보가 새어 나간 것 같습니다."

아버지 윤성철과 부자 관계임이 들통나진 않았을 테지만, 윤성철이 현진그룹을 비자금과 자금 세탁의 창구로 이용한 것에 대한 증거 일부나 심증을 가지게 된 것 같다.

"이 병신 같은 놈 때문에 결국!"

모두 형 때문이다.

형이 경찰 상부를 움직여 종혁의 인사이동에 개입만 안 했어도 드러나지 않았을 아버지 윤성철.

그랬다면 지금 이 상황을 타파할 든든한 조력자가 됐을 거다.

그런데 이젠 그걸 바라기 힘들게 된 것 같다. 아버지 윤성철 역시 살아야 하니 말이다.

"무슨 일입니까? 제가 알아야 대처를 할 수 있습니다."

"……현진그룹의 스폰서 중 한 명이 윤성철 의원입니

다. 그런데 검찰이 윤성철 의원에게 선전 포고를 했다고 합니다."

이민석은 검찰의 선전포고 내용을 말해 줬고, 법무팀장은 얼굴을 구겼다.

그런 중요한 일은 먼저 말해 줬어야 할 게 아닌가.

미간을 찌푸렸던 법무팀장은 순간 드는 생각에 눈을 번뜩였다.

"……아직 심증뿐이군요."

"증거도 없이 움직였다는 겁니까?"

"잠시."

법무팀장이 핸드폰을 들어 누군가에게로 전화를 건다.

"어, 나야. 지금 검찰 특수본, 경찰과 합동이야? 아니면 단독이야? 아, 그래? 고마워. 다음에 또 연락하지."

통화를 종료한 법무팀장이 이민석을 본다.

"아무래도 검찰과 경찰이 따로 움직이는 것 같습니다."

"따로 움직인다는 건?"

"만약 윤성철 의원과 현진그룹과의 관계에 대한 증거를 조금이라도 가지고 있었다면 곧바로 현진그룹에 대한 압수수색 영장을 청구했을 겁니다."

그런데 검찰은 안양 재개발에 관한 걸 들고 나왔다.

"……최종혁이 날 치기 위해 강철선을 움직인 거군."

"고작 경찰이 말입니까?"

"둘 사이가 긴밀하다는 증거들이 많습니다."

강철선이 특수부 부장검사가 되는 데 종혁이 혁혁한 공

을 올렸다고 알고 있다.

그 말에 법무팀장이 생각에 잠긴다.

'검찰이 고작 의리를 위해 일을 무리하게 진행하고 있다?'

말도 안 된다.

윤성철은 6선 의원이자 야당의 원로다. 이 정도면 검사로서의 모든 커리어를, 아니 검사로서의 생명을 걸어야 할 정도다.

본인뿐만 아니라 본인 라인의 모든 검사들까지.

법무팀장이 고민에 잠긴 듯한 모습을 보이자, 이민석 회장이 말을 이었다.

"조사해 봤으니 알겠지만, 최종혁의 자산이 수천억대입니다."

"아……."

순간 탈출구의 빛이 보였다.

법무팀장은 눈을 빛냈다.

"회장님, 혹시 다른 그룹의 법무팀장 자리 하나만 만들어 주실 수 있으십니까?"

이민석의 눈도 빛났다.

* * *

갑작스런 임시 국회 소집!

검찰, 국회에 윤성철 의원 체포동의요구서 전달! 갑자

기 왜!

2005년 안양 재개발 사건 재조명! 검찰 갑자기 왜 이러나!

검찰의 헛발질? 아니다! 경찰의 의뢰!

검찰 특수본부장과 경찰 특수본부장은 긴밀한 사이!

오랜 인연인 강철선 특수부장과 최종혁 총경!

차기 중앙지검장, 검찰 특수본부장의 아들은 경찰 간부!

경찰대 라인을 손에 넣으려는 검찰? 검찰에 손을 뻗은 경찰대?

검찰과 경찰에 자리한 거대한 카르텔! 어디까지 선이 닿아 있나!

검경의 기업과 정치인 죽이기! 정부의 야당 죽이기!

정말 군부독재 시절로의 회귀인가!

공화국의 부활? 각하 박명후?!

"훌륭하군."

국회의 야당 당사.

윤성철 의원이 현진그룹의 여론전에 흡족하게 웃는다.

'이제 문제는 현몽준과 홍정필을 비롯한 여당인데······.'

지금부터 야당의 집안싸움이 벌어질 건데, 여당이 이 기회를 놓칠까.

아마 기를 쓰고 달려들 것이다.

하지만 상관없다.

약 40여 년간 정치인으로 살아오며 확보한 보수의 약점이 한두 개가 아니다. 이제부터는 진흙탕 싸움이었다.

"다음 기사는 날 칭찬하는 걸로 나가고, 오후부터는 현몽준에 대해 다뤄. 차기 대선을 위해 내부의 정적부터 제거하려는 당대표 정도로 시작하면 되겠지."

그리고 현몽준의 가장 큰 약점인 재벌 총수라는 점을 물고 늘어지는 거다. 그럼 논점은 더 흐려지고, 이미 야당 죽이기에 열이 받은 진보 지지자들이 들고 일어날 터.

그렇게 정부와 검찰, 경찰에 압박을 넣어야 한다.

그렇지 않고는 자신이 살 수 있는 방법이 없다.

"예, 알겠습니다. 아, 의원님. 가실 시간입니다."

"그러지."

이제 전쟁 시작이었다.

그가 이를 드러내며 밖으로 나가려는 순간이었다.

지이잉! 지이잉!

"음? 이 사람이 왜?"

윤성철은 미간을 찌푸렸다.

* * *

"이야아."

기사의 워딩이 환상적이다.

그러며 논점을 계속 흐리다 결국 박명후 대통령에게까지 불통이 튀었다.

정권이 나서지 않으면 피를 볼 거라는 협박이었다.
지이잉! 지이잉!
종혁은 전화를 받았다.
"예, 대통령님. 심려를 끼쳐 드려 죄송합니다."
-……정말 윤성철 의원과 이민석 회장이 부자 관계인 건 확실합니까? 아직 국과수에 두 사람의 DNA가 전달되지 않았다던데요.
둘을 검거하려는 순간 예견된 사태였기에 미리 박명후 대통령에게 양해를 구해 놓은 종혁.
"그 부분은 걱정하지 않으셔도 됩니다."
윤성철의 체포동의안이 가결된 순간, 윤성철과 이민석의 유전자 감정을 요청할 거다.
두 사람이 부자 관계임이 세상에 알려지는 건 시간문제였다.
-확실합니까?
종혁의 말은 윤성철 의원의 체포동의안이 가결되지 않는다면 끝이라는 소리다.
자칫 레임덕이 가속화될 수도 있는 끔찍한 상황.
-물론 우리 여당과 야당의 현 대표가 나서니 가결될 확률은 높지만…….
종혁은 미간을 좁혔다.
"무슨 일이 생긴 겁니까?"
-우리 측 의원들 중 일부가 이탈하고 있습니다.
확실히 자신들의 편, 그리고 현몽준 당대표의 편이라고

생각했던 의원들이 이탈을 하고 있는 거다.

"예?!"

오늘 국회의 문을 열기 전까지만 해도 마찰은 크겠지만, 결국 체포동의안이 통과될 거라고 생각했던 그들에겐 끔찍한 상황.

'갑자기 왜?!'

"윤성철 의원의 영향력이 그렇게 컸던 겁니까?"

-나도 잘 모르겠습니다. 지금은 모든 게 혼란스럽습니다.

심지어 이탈한 여당 의원들이 대화를 거부하고 있다. 이건 아무리 봐도 검찰과 경찰의 정재계 죽이기라며 말이다.

그동안 경제대통령으로서 재계를 밀어줬던 박명후. 속이 터질 것 같지만 입이 다물어질 수밖에 없는 이유였다.

현몽준 측도 마찬가지다. 군사독재의 부활을 막아야 한다며 투쟁을 시작했단다.

-상황이 이러니 다시 물어본 것이었습니다. 정말 맞는 겁니까?

"죄송합니다. 곧 윤성철과 이민석이 연결되어 있다는 증거를 찾겠습니다."

-……최 총경 덕분에 내 임기가 참 버라이어티합니다.

"죄송합니다."

-믿겠습니다.

"충성."

통화를 종료한 순간 현몽준과 홍정필에게서도 전화가 온다.

그들과의 통화도 종료한 종혁은 미간을 좁혔다.

"대체 왜……."

'설마 놈들인가?'

생각해 보면 놈들 조직에게 있어 이번 일은 종혁을 몰락시키기에 아주 좋은 기회다.

종혁은 다급히 최재수를 봤다.

"압수수색 영장은?!"

"다시 재촉해 보겠습니다!"

이민석 회장이 스폰녀들에게 지원한 자금의 출처를 찾기 위한 압수수색 영장.

오직 현금으로만 건넸다고 해도 이민석의 어딘가에서 자금이 빠져나가긴 했을 테고, 그런 비밀스러운 일에 이용하는 루트라면 분명 윤성철과도 연관되었을 가능성이 높았다.

그래서 곧바로 압수수색 영장을 신청했는데, 아무래도 법원 쪽에도 문제가 생긴 듯했다.

이러면 구속 영장 또한 문제가 생길지도 몰랐다.

"이 새끼들이 진짜……!"

종혁은 답답해지는 마음에 담배를 물었다.

그때였다.

지이잉! 지이잉!

"……예, 부장님."

박영일 부장기자. 그의 전화였다.

-종혁아, 아무래도 이놈들이 권&박 홀딩스까지 건드리려는 것 같다!

"예?!"

-지금 뉴스 확인해 봐!

폭행 사건으로 징계를 받은 최종혁 총경.

중고등학생 시절 유도부원이자 소위 일진이었던 그는 학생들에게 일일카페 입장권 등의 수법으로 수억 원을 갈취, 1997년 IMF 당시 성행하던 작전 세력에 가담…….

"우와."

한 편의 장구한 소설.

피해자가 가해자 되어 버린 상황에 종혁의 입이 떡 벌어진다.

하지만 이건 문제가 안 된다.

이미 당시 동일고 일진들에게 피해를 입은 학생들의 모든 조서가 경찰서에 있고, 종혁의 진술 내역 역시 있다.

또한 당시 기사 역시 얼마든지 찾을 수 있다.

문제는 자금 형성에 관한 의혹이다.

이 부분에 대해 반박을 하다 보면 이러면 권&박 홀딩스의 이름이 나오는 것도 시간문제일 수밖에 없었다.

"선을 넘겠다고?"

권&박 홀딩스는 국내 정재계뿐만 전 세계의 각계각층

권력가들이 돈을 집어넣는 곳이다.

 물론 윤성철으로서는 국내 권력가들이 투자한다는 사실 정도만 알고 있겠지만, 그것만으로도 그들 모두를 적으로 돌리겠다는 행위였다.

 그런데 여섯 번이나 국회의원을 해 먹었을 정도로 능력 좋고, 처세도 좋은 윤성철이 이런 무리수를 뒀을 리가 없었다.

 이런 미친 짓을 할 놈은 한 곳밖에 없었다.

 "……놈들이 맞네."

 놈들 조직이 나선 거다.

 이번 기회에 자신을 완전히 사회적으로 매장시키려는 것이다. 종혁의 돈줄인 권&박 홀딩스까지 말이다.

 "보, 본부장님!"

 다급히 외친 최재수가 핸드폰을 보여 주자 종혁의 낯빛이 딱딱하게 굳는다.

 수천억대 자산가, 최종혁 총경. 그의 외가 친척들은 월세 생활?

 "……푸하하하하핫!"

 "지, 지금 웃음이 나오세요?!"

 "햐, 이 개새끼들 봐라? 날 아주 개쌍놈으로 만들어 놓네?"

 공직자로서의 숨통을 제대로 찔렀다.

이렇게 되면 공무원으로서의 양심과 진정성이 의심받게 될 수밖에 없다.

 그런데 진짜 문제는 이것이 저쪽의 첫 번째 스텝이라는 것이다. 이쪽에서 반박만 하다가는 곧 궁지에 몰리는, 알고도 당할 수밖에 없는 계략이었다.

 권&박 홀딩스뿐만 아니라 권회수, 현몽준 당대표, 박명후 대통령, 박노형 전 대통령 등 모든 인맥이 드러나게 되는 계략이었다.

 지이잉! 지이잉!

 -보스! 지금 언론사에서……!

 "현 시간부로 플랜 불곰을 발동합니다. 회원들에게 연락 돌려서 아무 문제 없을 거라고 하세요."

 일찍이 이런 사태를 예견하고 만들어 뒀던 플랜 불곰.

 -……예!

 권아영과의 통화를 종료한 종혁은 최재수를 봤다.

 "지금 기자들 밖에 있지?"

 "예, 예! 그, 그렇지 않아도 들어오려는 걸 억지로 막고 있는 중입니다."

 "브리핑실에 모아 놔."

 "옙!"

 최재수가 뛰쳐나가자 종혁은 핸드폰을 들며 일어섰다.

 "예, 접니다. 대표님, 살생부는 작성은 끝나셨습니까?"

 '선을 넘겠다고? 그러면 나도 선 넘어 줄게, 씹새끼들아!'

빠드득!
종혁의 눈빛이 차갑게 가라앉았다.

* * *

"꺼흐윽!"
본사의 회의실.
원탁이 놓인 장소에 앉은 본사의 임원들이 명치를 쓸어내리며 환하게 웃는다.
십 년 묵은 체증이 확 내려가는 시원함.
"권&박이 드러났을 때의 파장은?"
"대한민국 전체가 흔들릴 겁니다."
천문학적인 AUM(Asset Under Management), 운용자산을 자랑하는 권&박 홀딩스.
국내뿐만 아니라 세계 굴지의 대기업들 지분을 다수 보유하고 있기도 한, 명실상부 세계에서 수위를 다투는 최고의 자산운용사다.
물론, 그곳에서 운용되는 자금들은 출처를 철저히 관리하는 것인지 일말의 문제도 없는 깨끗한 돈이다.
하지만 애당초 이들이 노리는 건 권&박 홀딩스의 위법이 드러나는 것이 아니었다.
중요한 건 그들이 돈을 어떻게 벌었냐는 것.
누군가 이득을 얻는 사람이 있다면, 다른 누군가는 손해를 보는 것이 세상의 이치였다.

IMF와 닷컴 버블 등 다양한 경제 위기들을 이용하여, 누군가는 눈물을 흘리고 있을 때 막대한 돈을 벌었던 권&박 홀딩스.

 설령 그것이 법률적으로는 문제가 없더라도, 경제 위기로 큰 피해를 보았던 피해자들은 종혁을 잡아먹을 듯 달려들 거다.

 "투자자들도 전부 발을 빼겠죠."

 사회적 입지를 지켜야 하는 투자자들을 전부 등을 돌릴 터.

 권&박 홀딩스에 투자한 이들 대부분이 사회 인사임을 고려하면, 거의 대부분의 투자자들이 등을 돌릴 것이라 해도 과언이 아니었다.

 "그렇게 돈과 인맥을 모두 잃고, 여론의 비난을 버티지 못하고 경찰도 퇴직하게 될 겁니다."

 즉, 모든 걸 전부 잃게 되는 셈.

 그리고 종혁이라는 막강한 조력자를 잃은 FBI와 SVR 역시 추적의 동력을 잃고 철수할 수밖에 없을 거다.

 "천둥벌거숭이처럼 날뛰더니……꼴좋군."

 "그러게 말입니다. 하하하!"

 "으하하핫!"

 조현상 전무도 임원들처럼 미소를 짓는다.

 조희구와 종혁으로 인해 아버지처럼 따르던 인물을 잃고 회사에 복수를 천명한 최성현과 인연이 깊은, 아니 최성현이 아버지처럼 따르던 인물과 인연이 깊은 조현상 전무.

　하지만 그 속내는 달랐다.

　'아쉽군.'

　새진리 아브라함의 지주 사건으로 죽을 뻔했던 아들 조우선을 종혁이 구해 준 이후, 회사에 대한 마음이 떠난 조현상 전무.

　'아쉬워.'

　그는 이렇게 종혁이 몰락한다는 것이 너무 아쉬웠다.

　종혁에게 당해 많이 무너지긴 했지만, 회사는 결국 다시 예전과 같은 성세를 회복할 테고 언제 그랬냐는 듯 다시 세상을 좀먹어 갈 거다.

　'딱 여기까지였다는 거겠지.'

　유일하게 회사를 무너뜨릴 가능성을 보여 주었던 종혁.

　그러나 여기까지가 딱 그의 한계였던 것이다.

　'조금만 더 융통성을 가지지 그랬나.'

　지이잉!

　"이 전무, 회의 시간엔 핸드폰을 무음으로 돌려 놔야 하는 거 모릅니까?"

　"최종혁이 기자 회견을 한답니다."

　"오?"

　눈을 빛낸 그들이 얼른 TV를 켠다.

　그러자 긴급 속보로 경찰 특수본의 브리핑실 모습이 나타나기 시작했다.

* * *

"왔다!"

종혁이 브리핑실의 문을 열고 들어오자 기자들의 눈이 먹잇감을 발견한 하이에나처럼 매섭게 빛난다.

그동안 추측만 가득했던 최종혁의 자산 형성 과정.

그리고 유도 영웅, 영웅 경찰의 몰락.

그들의 심장은 거세게 뛸 수밖에 없었다.

종혁은 걱정 어린 시선을 보내는 박영일 부장기자를 비롯해 친분이 깊은 언론사 기자들을 향해 고개를 끄덕이며 단상에 섰다.

그와 동시에 올라가는 손들.

"최종혁 씨! 과거 일진이었다고 하는데, 이게 맞는 겁니까!"

"학생들에게 갈취한 정확한 금액을 말씀해 주십시오!"

"폭력을 행사한 겁니까!"

"작전 세력은 어떻게 된 겁니까!"

종혁은 아귀처럼 달려드는 그들을 보며 경찰모를 벗고 넥타이를 풀며 담배를 물었다.

찰칵! 치이익!

'미, 미친?!'

"후우우."

지독한 침묵이 내려앉는 브리핑실.

실시간으로 방송되는 카메라를 잡은 카메라맨도 너무

놀라 카메라를 떨어트린다.

"다 떠드셨습니까?"

"지, 지금 뭐하는……."

"말할 시간을 줘야 말을 하든 말든 할 거 아닙니까. 아니면 제 대답은 궁금하지도 않은 겁니까? 그게 아니라면 진정 좀 하시죠."

담배를 끄며 충격의 퍼포먼스를 종료한 종혁이 입을 연다.

"진정들 좀 되신 거 같으니 이야기 시작하겠습니다. 우선 외가 친척들 월세? 그것부터 이야기하죠. 제 아버지 최도철 경사께서 범인을 쫓다 사망하셨을 당시, 저희 어머니께서는 절 임신 중이셨습니다. 하루아침에 가장을 잃은 저희 어머니는 외가 친척분들에게 도움을 청했지만……."

그렇게 충격의 기자 회견이 시작됐다.

"아무튼 그런 연유로 외가 쪽과 연락을 끊고 지낸 지 오래입니다. 제가 태어나기도 전에 저희 어머니와 연을 끊으신 분들인데, 제가 그분들을 도울 이유는 없겠죠?"

종혁의 거친 말에 얼굴이 구겨진 기자들이 다시 손을 들지만 종혁은 무시했다.

"제가 일진이었다는 둥, 폭력을 휘둘렀다는 둥 하는 이야기도 전부 사실무근입니다. 이를 해명할 자료는 각 언론사에 전달해 놨으니 추후 참고 부탁드리겠습니다. 이어서 제 재산 이야기로 넘어가죠. 음…… 이 이야기는 빅토르 로마노프, 그 친구에 대해 먼저 이야기해야겠군요."

어디선가 들어 본 듯한 이름에 기자들의 표정이 굳는다.

"다들 아실 겁니다. 글로벌 대기업, 드바 로마노프의 회장인 빅토르 로마노프 말입니다."

쿵!

기자들의 입이 떡 벌어진다.

"하지만 그가 드바 로마노프를 세우기 전에 사업 아이템을 찾기 위해 한국에 왔었다는 걸 아시는 분은 없으시겠죠. 십여 년 전, 한국을 찾아온 그와 우연히 인연을 맺게 된 저는 그에게 한국의 상품을 소개시켜 줬었습니다."

"자, 잠깐! 그, 그렇다면?"

경악한 박영일 부장기자의 새된 외침에 종혁은 고개를 끄덕였다.

"예. 드바 로마노프의 첫 상품인 SPA 의류 시스템의 아이디어와 컵라면, 캔커피 등 식료품 등을 소개시켜 준 게 접니다."

"……."

고요해진 브리핑실.

종혁은 그들을 보며 속으로 입술을 비틀었다.

'보고 있냐? 그런데 아직 한 방 남았다.'

"그리고 그렇게 사업 아이템을 조언해 주는 대가로, 그에게 이후 사업에서 발생하는 이익 일부를 약속받았습니다."

정확히는 순이익의 3퍼센트다.

쿠당탕!

상상도 못한 이야기가 종혁의 입에서 술술 흘러나오자, 기자들은 자리를 박차고 일어났다.

시가 총액 100조 원을 옛적에 추월한 글로벌 대기업, 드바 로마노프.

기자 회견을 시청하고 있던 대중들도 뒤집어진다.

"자세한 이야기를 이 자리에서 전부 풀기엔 이야기가 너무 길어질 거 같고, 아무튼 전 그 돈 중 일부를 어머니께 증여했습니다. 이후 어머니와 저는 각자 90년대 말부터 주식과 부동산에 투자를 해 왔고, 운 좋게도 많은 수익을 거둘 수 있었습니다. 뭐, 그래 봤자 지금도 계속 들어오고 있는 드바 르마노프의 수익금이 더 크지만요."

아니다. 물론, 드바 르마노프에서 들어오는 순수익의 3%는 엄청난 거액이지만, 종혁이 그를 이용해 불리는 돈에 비하면 아무것도 아니었다.

"……."

한 편의 장구한 성공 스토리에 사람들은 침묵을 할 수밖에 없었고, 종혁은 입술을 비틀었다.

이것이 플랜 불곰.

이럴 상황을 대비해 만들어 놓은, 곰처럼 덩치가 큰 빅토르를 끌어들이는 플랜이었다.

이것에 대한 양해는 이미 옛날에 해 놓은 상태였고, 자신의 자산 형성에 대한 자금 출처는 모두 드바 로마노프에서 시작된 것으로 바뀌게 될 거다.

'이건 몰랐지, 새끼들아?'

종혁은 이 생방송을 시청하고 있을 놈들 회사를 떠올리며 속으로 키득키득 웃었다.

그동안 종혁이 빅토르 개인이 아니라 드바 로마노프와는 별다른 관계가 없을 거라고 생각했을 놈들. 지금쯤 꽤 뒤통수가 얼얼할 거다.

하지만 아직 종혁의 말은 끝나지 않았다.

지금부터가 진짜였다.

'내가 이제부터 정말 막 나가 줄게, 이 개새끼들아. 선빵은 니들이 친 거야.'

한 일주일 정도는 더 시간을 끌려고 했다. 그래서 끄집어낼 놈들을 모두 끄집어내려고 했다.

하지만 이러다간 이쪽의 패가 모두 드러날 판, 사건의 논점도 모두 흐려질 판이다.

그렇게 질질 끌려다니는 건 스타일이 아니었다.

그래서 종혁은 아예 판을 엎기로 했다.

"그럼 이어 이번 사태의 시발점이 된 경검 합동 수사에 대한 브리핑을 시작하겠습니다."

"자, 잠시만요! 좀 더 자세히……!"

기자들의 눈이 부릅떠진다.

"지, 지금 검경 합동이라고?!"

"솔직히 다들 검찰 특수부의 부장검사인 강철선 부장검사님과 저의 관계가, 아니 정말 경찰이 검찰의 멱살을 잡고 휘두르는 것이냐가 가장 궁금하실 텐데, 전혀 아닙니다. 이번 경검 합동 수사의 첫 시작은 바로 한 통의 제보에서 비롯됐기 때문입니다. 그 제보는 바로 야당의 6선 의원 윤성철 의원과 현진그룹의 이민석 회장이 부자 사이라는 것."

쾅!

종혁은 경악하는 기자들을, 그리고 카메라를 보며 씩 웃었다.

"두 거물을 동시에 건드릴 수 없었던 저희 경찰은 어쩔 수 없이 검찰에 도움을 요청하였고……."

'이제 제대로 놀아 보자, 새끼들아!'

* * *

"저 개새끼……."

나이 지긋한 사람의 입에서 천박한 욕설이 흘러나오지만, 그 누구도 탓하지 않는다. 모두 같은 마음이었기 때문이다.

회사의 임원들이 모인 회의실.

사장이 이를 악문다.

"……다시 처음부터 조사해."

"예."

완벽하게 오판을 했다.

종혁에겐 권&박 홀딩스와 부동산 외에도 또 다른 화수분이 있었던 것이다.

그동안 종혁이 빅토르의 생명을 구해 준 것이 아닐까 할 정도로 친분이 짙었던 둘의 관계.

그런데 둘의 사이는 그에 못지않게 깊은 관계였다.

이로써 티끌만큼 남아 있던 아이반과 종혁이 동일 인물이 아니냐는 미혹은 완전히 사라져 버렸다.

빅토르에게 있어 종혁은 은인. 어떤 면에선 권&박 홀딩스나 부동산과는 비교도 할 수 없는 끔찍한 화수분이었다.

거기다 이후 그들이 차례차례 오픈하다 도달하려고 했던 권&박 홀딩스도 더 이상 언급을 할 수 없게 되어 버렸다.

이번 공격의 핵심이었던 권&박 홀딩스.

그런데 종혁은 그걸 미꾸라지처럼 빠져나갔고, 그들의 공격은 실패했다.

지이잉! 지이잉!

"거 전화 좀 끄라니까!"

"윤 의원입니다!"

"무시해!"

어차피 이제 쓸모가 없는 놈이다.

그들은 이를 갈며 일어섰고, 그들과 함께 일어서 회의실을 나서는 조현상 전무는 속으로 피식 웃었다.

'저게 전부일까?'

왜일까. 그는 아무래도 저것 역시 다 말하지 않은 것 같다는 느낌이 들었다.

* * *

-외압을 느낀 전 어쩔 수 없이 지인에게 부탁해 음주 폭행으로 위장, 시간을 벌었고…….

조곤조곤 설명하는 종혁의 목소리가 울려 퍼지는 TV.

당사에 모여 기자 회견을 지켜보던 의원들이 하얗게 질린 얼굴로 윤성철 의원을 바라본다.

말을 하고 싶지만, 어디서부터 꺼내야 할지 가늠조차 되지 않아서 뻐끔거리는 입.

"아, 아버지."

'닥쳐, 이 병신 새끼야!'

들켰다. 대체 누가 말한 것일까.

아니, 지금은 그딴 걸 생각할 때가 아니라 국회의원들부터 다독여야 했다.

장남을 노려보는 윤성철의 눈이 파르르 떨리다 멈추며 국회의원들을 바라본다.

"저, 저 말이 진짜입니까?"

"저딴 말도 안 되는 억측을 믿는 겁니까?"

윤성철은 비릿하게 웃었지만, 국회의원들은 그의 말을 믿지 않았다.

'그러고 보니!'

같은 파벌의 의원들에게 훌륭한 젊은 기업가라고 소개시켜 줬던 이민석 회장.

그 뜻을 모르는 게 아니었기에 그들은 현진그룹에 이권

을 몰아줬고, 은밀히 돈을 챙겼다.

그런데 그것이 알고 보니 윤성철은 자신들의 목줄을 쥐기 위한 계략이었던 것이다.

"지금 이따위 게 문제가 아닙니다. 경찰이 헛소리를 하며 논점을 흐리고 있어요. 이에 대해……."

"저 말씀 중에 죄송하지만, 잠시 화장실 좀 다녀오겠습니다."

"저도. 죄송합니다."

슬그머니 엉덩이를 떼는 의원들의 모습에 윤성철의 눈빛이 차갑게 가라앉는다.

"지금 나가면 영영 못 돌아오는 겁니다. 알고 있습니까?"

내일이면 드디어 국회가 다시 열린다.

검찰은 감히 국회의 문을 넘지 못할 테고, 그때부턴 반격을 시작할 수 있었다.

"너무 급해서 말입니다. 그럼…… 어이쿠!"

"가, 같이 갑시다!"

그렇게 많은 의원들이 떠나고 썰렁해진 사무실.

윤성철이 너희도 떠날 거냐는 듯 매섭게 파벌의 의원들을 본다.

그에 시선을 돌리거나 어쩔 거냐는 듯 지시를 내려 달라며 강렬한 눈빛으로 쳐다보는 국회의원들.

윤성철이 고꾸라지면 자신들은 낙동강 오리알이 된다.

당에서 퇴출될 수밖에 없고, 새로이 창당을 한다고 해

도 그 어떤 국민이 자신들을 뽑아 줄까. 그들로서도 배수진을 칠 수밖에 없었다.

"일단 당원들부터 모으시죠, 아버지!"

"맞습니다! 어차피 오늘만 버티면 되지 않습니까! 결국 의원님을 따를 수밖에 없을 겁니다!"

아들의 선동에 한마음이 되는 국회의원들.

윤성철의 눈이 빛나는 순간이었다.

벌컥! 쾅!

그의 사무실의 문이 거칠게 열리며 현몽준 당대표가 들어온다.

윤성철과 그의 파벌 의원들을 훑어보며 미소를 짓는 그.

윤성철 파벌의 의원들이 이를 악물며 현몽준을 쳐다본다. 윤성철도 이를 드러낸다.

"설마 현 대표도 저딴 개소리를 믿는 겁니까?"

"글쎄요. 사건에 대해선 거짓을 말하지 않는 친구라."

"이보세요, 당대표. 이건 VIP가 우리 당을 죽이기 위한 모략입니다! 그걸 아직도 모르겠습니까! 이런 건……."

"정말 아닙니까?"

"……현 대표."

"그렇게 당당하시면 깔끔하게 털고 가시죠. 그러면 우리도 윤 의원님을 돕도록 하겠습니다. 내 여당의 홍 대표와도 이야기를 끝내 놨습니다. 이번 기회에 경찰과 검찰을 누르고, 레임덕을 불러옵시다. 국민들이 원하고 있어요."

"현 대표-!"

"들어와요."

저벅저벅!

"어이구. 제가 살다 보니 국회도 다 구경해 봅니데이. 안녕하십니꺼, 의원님들. 중앙지검 특수부의 강철선 부장검사라고 합니더."

90도로 허리를 숙였다 편 강철선이 윤성철을 보며 히죽 웃는다.

"보내 주신 선물은 잘 받았으예."

슬그머니 특수본 수사에 개입을 하려고 했던 윗선.

종혁이 윤성철과 이민석이 부자 관계라는 걸 터트리지 않았다면 정말 골치 아파질 뻔했다.

"아직 회기가 안 열렸지요, 윤 의원님?"

그렇다면 불체포특권은 발휘되지 않는다.

"윤성철 씨, 당신을 탈세 및 뇌물 공여, 기타 등등 여러 혐의로 체포합니데이."

"마, 막아!"

"의원님을 피신시켜!"

윤성철은 다가오는 강철선의 모습에 현몽준을 죽일 듯 노려봤다.

"……정녕 차기 대선을 위해 같은 식구의 목에 칼을 꽂으려는 겁니까, 현 대표! 국민들이 지탄할 겁니다!"

"말도 안 되는 루머였다면 내가 윤 의원의 러닝메이트가 되겠습니다. 이러면 됐습니까?"

"헉!"

대선을 포기하겠다는 말에 윤성철과 수사관들에게 제압이 된 그의 아들, 파벌의 의원들이 경악한다.

외통수.

윤성철은 이를 갈았다.

"그 말, 꼭 지켜야 할 겁니다! 놔! 어디 수사관들 따위가 국민들이 뽑아 준 대표의 몸을 잡아!"

윤성철은 당당히 당사를 나섰고, 그의 파벌 의원들은 흔들리는 눈으로 그 모습을 바라봤다.

하지만 현몽준은 아니었다.

'마지막 발악을 하는군.'

파벌 의원들의 마음을 흔들어 그가 검찰에 있는 동안 여론을 움직이려는 것이다.

"욕보셨습니더, 당대표님."

"아마 DNA 채취를 거부할 겁니다."

"그렇다고 물 한 모금 안 마실 수 있을까예?"

머리카락 한 올 떨어트리지 않을까.

또한 안양 재개발 사건에선 신원 확인이 안 되는 DNA들이 많다. 방법은 차고 넘쳤다.

"한 점의 미혹이 없을 공정한 수사를 부탁하겠습니다. 그렇지 않다면……."

"들어가이소."

가만히 강철선을 바라보던 현몽준은 몸을 돌려 사라졌고, 당사를 빠져나온 강철선은 그제야 가슴을 쓸어내렸다.

"아따 마 식겁했네."

그제부터 오늘까지 이틀 동안 롤러코스터를 몇십 바퀴나 돌았는지 모르겠다.

하지만 그 마음고생도 이제 끝.

"크큭. 종혁이 이 또라이 놈. 그란다고 그리 판을 뒤엎나."

그래도 잘했다.

처음부터 윤성철과 이민석이 부자 관계라는 말을 했다면, 망상병 환자의 헛소리로 치부됐을 터.

그러나 외압 등 몇 대를 먼저 맞고 시작한 탓에 그 발언에 힘이 실렸다.

덕분에 대한민국을 좀먹는 벌레도 몇 마리 끌어냈다.

윤성철의 사무실로 가던 길에 만난 의원들과 윤성철의 사무실에 있던 의원들을 떠올린 강철선은 눈을 빛내며 주차장으로 향했다.

이제부터 진정한 수사의 시작이었다.

* * *

쿠당탕!

경찰 본청의 취조실.

이민석이 눈을 부릅뜨며 몸을 일으키고, 종혁이 그런 그를 보며 입술을 비튼다.

"어떻게 알았냐고요? 그건 안 가르쳐 주지."

이민석의 눈이 파르르 떨린다.

끝났다. 아버지 윤성철은 완전히 끝이 났다.

'친자 관계임이 드러나면 아버지는 날 혼외자식이라고 외치겠지.'

그러며 그동안 혼외자식을 위해 이권을 좀 몰아줬다며, 전 국민에게 부정을 호소할 거다.

하지만…….

'야당엔 현몽준 당 대표가 있어.'

현몽준이 아버지 윤성철을 도와야 할 야당 의원들을 가만두지 않을 것이고, 그동안 아버지 윤성철이 쌓은 모든 인맥도 등을 돌릴 것이다.

그렇다면 결국 공허한 외침이 될 수밖에 없다.

생각을 정리한 이민석은 넘어진 의자를 일으켜 세우며 생각을 정리했다.

"총경님, 사법 거래를 하고 싶습니다."

자신부터 살아야 했다.

"난 이름만 아버지였던 윤성철에게 이용당한 것뿐입니다."

종혁은 발악하는 그의 모습에 피식 웃었다.

"받아들일 것 같습니까?"

"……경찰은 찾지 못할 것들이 많습니다."

"그래서 대기업 M&A 팀의 힘을 빌릴까 합니다."

움찔!

"알잖습니까. 나 현몽준 대표님과 친한 거."

현몽준 당대표의 대현중공업 역시 대기업이었다.
"……그들은 현진그룹에 들어올 수 없습니다. 그건 범법 행위입니다."
"뭐 그거야 우리 경찰이 자문으로서 도움을 구하면 되는 일이긴 한데……. 회장님께서 체포되기 전에 외국 자본들이 현진그룹의 주식을 매입했죠? 그거 제 돈입니다."
　주주로서의 특별회계감사를 요청해도 된다.
　쿠당탕!
　다시 일어난 이민석. 금방이라도 피눈물을 흘릴 듯 그의 부릅뜬 눈에 핏발이 선다.
"성실히 취조나 받으세요."
"……법무팀을 불러 주십시오."
"예. 당연히 그래야죠. 어차피 무기징역일 테지만."
　사망하거나 유기된 12명 영아들과의 친자 감식의 결과, 이민석 회장과 99퍼센트 일치했다.
　현 시간부로 모든 부모들의 분노를 받는 것도 모자라 감히 경찰과 검찰, 사법부를 농락한 것에 대한 괘씸죄까지 추가될 이민석.
　그가 아무리 대기업 회장이라고 해도 무기징역이었다.
　종혁은 이민석의 어깨를 두드리며 돌아섰다.
"아, 참고로 형이 확정되면 현진그룹에 대한 공매도가 시작될 겁니다."
"최 총경-!"
'날 건드리려면 이 정도는 각오했어야지.'

"뭐, 내가 아니라도 세계 여기저기서 달려들 테지만 말이죠."

회장이 교도소에 들어가는 기업만큼 탐스러운 먹잇감이 또 있을까. 아마 전 세계에서 돈 좀 만진다 하는 양반들 중 한국에 관심이 있는 양반들 모두가 달려들 거다.

그의 마지막 보류인 재력, 현진그룹마저도 공중분해될 거라는 이야기다.

그런데도 현진그룹의 법무팀이 계속 그를 변호하려 할까?

"용돈까지 감사합니다, 이민석 회장님. 덕분에 잘 즐겼습니다."

허리를 숙인 종혁은 돌아섰고, 이내 취조실 안에서 비명 소리가 터져 나왔다.

"으아아아아아악!"

울분으로 가득 찬 비명.

종혁은 얼굴을 구겼다.

"씹새끼가 끝까지 허리를 꼿꼿이 세우고 있네."

땅바닥에 머리를 처박고 피해자들에게 사과하는 것만이 저런 범죄자들에게 허락된 자세였다.

이 경우엔 비명에 죽어 간 신생아들일 테지만 말이다.

"서장님."

"어, 왔어? 뭐 좀 나왔어?"

판이 뒤집히자마자 영장이 통과되면서 이민석 자택에 대한 압수수색을 떠났던 최재수.

"일단 다 긁어 오긴 했는데……."

가정부에게 믿지 못할 이야기를 들었다.

"저 새끼 신발 벗을 때 가정도우미분께서 신발을 잡아 준다는데요?"

"……근본 없는 새끼였네. 난 또 얼마나 대단한 씨앗을 뿌리려고 저 지랄하나 싶었는데…… 퉤!"

대한민국 최고의 재벌가라는 삼전가의 수장, 김희건 회장도 하지 않을 짓거리를 하고 있다.

놈은 지독한 선민 의식과 우월 의식에 찌들어 만들어진 괴물이었다.

고개를 저은 종혁은 핸드폰을 들었다.

"예, 김 회장님. 제게 하실 말씀 없으십니까?"

윤성철 의원과 골프 라운딩을 뛰었던 김희건 회장.

―……단순한 친분 관계라고 해도 안 믿겠지요?

"혹시 모르니 검찰에 출석할 준비는 하셔야 할 것 같습니다."

―끙. 알겠습니다. 미리 경고해 줘서 고맙습니다.

"아닙니다."

윤성철의 편에 서서 자신을 공격하지 않은 것만으로도 충분히 감사하다.

김희건 회장까지 참전을 했다면 정말 골치 아파졌을 이번 사건.

"그럼 끊겠습니다."

통화를 종료한 종혁은 기지개를 켰다.

"끄으으! 그래. 가자, 가."

특수본의 수사는 이제 시작이지만, 그래도 잠시 신안엔 내려가야 했다.

* * *

충격! 현진그룹 이 모 회장과 윤 모 의원 친자 관계 확인!

혼외자식을 위했던 것뿐이다! 윤성철 의원 눈물 흘려!

아니다! 난 어머니의 아들이었다! 이민석 회장 증거 제출!

출생부터 철저하게 비자금 관리를 위해 키워진 이민석 회장!

인간의 탈을 쓴 악마들, 이민석 회장과 윤성철 의원!

검찰과 경찰, 현진그룹에 대한 압수수색 시작!

비자금 규모만 수천억! 연루된 정관계 인사들은?

윤성철 의원, 안양 재개발 개입 사실이 확인돼!

윤성철의 보좌관, 윤성철 의원이 살해 지시 내렸다 증언!

이민석 회장의 비서실장, 살해 지시 들었다 증언!

이윤 부자 게이트 오픈!

국회로 날아드는 체포동의안들만 수십 장!

여당 축제를 열다! 다음 대통령도 여당에서?!

현몽준 당대표, 국민들에게 죄송하다. 당대표 사임!

"아주 지럴 염병을 허네……."
"그랑께 말여요. 이게 대체 뭔 일이여요."
"아니, 왜 현 대표님께서 사임을 혀! 할라믄 다른 놈들이 해야제!"
"어쩌겄어. 집안이 풍비박산 났는디. 가장으로서 책임은 져야제."
"이놈의 정치인들은 죄다 똑같은 새끼들뿐이구마잉!"
"대신 우리에겐 우리 서장님이 계시잖여."
"딴 양반 온 지가 언젠디 그런 말을 한디야."
"……우라질."
신안 군민들의 얼굴이 우중충해졌다.

* * *

촤락!
신문을 펼친 신임 신안 경찰서장이 헛웃음을 터트린다.
"진짜 난놈은 난놈이야."
설마하니 대기업 회장과 6선 의원을 잡아낼 거라고 누가 예상을 했을까.
경찰 내부에서도 무리수라며, 아무리 종혁이라도 곧 좌천될 거라는 말이 많았다.
그런데 갑자기 충격 발언을 하더니 결국 대기업 회장과 6선 의원의 손목에 수갑을 채웠다. 수십 년 어린 후배지만, 정말 감탄이 나오지 않을 수가 없었다.

"그나저나 이러면……."

또 여럿의 목이 날아가게 생겼다.

"위쪽은 박 터지겠네."

이번에 날아갈 인사들은 대부분 총경급 이상의 고위직들.

TO가 넘쳐 나는 데 정작 그 TO를 채울 인력이 없으니, 올해도 죽어 나갈 듯싶다.

"그나마 여기 신안은 최 총경이 단속을 잘해 둬서 괜찮다지만……."

앞으로 경찰 간부 육성의 핵심이 될 신안경찰서. 그런 대단한 곳에 오게 된 것만으로도 정말 감사하다.

하지만 문제는 군민들의 시선이다.

경찰서장임에도 못마땅한 눈으로, 미심쩍은 눈으로 쳐다봤던 군민들.

"끙. 앞으로 1년은 죽었다 봐야겠구만."

군민들 사이로 녹아들기 위해선 그동안 한 푼, 두 푼 모아 둔 쌈짓돈을 모두 풀어야 할 것 같다.

마음 같아선 종혁보고 교통정리 좀 해 달라고 말하고 싶지만, 한참 특수본으로 바쁜 고위 간부를 감히 데려올 수 있을까.

"내후년이면 아들놈 결혼도 시켜야 하는데……."

이러면 결국 대출뿐이다.

"이놈의 인생은 빚으로 시작해 빚으로 끝나겠구만."

한숨만 푹푹 나왔다.

"에휴."

똑똑!

"들어와."

스륵!

"어?"

"충성. 안녕하십니까, 선배님. 인수인계하러 왔습니다. 하하."

"……최 총경! 아니, 최 경무관님!"

신임 신안경찰서장은 구원자를 만난 듯 벌떡 일어섰고, 종혁은 씩 웃어 주었다.

* * *

"으하하하핫!"

"뭐허냐! 니 또 밑잔 까냐잉!"

시끌벅적해진 신안군민체육관.

종혁이 송별회 잔치를 연다는 소식에 압해도뿐만 아니라 증도, 지도읍, 암태도, 자은도, 흑산도 등 신안의 큰 섬들에서 주민들이 도착해 체육관을 요란하게 만든다.

"역시 최 팀장이 쁘락지였구만!"

"어헉?! 아, 아닙니다!"

"아니긴 무슨! 이미 진작에 들켰어! 벌주 마셔!"

"우브읍?!"

특수본이 조직되자마자 곧바로 종혁에게 불려 간 최재수.

그동안 대충 눈치는 채고 있었지만 그래도 속였다는 것에 괘씸해진 생활안전계 경찰들은 최재수의 입에 술을 들이부었고, 사지가 붙잡힌 최재수는 힘없이 술고문을 당할 수밖에 없었다.

구원을 간절히 바라는 그의 눈을 슬그머니 외면한 종혁은 자신의 손을 꼭 잡고 쓸어내리는 할머님들을 봤다.

"이제 가믄 어디로 가신데요?"

"아이고, 안 가믄 안 되냐고 묻는 건 실례겠지라?"

"하하. 죄송합니다. 인사이동은 제가 어쩔 수 있는 일이 아니라서요. 서울로 가겠지만, 종종 내려올 테니 너무 섭섭해하지 마세요."

"섭섭하기는 무신! 그딴 엄한 생각하는 썩을 년들 있어?!"

"없지라! 그런 천벌을 받을 연놈들이 어디 있다요! 그냥 못해 드린 게 너무 많아서…… 그것이 마음에 걸려서 그렇지라."

받은 건 신안의 바다보다 넓고 큰데, 돌려준 건 아무것도 없다. 그 마음의 빚이 군민들의 가슴을 무겁게 만든다.

"하이고. 이제 우리 서장님 안 계시면 재미없어서 어쩐다요."

"하하. 여기 새로 오신 서장님께선 저보다 대단한 분이

시니까 무슨 일 있으시면 여기 서장님께 말씀하시면 됩니다."

"정말이어라?"

종혁의 말에 눈을 빛내는 할머님들.

신임 신안경찰서장도 은은히 웃으며 할머님들의 손을 잡는다.

"힘들고 답답한 일 있으면 언제든 찾아 주세요. 저희 경찰은 여러분들을 지키고 봉사하기 위해 존재하는 곳이니까요."

"……오메. 이리 잘생긴 사람이 그리 나긋나긋하게 말하믄 이 년 가슴이 콩닥콩닥 뛰어 버리는디?!"

"푸하하하하핫!"

"으하하하하핫!"

종혁은 웃음이 터지는 그들의 모습을 푸근한 눈빛으로 쳐다봤다.

"아저씨, 어디 가요?"

종혁의 무릎에 앉아 눈물을 글썽거리는 지숙이.

종혁은 그런 그녀의 머리를 쓰다듬어 주었다.

"아저씨가 전에 말했지? 무슨 일 있으면?"

"아저씨에게 전화하기!"

"심심해도?"

"아저씨에게 전화하기!"

"우리 지숙이 똑똑한데?!"

"헤헤헤!"

종혁은 이게 정말 착하다고 칭찬하는 거라며 지숙의 머리를 꾹꾹 눌러 쓰다듬으며 체육관을 가득 채운 신안군민들을 둘러봤다.

웃고 떠들며 하루의 시름을 잊는 사람들.

한여름 무더위에 진이 빠질 텐데도 가을을 준비하는 사람들.

그렇게 하루를, 1년을, 평생을 살아가는 사람들을 이번에도 지켰다.

그 뿌듯함이 가슴을 적신다.

'모두 지킨 것은 아니었지만……'

죄책감도 가슴을 적신다.

"어후, 취한다. 지난 1년간 수고하셨습니다, 서장님. 흐흐."

"……그래, 최 팀장도 수고했어."

종혁은 옴팡지게 취해 술병을 기울이는 최재수를 보며 따뜻한 미소를 지었다.

이제 다시 본청이었다.

* * *

빠바빵! 빵빵!

이틀 후, 이른 아침에 렉카들의 호위를 받으며 압해대교를 빠져나가는 종혁.

그런 종혁을 빤히 바라보던 한 여경이 핸드폰을 든다.

"최종혁 지금 목포에 진입했습니다. 본청으로 가는 것 같습니다."

-후. 개새끼가 드디어 갔네. 알았어. 그럼 계속 수고해.

"옙!"

기지개를 켠 목포해양경찰서 소속의 여경은 차를 몰아 사라졌고, 그런 그녀를 멀리서 빤히 바라보던 남성도 몸을 돌리며 핸드폰을 들었다.

"비둘기 1, 방금 누군가와 통화했습니다. 통화 내역 확인 부탁드립니다."

-수신.

"끄으으!"

마찬가지로 기지개를 켜더니 돌연 한숨을 내뱉는 사내.

"여긴 다 좋은데……."

너무 시골이다.

그는 고개를 저으며 옆에 세워 둔 차에 올랐다.

2장. 다시 본청으로

다시 본청으로

"피고인은 강압적인 협박에 의한 것이라 주장하지만, 협박을 했다는 인물과 그 후로도 지속적인 만남을 가져왔다는 점과 금전적 대가를 받았다는 점, 그리고 재범이라는 점을 봤을 때 협박에 의한 것이라고 볼 수 없다."

결국 돈 때문에, 자신의 그릇된 욕심 때문에 배 아파 낳은 자식을 둘이나 살해하고 쓰레기통에 유기한 김연진.

"이에 피고인에게 참작할 만한 동기가 없었다고 판단되는 바, 본 법정은 피고인 김연진에게 영아살해죄가 아닌 형법 제250조 살해죄에 대한 판결로 징역 24년을 선고한다."

땅땅땅!

"응?"

연진은 멍하니 판결을 내린 판사를 바라봤다.

부우웅!
창살이 쳐진 이송 버스 안.
포승줄과 수갑을 찬 하얗게 질린 연진이 다리를 떨며 주위를 둘러본다.
"으으. 추워. 추워."
"씨발씨발씨발."
"이 개쌍년들아! 내가 누군지 알아! 누군지 아냐고!"
텅텅!
"조용! 조용!"
'으으.'
누가 봐도 무섭게 생긴 언니들.
연진의 얼굴이 울상으로 일그러진다.
"자기야."
"힉?!"
"자기는 몇 번째야? 와꾸를 보니 이번이 처음인 것 같긴 한데…… 자기, 혹시 애인 있어?"
"아, 아뇨? 저, 저 남자 좋아해요!"
"나도 남자 좋아해. 그런데 여자도 좋아해."
느끼하게 웃은 사십대 여성이 연진의 볼을 쓸어내리자 연진의 전신에 소름이 내달린다.
"오케이. 외로우면 언제든 찾아와. 알았지?"
그녀의 옆에 있던 죄수는 창가 쪽으로 고개를 돌렸고,

연진의 얼굴은 더 일그러진다.

자신이 왜 여기에 있는 것일까.

왜 이런 옷을 입고, 이렇게 무서운 사람들과 함께 있는 것일까.

'나, 난 한국대생인데……'

대한민국을 대표하는 명문대 중 하나인 한국대 경제학과.

그런데 남자 한 명 잘못 만난 죄로 24년 형을 선고받고, 평생토록 연이 없을 거라 생각했던 교도소로 가고 있다.

미결수복이 아닌 기결수복을 입게 된 연진이 싸늘한 복도를 걷는다.

그리고 창살이 쳐진 창가에 서서 그런 그녀를 호기심 어린 눈으로 바라보는 여자 죄수들.

"어이, 아가! 넌 뭘로 들어왔냐?!"

"야, 너 영치금은 얼마나 있냐?"

"허쭈? 이 씨벌년이. 야, 눈 안 깔아?!"

사방에서 쏟아지는 욕설과 살의, 그리고 이유 없는 시비들.

일평생 폭력을 모르고 살아온 그녀로서는 당장이라도 이 무섭고 역겨운 공간을 벗어나고 싶었다.

"3886, 이 방이다."

덜컹! 끼이익!

철문이 열리며 좁은 방과 앉아 있는 사람들이 연진의

눈동자 속으로 파고든다.

중앙의 덩치가 큰 중년 여성과 그런 그녀의 어깨를 주무르는 마른 삼십대 여성, 뜨개질을 하는 파마머리 여성과 책을 읽는 여성.

밖에서 봤으면 평범한 얼굴들일 테지만, 지금 이 순간의 연진에겐 그 무엇보다 무서운 외모였다.

"새 동료가 왔으니 모두 반겨 주도록. 초범이니까 험하게 대하지 말고."

"네!"

툭!

연진을 안으로 밀친 교도관은 문을 닫고 나갔고, 뜨개질을 하고 있던 파마머리 여성이 연진의 짐을 넘겨받으며 꼭 끌어안아 준다.

화들짝 놀란 연진이 경기를 일으키며 밀치려고 했지만…….

"오느라 수고했어요. 많이 무서웠죠?"

두려움에 꽁꽁 얼어붙은 가슴을 두드리는 따뜻한 말.

순간 연진의 눈에 눈물이 차오른다.

"어이구. 얼마나 놀랐으면 이럴까. 자자, 어서 안으로 들어와요."

"감사…… 합니다. 흐윽!"

"괜찮아요. 괜찮아."

연진은 그녀의 품에 안겨 펑펑 울었고, 파마머리 여성은 마치 엄마의 그것처럼 연진의 등을 토닥여 주었다.

같은 방 죄수들은 그런 파마머리 여성의 모습에 고개를 저었지만, 딱히 말릴 생각은 없었다.

이 감방에서 엄마로 통하는 파마머리 여성. 모두 한 번씩 위로를 받아 본 적 있기에 그냥 외면한다.

그렇게 얼마의 시간이 흘렀을까.

"이제 다 울었어요?"

"죄, 죄송합니다."

"아니에요. 같은 처지끼리 미안할 게 뭐 있어요. 그런데 무엇 때문에 들어오게 된 거예요?"

"아, 그게……."

이 사람이라면 말해도 되지 않을까.

연진이 작게 용기를 낸다.

"……살인죄요."

움찔!

죄수들이 깜짝 놀라 쳐다보고, 몸을 굳혔던 파마머리 여성이 조심스럽게 묻는다.

"혹시 남편이 때린 거예요? 아니면 남자친구가? 그래서 우발적으로 죽인 거예요?"

"아, 아뇨. 제 아이를……."

콱!

"어?"

순간 눈이 멍해진 연진이 자신의 볼을 더듬더듬 만진다.

새끼손가락처럼 두꺼운 무언가가 볼을 관통해 있다. 입

안에서 딱딱한 플라스틱의 맛과 감촉이 느껴진다.

지금까지 꿈을 허우적거리듯 멍해졌던 정신이 현실로 끌려 내려와 사정없이 내팽개쳐진다.

"이 씨발년이. 넌 오늘 죽었다."

"······마, 말려-!"

"자, 잠깐. 언니! 안 돼요, 안 돼! 이번에도 사고 치면 독방이라고!"

"놔, 씨발! 놔-! 내가 몇 번이나 내 새끼를 잃었는지 너도 알잖아!"

"알아요! 유산 3번! 사고로 2번!"

"그래! 누군 가지고 싶어도 못 가졌는데! 저년은! 저 어미란 년은-!"

"꺄아아아악!"

-응애!

다시금 찾아든 아기의 울음소리가 왠지 웃는 것 같았다.

* * *

경찰 석 달간의 수사를 종료하다! 특수본 수사 종료 선언!

영웅 경찰은 정말 영웅이었다!

현진그룹 이민석 회장, 검찰로 이송!

이제 모든 공은 검찰에게로!

국민들, 성역 없는 수사를 바란다!

경찰 역사상 유례없는 진급 속도! 최종혁 경무관에 대해 알아보자!

서울중앙지검 특수부 강 모 부장검사, 진급 확정! 거취는 어디로?

정복을 입은 경찰들로 가득한 대강당.

종혁의 어깨의 계급장이 교체된다.

네 개의 작은 무궁화 떼어지고, 그 자리를 대체하는 한 개의 큰 무궁화.

드디어 경무관, 고위 간부였다.

'경무관이라……'

회귀 전에는 꿈도 꿀 수 없었던 계급, 경무관.

회귀 후 이번에는 달라지고자 쉼 없이 달렸고, 드디어 도달했다.

이제부터는 진정한 상부, 고위 간부다.

그런데 총경 임명식 때처럼 얼떨떨하기만 하다.

"임명식 한번 하기가 어렵군."

대한민국의 거물들 때문에 경무관 임명식을 진행하지 못했던 종혁. 그렇기에 이렇게 수사가 종료된 이후 종혁만 따로 하게 된 것이다.

"하하. 죄송합니다."

"됐어."

정말 됐다.

경찰이 무려 대기업의 회장과 6선 의원을 고꾸라트렸다.

경찰 역사상 처음 있는 일.

윤성철 의원뿐만이 아니다.

이민석 회장의 개인 및 차명 계좌를 비롯해 현진그룹 전체를 압수수색하며 자금의 흐름을 추척한 결과, 국회의원과 지방의회의원들을 비롯해 수많은 공직자들에게 대가성 뇌물이 지급된 정황이 포착됐다.

그 외에도 탈세, 공금 횡령, 폭행, 폭행 사주 등 정치인들을 등에 업고 자행한 수많은 범법 행위들이 드러나며 현진그룹의 임원 다수가 구속됐다.

자칫 잘못 외압을 넣었다간 함께 엮여 들어갈 판이라 그 누구도 외압을 가하지 못했고, 수사는 일사천리로 진행되었다.

이로써 경찰의 위상은 더욱 드높아졌고, 그 선두에는 종혁이 있었다.

"견장이 멋지군."

앞으로도 잘 부탁한다는 의미의 말.

장희락 경찰청장은 종혁의 어깨에 박힌 큰 무궁화를 두드리며 물러났고, 종혁은 몸을 돌려 오늘 이 자리에 참석한 경찰들을 둘러봤다.

그리고 양손을 허리에 붙였다.

"충성-!"

"와아아아아아!"

짧은 경무관 임명식이 끝났다.

* * *

우르르! 웅성웅성.
임명식이 끝난 후 대강당의 복도.
이젠 드디어 고위 간부들 사이에 낀, 아니 장희락 경찰청장 옆에 선 종혁.
장희락 경찰청장이 그에게 입을 연다.
"이번 특수본 때문에 인사가 좀 꼬였어."
그렇지 않아도 이미 꼬였었던 인사 발령이 더 꼬였다.
일단 특수본의 수사가 길어질 듯하자 종혁에게 예정되어 있던 외사국 부국장 자리가 다른 사람에게로 돌아갔다.
아무리 국장이라는 수장이 따로 있지만, 부국장 역시 중요한 직책이기에 오랫동안 비워 둘 수가 없어서 어쩔 수 없이 특별 인사이동을 감행하게 됐다.
"어디든 열심히 일하겠습니다."
"이번 공을 따지면 경무인사국이나 정보화장비국으로 가야 하는 게 옳겠지만……."
"무슨 말인지 알아들었습니다."
차기 경찰청장이 입성하면 곧바로 교체될 수도 있다는 뜻.
어쩌면 차기 경찰청장이 자기 사람을 요직에 앉히고자 서울경찰청을 비롯한 지방청으로 발령 낼 수도 있었다.

아무리 막대한 공을 세웠다고 해도 인사라는 건 반쯤 정치이기에 어쩔 수 없는 일이었다.

"일단 홍보부에서 두 달만 있어."

8월 초 인사이동 때, 부임 예정자가 지병으로 병원에 입원하는 바람에 현재 홍보부장의 자리가 공석인 상태다.

"그런 다음 치안상황센터나 외사국, 수사국, 형사국으로 가. 그 부분은 이미 합의해 놓은 상태니까. 최 총경, 아니 최 경무관은 사무직보다는 현장직이 편하지?"

본래 고위 간부가 되기 위해선 현장직보다는 사무직이 더 유리하다. 예산이나 인사 등 큼직한 것을 다루기 때문이다.

하지만 종혁에겐 그런 암묵적인 룰 따윈 아무 의미가 없었다.

사무직에 데려다 놓아도 분명 초대형 사건을 물고 늘어질 종혁. 그럴 바에는 차라리 현장에서 본인의 능력을 마음껏 펼치도록 두는 게 좋았다.

"선택권을 주셔서 감사합니다."

"그렇게 생각해 주면 고맙고. 아, 그리고 특수범죄수사대는 내년에 독립하게 될 거야."

경찰청장 직속의 수사과이기에 멀리 가진 않을 테지만, 본청 건물을 떠나게 될 거다.

그 말에 종혁의 눈이 빛난다.

"결국 그렇게 되는군요. 그럼 형사국과 수사국들도 모두 분리하는 겁니까?"

회귀 전의 광역수사대나 지능범죄수사대처럼 말이다.

소속은 그대로지만, 따로 분리하여 운용된 수사과들.

형사국과 수사국이 폐쇄되면서 결국 본청에선 수사 인력들이 모두 떨어져 나가게 됐지만, 이들 모두 청장 직속의 수사과가 됨으로써 그 권한은 더욱 강화됐다.

모두 일장일단이 있었다.

움찔!

"최 경무관도 들었나 보군."

"예민한 문제니까요."

"자네 생각은?"

"전 나쁘지 않다고 봅니다."

회귀 전 본청과 지방청들의 일부 광역수사과들이 분리되면서 수사 인력이 확대됐다. 그 부분만 놓고 보면 당연히 찬성이다.

"하지만, 너무 먼 곳이 아니라 본청 주변의 부지를 매입해 건물을 올리는 게 좋지 않을까 합니다."

종혁의 말에 고위 간부들의 귀가 쫑긋 솟는다.

"소속감과 자부심을 유지시켜 주자는 건가······."

"세련되고 멋진 건물을 선물로 받는다면 더 높아졌으면 높아졌지, 떨어지지는 않을 겁니다."

몸이 멀어지면, 결국 마음도 멀어진다고 했다.

부지와 예산 문제 때문에 본청 근처가 아니라 경기도로 이관됐던 회귀 전의 광수대와 지능범죄수사대 등의 수사과들.

그렇다 보니 말만 본청 소속이지 결국 좌천이 아니냐며 그곳으로 가기 싫어하는 경찰도 좀 있었고, 많은 민원인들도 쉽게 찾기 힘든 위치에 있다 보니 약간 좋지 않게 봤었다.

"아니면……."

종혁이 은근슬쩍 눈을 빛낸다. 계급이란 벽에 가로막혀 더 이상 진행하지 못한 채 중단해야 했던 경찰 개혁이 그의 머릿속에 떠오른다.

종혁은 신중히 단어를 골랐다.

"형사국과 수사국을 통폐합하여 형사수사국을 창설, 모든 수사 부서를 하나로 모아 놓는 것도 나쁘지 않다고 봅니다."

본청은 본청으로서의 품격과 체급을 갖춰야 한다.

하지만 이건 겉으로 드러내는 명분일 뿐, 종혁은 아직도 현재보다 더 강력한 권한을 가진 수사 부서가 필요하다고 생각하고 있었다.

저 검찰의 대검찰청처럼 전국 경찰들의 수사 지휘와 기획까지 도맡아 할 수 있는 막강한 권한을 가진 부서.

'그리고 궁극적으로는 지방청들도 이런 부서를 만들어야겠지.'

이것이 종혁이 생각하는 경찰 개혁 중 일부분이었다.

"그런데 이유가 뭡니까?"

회귀 전엔 인력이, 정확히는 경위와 경정들 계급들이 너무 많다는 게 이유 중 하나였다.

TO는 한정적인데 계속 아래에서 치고 올라왔기에 넘쳐 났던 경위와 경정들.

연차가 만기로 차다 못해 넘쳐흘러 자연스레 경사에서 경위로, 경위에서 경정으로 진급한 경찰들 때문에 한때 경위와 경정의 숫자가 6만 명을 훌쩍 넘을 때가 있었다.

그 병목 현상을 해소하고자 수사 부서를 분리 독립시키며 규모를 키운 것이었다.

그런데 지금은 아니다. 지금은 일선 순경조차 부족한 상황이었다.

그런 종혁의 의문에 장희락 경찰청장은 냉소를 지었다.

"우리 경찰이 너무 잘한 탓이지."

정치권에서 안 좋게 보고 있다는 뜻이다.

그래서 겉으로 보이는 것만이라도 몸집을 줄여 놓겠다는 뜻.

특히 청장 직속 수사과이자, 종혁의 입김이 강하게 닿는 특수범죄수사대부터 경찰청장에게서 멀리 떨어트려 놓겠다는 수작이다.

"아…… 죄송합니다."

"최 경무관이 미안해할 필요는 없지."

정 잘못한 게 있다면 경찰을 너무 경찰답게 만들었다는 것이다.

"그보다 그거 다음 달 정례 회의에 안건으로 올릴 수 있겠어?"

순간 종혁의 주먹이 불끈 쥐어진다.

'됐다!'

정말로 다시 중단됐던 경찰 개혁을 이어 갈 수 있게 됐다.

"예. 전문 수사 인력 증대 방안에 대한 초안까지 작성해 발표 준비하겠습니다."

"훌륭해."

딱 장희락 자신과 고위 간부들이 생각하던 방안이다.

"부탁하지."

이제 정말 대국민적인 영웅 경찰이 된 종혁이다.

그런 종혁이 형사국과 수사국의 통폐합과 독립을 외치면 정치권에서도 함부로 태클을 걸지 못할 터.

"그럼 가지. 회식 장소는 예약해 놨지?"

"예."

드디어 꿈에 그리던 고위 간부가 됐지만 막내.

분명 축하를 받는 자리지만 막내다.

종혁은 약간 울적해졌다.

* * *

경기도 오산의 어느 주택.

비슷하게 생긴 사람들끼리 모두 모여 앉아 있다.

무슨 일인지 초조하게 떨리는 그들의 몸.

"그러니까 하지 말자고 했잖아! 네가 충동질만 안 했어도……!"

"내가 뭘! 내가 나만 좋자고 한 일이었어?!"

마치 화약고처럼 한 번 불이 붙으니 서로를 향해 삿대질을 하며 어떤 일에 대한 책임을 회피하려 애쓰는 사람들.

그들의 자식인 듯 나이가 젊고 어린 사람들은 귀를 막는다.

그 순간이었다.

띵동!

그들의 입을 틀어막는 초인종 소리.

"와, 왔나 보다!"

"형문아! 어, 얼른 문 열어!"

"네! 누구세요? 네, 네!"

띠이!

대문이 열리는 소리가 천둥보다 더 크게 귓가를 때리자 그들의 몸이 위축되며 현관문을 바라본다.

뚜벅뚜벅! 덜컹, 끼이익!

현관문을 열며 안으로 들어오는 덩치 큰 사내.

"처음 뵙겠습니다. 최종혁입니다."

종혁은 회귀 전에도, 후에도 처음 보는 외가 친척들을 보며 눈빛을 가라앉혔다.

묵직하면서도 날카로운 칼을 품은 음성.

종혁은 거실에 옹기종기 모여 있는 외가 친척들을 보며 입술을 비튼다.

"집 좋네요."

1, 2층 모두 합해 80평대. 이 정도면 충분히 중산층이라고 할 수 있을 정도다.

'당신들은 이런 곳에서 살았구나.'

"어, 어휴! 어서 와! 내가 네 큰이모야! 엄마한테 말은 많이 들었지?"

"아니요. 단 한 번도 듣지 못했습니다."

"으응?"

"그리고 초면에 반말은 좀 아니라는 생각이 드는군요."

종혁이 자신의 팔을 잡은 큰이모란 작자의 손을 떼어낸다.

그에 순간 낯빛이 굳었던 큰이모가 다시 웃는다.

"오느라 힘들었지? 어서 들어와, 어서. 우리 조카님 집이다라고 편하게 생각해."

"그것도 됐습니다."

종혁은 들고 온 음료수 박스를 내려놓으며 다시 외가 친척들을 둘러봤다.

"이게 전부입니까? 외할머니와 외할아버지는요?"

"으응. 도, 돌아가셨어. 몇 년 전에……."

"천벌을 받았나 보군요."

쿵!

"……뭐라고?"

"겨우 그 연세에 귀가 먹은 겁니까?"

"……호호. 그동안 우리가 많이 원망스러웠지? 그래, 그럴 거야. 하지만 우리도 다 사정이……."

"어떤 사정 말입니까? 대체 어떤 사정이 있었기에 너무 힘들고 괴롭고 외로워 찾아온 남편 잃은 여동생을, 아직 눈조차 제대로 뜨지 못하는 갓난아이를 품고 찾아온 자신들의 남매를 내쫓은 겁니까?"

그것도 그 엄동설한에.

종혁에 대한 루머가 보도되자마자, 이때다 싶어 뭐라도 뜯어먹을 게 있을까 싶어 허위 제보를 했던 외가 친척들.

그렇게 친척들이 자신을 건드린 이후, 어머니 고정숙이 다 말해 주었다. 아버지와의 결혼을 격렬하게 반대했던 외가 친척들에 대해.

'그래. 이것까진 그럴 수 있다 쳐.'

결혼은 현실이다. 이것저것 모두 따져 봐야 하는 현실.

뛰어난 미모 하나만으로도 많은 중매가 들어왔던 어머니다. 박봉의 경찰에게 보내고 싶지 않았을 마음도 이해는 간다.

그럼에도 반대를 무릅쓰고 아버지와 결혼한 어머니가 답답할 수도, 마음에 안 들 수도 있다는 것도 이해한다.

그러나 그래도 가족 아닌가.

아버지가 돌아가시고 혼자 자신을 출산한 어머니는, 어떻게든 홀로 버티고 버티다 견디지 못해 도움을 청하러 찾았으나 이들은 어머니를 문전박대했다.

혹여 그 겨울에 자신의 아이가 감기에 걸릴까 있는 옷 없는 옷으로 모두 꽁꽁 싸맨 채, 그러면서 정작 당신은 겨울옷이 없어 얇은 봄옷만 입고 찾아온 어머니를 문 안으로 들이지 않았다.

눈이 펑펑 내리는 엄동설한에 방치했다.

그렇게 손발이 파랗게 질릴 때까지 매달리던 어머니는 결국 쓸쓸히 돌아서야 했다.

"당시 어머니는 이렇게 생각하셨답니다. 이제 자신에겐 형제와 부모는 없다고."

종혁의 고개가 삐딱하게 기울어진다.

"당신들도 그렇게 생각한 거 아니었어?"

"그, 그때는……!"

"아가리 다물어. 싹 다 명예훼손과 모욕죄로 잡아 처넣기 전에."

오싹!

심장과 목을 꽉 쥐는 끔찍한 살의.

종혁은 겁에 질리는 외가 친척들을 보며 말을 이어 갔다.

"이후 내 어머니는 목도 가누지 못하는 갓난아기를 등에 메고 닥치는 대로 일을 하셨어."

그 어리고 꽃다운 나이의 아가씨가, 꽃향기만 맡아도 부족한 나이의 아가씨의 손이 부르트고, 뼈가 뒤틀렸다.

정작 본인은 아파 죽을 것 같아도 자식새끼 입에 먹을 것을 넣기 위해 일터로 향했다.

"그렇게 17년이었어. 그런데 이제 와서 뭐? 친척? 남매? 조카? 당신들이 무슨 자격으로 우리 모자에게 그딴 걸 강요하는 거지?"

"그, 그거야······."
"정말 수갑 채워 줘?"
"······."
"내가 당신들을 만나러 온 이유는 하나야."
어머니 고정숙이 외가 친척들을 만나러 왔다면 무엇이든 퍼 줄 것 같아서였다.
"그래서 온 거야. 내가 형사다 보니 당신들 같은 부류의 인간들을 잘 알거든."
그리고 어머니 고정숙도 잘 안다.
누구보다 아들을 사랑하시는 어머니.
이제 경찰의 고위 간부가 된 아들이다. 어머니는 더 이상 아들이 구설수에 오르지 않길 바라는 마음에, 이들에게 소정의 돈을 줬을 거다.
물론 그걸로 이들이 만족하고 입을 닫을 수도 있다.
하지만 그건 잠시일 뿐.
시간이 흐르고 그 돈이 떨어지면, 이들은 또다시 이런 짓을 반복하며 자신들 모자의 피를 빨아먹는 기생충 짓을 할 것이 분명했다.
"일말의 여지조차 주지 않으려고 온 거라고."
종혁은 거실 소파에 앉아 있는 노인을 바라봤다.
"고정호 씨."
"······."
"그냥 지금처럼 삽시다. 서로 모르는 사람처럼. 아주 작은 양심이 남아 있어 어머니 앞에 나타나지 않았던 것처럼……. 만약 내 이 충고를 무시하고 다시 어머니 앞에 기웃거린다면, 그 순간 바로 협박 및 사기죄로 수갑을 채워 드리겠습니다. 그리고……."

종혁의 시선이 사촌들을 훑는다.

종혁의 폭언에 낯빛이 딱딱하게 굳은 그들.

"저기 당신들의 자식들이 취직을 한다면 그 회사 사장에게 당신들의 지금 이 모습을 손수 편지로 써서 보낼 겁니다. 결혼을 한다면 사돈 될 사람과 당신들이 어떤 인간들인지에 대해 심도 깊은 토론을 할 겁니다."

꽝!

외가 친척들의 낯빛이 검게 죽는다.

"그러니 우리 선 넘지 맙시다. 나야 잃어 봤자 새 발의 피도 안 되지만, 당신들은 아니잖아요. 아시겠습니까?"

"……너, 너흰 돈 많잖아! 조금 정돈 나눠 줄 수 있잖아—!"

"우리가 왜? 천륜을 끊은 건 당신들 아니었어? 우리가 왜 생판 남한테 돈을 줘야 하는데?"

그 돈, 길거리 노숙자를 위해 쓰는 게 더 가치 있을 거다.

"그 사람들은 그나마 갱생의 가능성이라도 있거든. 하지만 당신들은 아니잖아."

"……."

"만나서 더러웠고, 다신 만나지 맙시다. 아, 그리고 지금 녹음하고 있는 거 언론사에 보내도 아무 의미 없습니다. 녹음은 나도 하고 있으니까. 합의금 감당할 수 있으면 보내 보든지."

코웃음을 친 종혁은 굳어 있는 외가 친척들을 비웃으며 몸을 돌렸다.

쾅!

대문을 나선 종혁이 잠시 하늘을 바라본다.

"……더럽네."

기분이 더럽다. 역시 어머니 대신 오길 잘한 것 같다.

'뭐 이렇게 경고를 해도 들어 처먹지 않겠지만…….'

"가진 걸 잃게 되면 다물겠지."

자신의 경고를 무시하고 찾아온다면 그땐 정말 전쟁이다. 그들이 가진 모든 걸 빼앗고 무너트릴 생각이다.

일단은 외할아버지와 외할머니가 남긴 유산과 그 이자부터 지금 다니는 직장들까지.

"삶이 송두리째 흔들린다면 정신을 차리겠지."

정신을 차릴 수밖에 없을 거다.

저런 인간들의 특징은 남의 것은 아무렇지 않게 뺏으려고 해도 자신의 것은 어떻게든 지키려 드니까.

코웃음을 친 종혁이 멀리 세워 둔 차를 향해 걷는 순간이었다.

지이잉! 지이이잉!

"응? 얘가 왜……. 어, 재우야. 응? 오늘? 저녁에는 괜찮아."

친한 동생이자 대한민국의 레전드 보이그룹의 멤버인

재우와의 통화를 종료한 종혁은 고개를 모로 기울였다.
"갑자기 뭔 일이야?"
종혁은 의아해하며 걸음을 옮겼다.

* * *

찰칵! 치이익!
"후우. 춥네."
이제 겨울이라서 그런지 벌써 바람이 많이 차다.
"흠. 몇 년 전만 해도 이 정도 추위는 느끼지도 않았던 것 같은데……. 나도 이제 슬슬 아저씨가 되는 건가."
이미 한 번 되어 본 적 있는 아저씨.
운동을 열심히 해도 매일매일 몸 어딘가가 계속 망가져 가던 아저씨.
그건 좀 많이 싫었다.
"종혁이 형!"
종혁은 웬 낯선 여성과 함께 걸어오는 재우를 보며 잠시 눈을 비볐다. 갑자기 예전 일이 데자뷰처럼 느껴졌기 때문이다.
그와 동시에 진한 불길함이 찾아듦에 종혁은 가까이 온 재우를 향해 손을 내밀었다.
"잠깐 스톱. 야, 내가 정말 혹시나 해서 묻는 말이거든? 청첩장은 아니지?"
"……에이씨."

"와……."

역시 자신의 촉이 맞았다.

종혁은 얼굴을 구겼다.

"야. 뒤질래, 살래?"

"아니, 또 왜!"

"결혼까지 이야기가 진행됐는데 그동안 나한테 소개 한 번 안 시켜 줬다고? 네가 정말 죽고 싶은 거지?"

"……쨔잔! 그래서 오늘 보여 드리는 겁니다!"

빠악!

"으아아악!"

정수리를 움켜쥔 재우는 길바닥을 굴렀고, 종혁은 얼어붙은 재우의 여자친구를 향해 고개를 숙였다.

"많이 놀라셨죠? 저랑 이놈은 자주 이렇게 놀아서요. 처음 뵙겠습니다. 이 모자란 놈의 친한 형인 최종혁입니다."

"아, 안녕하세요. 말씀은 많이 들었어요. 여기 재우 씨 여자친구 송아영입니다!"

"네, 만나서 반갑습니다. 이렇게 만난 것도 인연인데, 일단 이렇게 예쁜 여자친구에 대해서 언급 한 번 안 한 이놈부터 매우 칠까요?"

"풉!"

"형이 너무 바빴잖아!"

"한 대 더 맞아, 이 자식아."

빡!

"……끄아아아악!"

'그나저나 이놈이 이때 결혼을 했던가? 그런데 이 사람은 또 누구야?'

회귀 전, 처가댁과 얽힌 사건으로 인해 함께 구설수에 올라 뭇매를 맞았던 재우. 그런데 눈앞의 여성은 그때 재우가 결혼했던 그분이 아니었다.

주변 사람의 역사가 또 바뀌었다.

종혁은 아직도 길바닥을 구르는 재우를 발로 툭툭 쳤다.

"야, 인나. 가자."

"아오, 씨. 머리에 빵꾸 뚫리는지 알았네. 응? 어디 가게?"

"청첩장 주러 왔다며?"

종혁은 핸드폰을 들었다.

"예, 사장님. 최종혁입니다. 혹시 지금 자리 좀 예약할 수 있을까요? 1시간 뒤요. 세 사람 예약하고 싶은데요. 네, 감사합니다. 그럼 1시간 뒤에 뵙겠습니다."

"자, 잠깐. 형, 지금 어디다 전화 건 거야?"

"아, 전에 아는 분이랑 갔던 한식당."

계림그룹 사건을 마무리하고 김희건 회장과 만났던 그 한식당.

"거기 음식이랑 술이 죽이거든? 1인분도 얼마 안 해. 한 80만 원?"

"……살려 줘."

"싫어."
종혁은 씩 웃으며 매정히 몸을 돌렸다.
'갑자기 외롭네.'
입안이 썼다.

* * *

며칠 후 이른 아침.
"아, 또 왜!"
종혁은 출근도 하지 않은 채 자신을 가만히 응시하는 어머니 고정숙의 모습에 결국 버럭 소리를 지르고 만다.
"에휴. 아니다. 내가 뭘 바라니. 엄만 출근한다. 축하 잘해 주고."
"예, 알겠습니다아. 쯧."
압박이다. 얼른 결혼을 하라는 압박.
옷을 갈아입기 위해 드레스룸으로 향하는 종혁의 얼굴이 구겨졌다.
"재우, 넌 오늘 뒤졌어."
오늘은 재우의 결혼식 날이다.
종혁은 청첩장을 준 지 고작 일주일도 안 되어서 결혼식을 올리는 이 배은망덕한 놈을 어떻게 죽일까 진심으로 고민하기 시작했다.

"여기 청첩장입니다."

"예, 확인되셨습니다. 안으로 들어가시면 됩니다."

일반인과의 결혼이기에 청첩장을 받은 이들만 입장을 허락한 재우의 결혼식.

주차를 하고 내린 종혁은 식장으로 향하는 사람들의 면면을 확인하곤 혀를 내둘렀다.

"대한민국 연예인이란 연예인은 여기 다 있네."

여길 봐도 연예인, 저길 봐도 연예인이다.

"삼촌-!"

종혁은 머리 위로 손을 흔들며 달려오는 윤아를 발견하곤 미간을 찌푸렸다.

"이럴 거면 그냥 같이 오지 그랬냐."

"삼촌 차에 우리 언니들을 다 태울 순 없잖아."

"리나, 하이. 준규도 하이."

"제니거든요! 제니! 제니!"

"너 그렇게 자기 이름 싫어하고 그러면 안 된다? 부모님이 슬퍼해요?"

"아오, 빡쳐!"

키득키득 웃은 종혁은 다른 윤아의 멤버들을 향해서도 손을 흔들어 주었고, 윤아는 종혁의 주변을 살폈다.

"그런데 언니는? 삼촌 여자친구분은?"

"아, 갑자기 일이 터지는 바람에 오기 힘들대."

"에이, 이번엔 보나 싶었는데……. 진짜 언제 보여 줄 건데?"

"글쎄다……. 뭐 언젠가 보게 되겠지. 들어가자. 춥다."

"치이. 알았어."

그들은 결혼식장 안으로 들어갔다.

"우와. 많다."

"그래도 재우가 사회생활은 잘했나 보네."

이 중 절반은 재우 부모님의 손님일 테지만, 그래도 대견하면서도 왜인지 뿌듯했다.

그런 종혁의 귀로 희미하게 울음소리가 날아와 꽂힌다.

"흐어어엉!"

"……어이구. 저 형은 또 왜 울고 그런데. 선배들께 인사하고 있어."

따라오려는 윤아와 리나를 말린 종혁이 결혼식장 한구석으로 향한다. 마치 새신랑처럼 쫙 빼입고서 통곡을 하고 있는 준이 형.

"왔어, 종혁아?"

"형들은 빨리 오셨네요. 그런데 이 양반은 이 좋은 날 왜 울고 있어요?"

"흐어엉!"

종혁을 끌어안은 그가 더 크게 울어 버린다.

"재우가……! 그 코찔찔이 재우가……! 크흐읍!"

"아주 형이 재우 아빠지? 그래요, 그래."

"흐어어엉!"

형의 마음을 이해한다.

데뷔 전 함께 고생을 했던 이들 다섯 명. 특히나 이 형에게 있어 재우는 거의 조카뻘이었고, 그래서 그런지 참 많이 아꼈었다.

재우도 그런 준이 형을 많이 따랐었다.

그렇게 매일 같은 공간에서 함께 생활하며 형, 형 부르며 따라다니던 고등학생이 어느덧 자라 결혼을 한다니 많이 대견하면서도 서럽고, 서운할 것이다.

"어이구. 이 양반이 마흔 넘었다고 벌써 갱년기가 오셨나. 아니, 재우 부모님도 안 우는데 형이 왜 울어요. 자자, 뚝."

"……뚝."

"형들은 이 형 얼굴 좀 어떻게 해 봐요. 이런 얼굴로 이따가 사진 찍을 수 있겠어요?"

"……크허엉!"

"아, 또 왜."

종혁은 얼른 화장실로 데려가라고 형들을 눈으로 재촉했고, 입맛을 다신 그들이 멀어지자 재우의 부모님에게로 향했다.

"어머님, 아버님."

"어머, 종혁아!"

"왔나? 바쁜데 뭐한다고 여까지 오노."

경상도 토박이이신 재우의 아버님.

"재우 결혼식인데 당연히 와야죠."

"어이고, 형님!"

"니도 왔나!"

"그럼 전 재우에게 가 볼게요."

"그래, 어서 가 봐라. 미안하데이!"

정신없이 바쁜 재우의 부모님들에게서 벗어난 종혁은 신부 대기실로 향했다.

신부의 친구들과 재우의 신부를 보러 온 동료 연예인들로 발 디딜 틈 하나 없는 신부 대기실.

먼저 도착해 손을 흔드는 윤아를 보며 고개를 끄덕인 종혁이 신부의 옆에 서서 행복하게 웃고 있는 재우를 보며 볼을 긁적였다.

'나 때문이라…….'

종혁은 재우가 청첩장을 주러 온 날을 떠올렸다.

* * *

"후아!"

잠시 담배를 피우기 위해 밖으로 나온 종혁이 뜨겁게 달아오른 볼을 만지다 따라 나온 재우에게 담배를 권한다.

"땡큐."

"어떻게 된 거야? 언제부터 만난 거야?"

"아, 그게 봉사 활동을 하다가……."

"봉사 활동? 네가?"

"에이씨. 나도 봉사 활동 정도는 하거든?"

종혁은 코웃음을 쳤고, 재우는 슬그머니 시선을 피했다.

"그냥 집에서만 쉬다 보니 심심하기도 해서……. 그래! 형 생각나서 한번 해 봤다, 왜!"

어려서부터 참 여러 사람을 도왔던 종혁.

갑자기 왜 종혁이 떠올랐는지 모르겠지만, 재우는 그길로 가까운 행복의 쉼터를 찾아갔고, 그곳에서 지금의 여자친구를 만나게 됐다.

"아, 행복의 쉼터 직원이셨어?"

"응. 처음 딱 보는데 와……."

하늘에서 천사가 내려온 줄 알았다.

"뭐, 처음엔 연예인이라는 이유 때문에 부담스러워하더라고. 그런데 내가 누구야! 싸나이 김재우 아니야!"

그날 이후 재우는 계속 행복의 쉼터에 출근 도장을 찍으며 대시를 했고, 결국 사귀다 못해 이렇게 결혼을 하게 됐다.

"……그럼 내 덕분에 결혼하는 거네?"

"에이. 그건 아니지."

"오케이. 쌓아 둔 과거 이야기를 좀 풀어 보실까?"

"형! 아, 형!"

재우는 다급히 종혁의 뒤를 쫓았다.

* * *

"호호호!"

웃음소리에 정신을 차린 종혁은 여전히 팔푼이처럼 웃고 있는 재우를 보며 미소를 지었다.

"그래. 뭐 서로 좋아하면 된 거지. 잘 살아라, 인마."

그것이면 된 것이다.

'그나저나 사람이 너무 많네······.'

이러다간 사진 찍으려다가 식이 시작할 판이다.

일단 축의금부터 내야겠다고 생각한 종혁이 몸을 돌리는 순간이었다.

"삼촌."

어느새 다가와 종혁의 옷자락을 잡는 윤아.

"응?"

"이따가 시간 좀 내줄 수 있어?"

종혁은 진지하고도 왠지 초조한 윤아의 얼굴에 미간을 좁혔다.

* * *

"후우."

종혁이 몸을 닦으며 취기가 섞인 마지막 숨을 토해 낸다.

어젯밤 피로연에서 달린 그.

"밥 먹어!"

"예!"

대충 옷을 입고 부엌으로 향한 종혁이 눈을 동그랗게 뜬다.

"이게 다 뭐야."

갈비찜에 육전, 동태전, 나물 등으로 상다리가 부러지

듯 차려진 아침 밥상. 화룡점정은 뽀얀 국물의 황태해장국이었다.

"아들이 다시 본청에 출근한다고 힘내신 거예요? 이거 감동인데?"

임명식 이후 약간의 휴가가 모두 끝났다. 이제부터는 다시 출근이었다.

"쓸데없는 소리 말고 앉아."

"옙!"

자리에 앉아 숟가락을 들려고 하자 순철과 순희도 부엌으로 걸어온다.

"어으으. 죽겠다. 안녕히 주무셨어요."

"으으응."

어젯밤 회식이라 새벽녘에 들어온 순철과 여전히 아침이 힘든 순희.

종혁은 자신에게 안기는 순희의 등을 두드리며 숟가락을 쥐여 줬다.

그렇게 그들의 아침이 시작됐다.

"오늘 하루도 파이팅입니다."

"너도 잘 다녀와. 철이랑 희야도."

어머니 고정숙이 아래의 식당으로 내려가자 종혁과 순철, 순희도 출근과 등교를 준비한다.

띵!

"다녀오겠습니다."

"그래, 조심히 다녀와. 추우니까 감기 조심하고."
1층에서 순희를 떠나보낸 순철이 종혁을 본다.
"아, 형님. 오늘은 좀 같이 가도 될까요?"
"왜? 무슨 일 있어?"
"어제 회식 때문에 청에 차를 놔두고 와서……."
"아, 그래?"
고개를 끄덕인 둘은 같은 차에 올라 주차장을 빠져나갔다.
"요새 일은 좀 어때?"
"똑같죠."
범죄자를 추적하고, 범죄자를 검거하고.
매일이 전쟁이다. 그나마 다행인 건 자신의 밑으로 네 명의 직원들이 배정됐다는 것이다.
종혁은 그 말에 눈을 빛냈다.
"아예 따로 운영을 한다고?"
"그게 더 효율적이어서 말입니다. 특수대에 증원이 된 이후 계속 이렇게 운영되고 있었습니다."
"흠. 확실히 그게 효율적이긴 하지."
인식 프로그램 운영 외에도 계좌 및 신원 조회 등 특수범죄수사대에서 수사지원과의 역할을 도맡아 하고 있는 순철.
한 팀에 소속되기에는 순철의 능력이 너무 뛰어났고, 그렇다고 특수범죄수사대의 모든 사건을 서포트하기에는 그의 시간이 너무 모자랐다.

그래서 거의 매일이 야근이었던 순철. 이젠 숨을 좀 돌릴 수 있었다.

"모두 형님 덕분입니다."

"무슨. 내가 한 일이 뭐 있다고."

"없긴 뭐가 없습네까! 형님이……."

흥분하니 다시 사투리가 튀어나오는 순철.

 종혁이 특수범죄수사대에 인식 프로그램 시리즈를 접목시키면서 이를 운영할 전문 인력 양성의 필요성이 대두됐다.

 그로 인해 경찰은 관련 전문가나 종사자의 특채 TO가 증대됐고, 수사지원부서 등의 인력들이 보다 전문화되면서 수사 지원의 질이 한층 높아졌다.

 어디 그뿐인가.

 특수범죄수사대 이후 처음으로 인식 프로그램 시리즈가 접목이 된 실종 수사 전담반이나 전담팀의 활약으로 실종 사건들이 유의미하게 줄어들었다.

 여전히 하루에도 수십 건씩 실종 신고가 들어오지만, 다행히 대부분의 이들을 찾아내며 이전보다 실종 사건의 미제 전환율이 많이 줄어들게 되었다.

 종혁은 그렇게 열을 토하는 순철을 향해 손을 저었다.

"아니야. 모두 네가 잘한 거야."

 아무리 인식 프로그램 시리즈가 있었다고 한들, 순철이 제대로 운영하지 않았다면 어떻게 됐을까.

 아마 실종 전담 부서에서나 겨우 쓸 뿐, 그것이 수사

지원으로까지 확대되지는 않았을 것이다.

'아니, 최소 10년 후에나 겨우 수사지원과에 접목됐겠지.'

그만큼 인식 프로그램 시리즈는 예민한 물건이었다.

"아니……."

"네가 잘한 거라니까."

"……후. 재우 형님은 잘 보내 주셨습네까?"

"재우?"

피식 웃은 종혁이 돌연 어깨를 푼다.

어제 피로연 이후 늦은 저녁이 되어서야 기어서 신혼여행을 떠난 재우. 아마 신혼여행 기간 내내 제대로 걷지 못할 거라는 데 전 재산을 걸 수 있었다.

"뭐 신혼부부에게 관광이 무슨 필요가 있겠냐마는……."

"왜 필요가 없습니까? 신혼여행을 갔으면 그동안 가 보지 못했던 좋은 곳도 돌아다니고……."

"……너 여태까지 여자친구 사귄 적 없지?"

"어, 없긴 뭐가 없습네까! 제가 이북에 있을 때까지만 해도 마을 에미나이들이 얼마나 치근덕거렸는지 아십네까!? 오죽하면 제 별명이 카사노바 리였습네다!"

"오우. 북한에서도 카사노바라는 단어를 쓰세요?"

"……."

"암튼 뭐 그런 게 있다. 결혼한 사람만이 아는 그런 게……."

"그럼 형님도 모르잖습네까."

"……그렇지."

회귀 전 연애는 몇 번 한 적이 있어도, 사건을 쫓아다니고 진급에 목을 매느라 그리 오래 사귀진 못했던 종혁.

갑자기 입안이 써진 종혁은 창문을 내리며 담배를 물었다.

'연락이 되지 않는다라…….'

어제 윤아가 조심스레 부탁을 했던 어떤 일.

종혁은 어제 윤아와 나눈 이야기를 떠올렸다.

* * *

"사랑한다-!"
"와아아아아!"
"흐어어어엉!"

짝짝짝짝짝짝!

빠바바바방!

식장에 다시 음악이 울려 퍼지며 새신랑 재우와 새신부가 함께 나란히 퇴장을 한다.

사람들은 폭죽과 꽃가루를 날리며 다시 한번 둘의 결혼을 축하해 줬고, 그렇게 사진 촬영까지 마친 그들은 시원하고도 섭섭한 표정을 지으며 식장을 빠져나왔다.

웅성웅성.

"훌쩍!"

"어이구. 이 형님은 또 우시네."

준이 형뿐만이 아니다. 다른 형들 또한 눈시울이 붉어져 있다.

"종혁아, 넌 어쩔래? 피로연 참석할 거야?"

"당연히 참석해야죠."

결혼식의 꽃은 피로연이다.

"정말? 여자친구가 뭐라고 안 하겠어?"

"피로연하고 시연 씨가 왜……."

의아해하던 종혁은 피식 웃었다.

"이 형님들 이거, 이거 딴마음들을 가지고 계셨구만?"

움찔!

종혁의 생각이 맞는 듯 준이 형까지 슬그머니 고개를 돌린다.

신랑 친구들뿐만 아니라 신부 친구들까지 함께 참석하는 피로연. 솔로인 형들로서는 기대가 되는 이벤트가 아닐 수 없다.

"걱정 마세요. 난 이거면 되니까."

부왁!

마치 야구의 타자 선수처럼 양팔을 휘두르는 종혁.

"자고로 새신랑은 신방에 걸어서 들어가는 게 아니라고 했죠. 흐흐."

종혁의 음흉한 미소에 다시 몸을 굳혔던 형들이 이내 의미심장한 미소를 짓는다.

"요새 결혼 문화가 많이 바뀌었다고 하지만, 역시 그렇지?"

"일단 혈액 순환 잘되라고 벼락 맞은 대추나무 몽둥이를 구해 놨습니다."

"으음. 그래도 걸어 들어가게는 해야 하지 않을까? 말 들어 보니까 재우 오늘 바로 신혼여행 떠난다던데."

"걱정 마십쇼. 피로연장부터 인천공항까지, 아니 여행지까지 편안하게 에스코트할 수 있게 해 놨으니까."

리무진 서비스에 전용기, 호텔까지 모두 준비해 놨다.

재우는 그냥 몸만 움직이면 됐다.

"역시 최종혁!"

빈틈이 없다.

"이야, 이 정도면 신부에게 노래는 거뜬히 듣겠는데?"

"그렇지? 이 정도면 꼰대라든가 나쁜 사람들이란 소린 안 듣겠지?"

"그럼 우리는……."

작당 모의를 시작하는 그들의 모습을 흐뭇이 바라보던 종혁은 윤아가 다가오자 양해를 구하고 몸을 돌렸다.

"그럼 피로연 때 봐요. 가자."

"어? 그래! 이따가 봐!"

손을 흔드는 그들을 뒤로한 종혁이 윤아를 본다.

"너희 멤버들은?"

"먼저 뷔페에 갔어."

"넌? 안 먹어도 되겠어?"

"나야 뭐……."

먹깨비인 윤아가 먹을 걸 마다하자 놀랐던 종혁은 낯빛

이 어두워진 그녀의 얼굴을 보곤 고개를 끄덕였다.

"알았어. 내 차로 이동하자."

예식장 바로 옆에 카페가 있지만, 기자들이 눈을 부릅뜨고서 지켜보고 있다. 물론 입구의 바리케이드를 넘진 못할 테지만 그래도 조심해야 했다.

둘은 예식장을 빠져나와 먼 곳의 카페로 향했다.

"무슨 일인데?"

"그게…… 후. 일단 사과부터 할게, 삼촌. 이게 삼촌한테 부탁할 일은 아닌데 그래도 마음이 쓰여서……."

"괜찮으니까 말해. 무슨 일인데? 혹시 소속사의 비리 같은 거야? 아니면…… 스폰 제의?"

"아니야!"

순간 살벌해지는 종혁의 눈빛에 화들짝 놀란 윤아가 다급히 손을 젓는다.

"그런 거 정말 아니야! 그냥……."

우물쭈물하던 윤아가 한숨을 길게 내뱉는다.

"삼촌, 나한테 정말 특별한 팬이 있거든?"

"팬?"

"응. 그게……."

한류 열풍을 타고 아시아 전역에서 인기를 끌고 있는 윤아와 그녀의 동료 멤버들.

전 세계에 있는 수십, 수백만의 팬들 모두 특별하지만, 이 팬은 특히 특별한 계기로 알게 된 팬이었다.

"이 친구를 알게 된 건 병원에서 온 편지 한 통 때문이었어."

 종갓집에서 종혁을 알게 된 이후 많은 지원을 받으며 부족함 없이 데뷔한 윤아였지만, 그래도 성공에 대한 불안감이 클 수밖에 없었다.

 연습을 하다 뼈가 부러지기도 하고, 코피를 쏟은 적도 수없이 많았지만, 그렇게 노력을 해도 성공을 장담할 수 없는 곳이 바로 연예계였다.

 실제로도 그랬다.

 종혁 덕분에 경찰 홍보대사가 되기 전까지는 소속사에서 야심 차게 키운 걸그룹이란 타이틀만 있을 뿐 성적은 썩 좋지 않았고, 데뷔를 하면 레드카펫만 걸을 거라던 꿈은 이미 무너진 지 오래였다.

 그렇게 하루하루 희망이 무너져 가던 어느 날, 서울 어느 대학병원에서 편지 한 통이 날아들었다.

 "우리 데뷔곡이 희망을 이야기하는 곡이었잖아."
 "그랬지."
 "그 친구도 그래서 우리가, 내가 좋아졌나 봐."

 처음 도착한 편지는 그 친구의 편지가 아니었다. 그 친구의 부모님이 쓴 편지였다.

 "아들이 내 팬이라고, 답장까진 바라진 않으니까 TV에서 딱 한 번이라도 아들의 이름을 말해 줄 수 있냐고 하시더라고."

 자신보다 한 살 어린, 아직 십대라는 어린 나이에 백혈병이란 몹쓸 병에 걸린 친구.

"맨날 잠만 자고 무기력하게 병상에 누워만 있는 아들이 나만 나오면 벌떡 일어나서 노래를 따라 불렀다는데……."

그날 편지를 읽다가 하염없이 울다 멈춘 윤아는 펜을 들었고, 자신의 특별한 팬을 위해 편지를 썼다.

이후 둘은 지속적으로 편지를 주고받으며, 팬과 가수가 아닌 친구처럼 가까워지게 되었다.

"그러던 친구에게 기적이 찾아든 거야."

정말 기적적으로 골수를 이식해 줄 사람이 나타난 거다.

수술은 성공적으로 끝났고, 그 친구의 병도 씻은 듯 나았다.

"그 이야기를 듣고 병원에 찾아가서 한참을 신나서 이야기를 나눴는데……."

앞으로 무얼하고 싶은지, 그동안 참아 왔던 것들을 물었다.

"그런데 애가 갑자기 연예인이 되고 싶다는 거야."

"연예인?"

"응. 나처럼 다른 사람들에게 희망을 줄 수 있는 사람이 되고 싶대. 그중에서도 배우."

그래서 자신이 한번 소속사든 오디션 자리든 알아봐 주겠다고 했다.

자신의 소속사 또한 배우 매니징을 하기도 하고, 이전에 드라마에 출연하며 만든 인맥들도 있었기에 어렵지 않은 일이었다.

"그런데 싫다고 하더라고. 많은 사람의 도움과 하늘이 허락한 기적으로 병은 나았지만, 이후의 삶만큼은 혼자서 이루어 내 보고 싶다고 말이야."

윤아는 아쉬웠지만 친구의 선택을 존중할 수밖에 없었다.

그렇게 몇 년이란 시간이 흘렀고, 얼마 전 그 친구가 한 기획사와 계약을 맺게 됐다는 이야기를 듣게 됐다.

"당연히 만나서 축하해 줬는데……."

이후부터 점차 연락이 뜸해지더니 얼마 전엔 아예 연락이 끊겨 버린 것이다.

"실종된 거야?"

"아니, 그건 아니야."

하도 연락이 되지 않기에 그 친구의 부모님에게 연락을 해 봤는데, 늦어도 두 달에 한 번씩은 꼭 연락이 온다고 했다.

"그래서 꺼림해서 참다못해 그 친구 소속사에 찾아갔는데……."

"혹시 빈 건물이었던 거야?"

"응……."

"그 친구가 부모님과 연락을 한 수단은? 영상통화? 아니면 문자? 직접 찾아온 적은 없어?"

"다 문자였대……."

"그 친구 부모님께 말은 했고?"

"응……. 하지만 그 친구가 걱정하지 않아도 된다고, 아무 문제도 없다고 돈을 붙였대. 그것도 3천만 원이나."

"……그 친구가 소속사와 계약을 맺은 시기는?"

"작년 6월."

"그 친구가 출연한 작품은 있고?"

"단역으로 두 번 정도 나온 걸로 알고 있어."

미간을 좁힌 종혁은 고개를 끄덕였다.

"확실히 내게 부탁할 만한 일이긴 하네."

주연, 조연급이 아닌, 단역의 출연료는 대개 최저 임금 수준에 불과하다.

그런 친구가 3천만 원이라는 거액을 부모님께 보낸 거다.

여러모로 께름칙할 수밖에 없는 상황.

하지만 이 정도로 경찰이 나서긴 어려운 문제였다.

문자라곤 하지만, '성인' 남성이 계속 부모님과 연락을 나눈 '정황'이 있다.

윤아로선 걱정이 될 수밖에 없을 테지만, 어찌 됐건 윤아는 제삼자다. 가족의 신고도 접수되지 않은 지금, 경찰이 나서긴 애매한 상황일 수밖에 없었다.

"곤란한 부탁해서 미안해, 삼촌……."

"아니야. 무슨 말인지 알았어. 내가 한번 알아볼게."

종혁의 따뜻한 말에 윤아는 너무 미안해 고개를 푹 숙였고, 종혁은 그녀의 머리를 쓰다듬으며 진정시켰다.

* * *

'이거 아무래도 질 나쁜 새끼들에게 걸린 것 같은데…….'
가장 먼저 떠오른 건 아무래도 소위 말하는 스폰이다.
 돈 많고 영향력이 많은데 시간과 성욕까지 넘쳐 나는 사모님들의 스폰.
"형님, 이것 좀 보시라요!"
"응?"

충격! 윤아, 카페에서 남자와 다정한 모습!
윤아의 머리를 쓰다듬는 남성은 누구?!
윤아, 열애 중!

"이야. 이게 찍혔나 보네. 최초 보도한 언론사가…… 빅 프로? 여긴 또 어디야?"
"괘, 괜찮으십네까?"
"어, 괜찮아. 연예부 기자들 중 나랑 윤아가 친척 관계인 거 모르는 사람 없을걸?"
"아. 그러면 이거이 기사가 양산되는 게……."
"이번 기회에 조회수 좀 달달하게 뽑아 먹겠다 이거지. 놔둬. 점심 먹을 때쯤이면 정정 기사가 올라올 테니까."
 경찰이 되기 전에는 유도 금메달리스트로, 경찰이 된 후로는 굵직한 사건들을 여럿 해결하며 이미 대중들에게 얼굴이 알려질 만큼 알려진 종혁.

이제 와서 저런 보도가 나간들 달라질 것도 없었다.

"그나저나 신호 바뀐 지가 언젠데 왜 이렇게 안 가? 사고 났나?"

종혁은 앞을 보며 눈살을 찌푸렸다.

빠앙! 빵빵빵!

뒤에서도 계속 울리는 경적 소리.

그럼에도 도통 나아가지 못하는 앞차들에 결국 차에서 내린 종혁은 앞을 보곤 얼굴을 와락 구겼다.

"아, 이 씨발 방송국 새끼들이 진짜……."

저 멀리 보행도로를 가득 채우다 못해 차선까지 침범한 촬영 장비들.

물론 구청에 허락을 받았다면 아무런 문제가 없겠지만, 지금은 출근 시간이다.

거기다 이곳은 한적한 외곽도 아닌 6차선 도로가 꽉 차는 도로. 구청이 도로 통제를 허락해 줄 리가 없었다.

"저 간나 새끼들이! 또 저 지랄이네!"

"뭐야. 알아?"

"어제부터 저기서 지랄하던 놈들입네다! 잠시만 기다려 주시라요!"

종혁이 대답을 하기도 전에 달려 나간 순철은 방송국 관계자로 보이는 사람에게 언성을 높였고, 이내 차선을 침범한 방송 기기들과 스태프들이 보행로로 올려 보낸 순철은 환하게 웃으며 다가왔다.

"이제 가시면 됩니다."

"뭔 촬영이래?"

"뭔 드라마라고 하는데……."

제목을 듣긴 했는데 좀 어려워서 그냥 한 귀로 흘려버렸다.

순철은 어깨를 으쓱였고, 이내 둘은 본청으로 향하기 시작했다.

* * *

"그럼 오늘도 수고하고."

"옙! 형님도 수고하십쇼!"

순철보다 먼저 내린 종혁이 홍보부의 문을 열고 들어간다.

"어? 오셨습니까."

"좋은 아침입니다."

"응?"

먼저 도착해 컴퓨터 앞에 앉아 있다가 종혁을 향해 푸근히 웃는 경찰들.

마치 어제도 만난 듯 자연스러운 인사에 종혁은 눈을 껌뻑였다.

무척 오랜만에 만난 것이건만 마치 매일 만나 온 것처럼 자연스럽게 인사를 건네는 경찰들.

그 모습에 당황한 종혁은 일단 날짜부터 확인했다.

'2011년 맞는데? 이거…… 설마 몰카야?'

지난 1년간 수많은 초대형 사건들을 진두지휘하며 언론에 모습을 비춘 종혁.

그 때문에 방송국에서 매일같이 출연 좀 해 달라는 러브콜이 날아오고 있었기에 가능성이 있었다.

종혁은 눈을 가늘게 뜨며 주위를 둘러봤고, 그 표정 변화를 모두 지켜본 홍보부 직원들은 결국 빵 터지고 말았다.

"아하하하! 많이 놀라셨습니까?"
"다시 홍보부에 오신 걸 환영합니다, 부장님!"
"경무관 진급을 진심으로 축하드립니다—!"
짝짝짝짝짝!
"아오…… 정말 놀랐잖습니까."
"으하하하핫!"
"몰카—!"
"성공!"
"이예에!"
"……에휴. 이거 다 늙은 사람들이 상사에게 이런 장난이나 치시고."
"에이, 뭘 이런 것 가지고. 자자, 모닝커피 하셔야죠?"
"꿍쳐 놓은 씹을 것까지 내놓으신다면 용서해 드리겠습니다."
"오케이! 씹을 거! 막내들 뭐해!"
"예, 예!"
헐레벌떡 커피와 주전부리를 들고 오는 막내들, 아니

2011년 홍보 특채 전문 경찰들.

종혁은 웃는 낯으로 자신을 쳐다보는 사람들을 향해 고개를 숙였다.

"다녀왔습니다."

"안녕히 다녀오셨습니까-!"

"수고하셨습니다!"

진심으로 환영하는 홍보부 직원들의 모습에 싱긋 웃은 종혁은 김이 모락모락 피어오르는 커피잔을 들어 올렸다.

"복귀 인사는 오늘 업무 끝난 후 정식으로 하는 걸로 하고, 지금은 약식으로 건배합시다. 홍보부를!"

"위하여!"

채재쟁!

"악! 뜨거!"

"켁?!"

"푸하하핫!"

이른 아침, 홍보부에 작은 환영 파티가 열렸다.

할머님과 아침 식사를 마친 최재수가 마지막으로 출근을 하면서 본격적으로 업무가 시작된 경찰 본청의 홍보부.

"그럼 이번에도 잘 부탁드리겠습니다, 사장님. 하하. 아무 때나 편한 날짜를 잡아 주시죠. 예, 예. 그럼 그때 뵙겠습니다."

지상파 방송국 사장들 및 케이블 방송국 사장들과의 통화를 종료한 종혁이 고개를 들어 바빠지기 시작한 홍보부 전체를 둘러본다.

그리고…….

쫘아아악!

홍보부 사무실을 찢는 듯한 박수 소리가 울리자 몸을 굳힌 각 팀의 팀장들이 올 것이 왔다며 USB나 서류 뭉치를 들고 일어섰고, 종혁은 싱긋 웃었다.

"현 시간부로 인수인계 및 업무 파악을 진행할 테니, 각 팀의 팀장님들은 회의실로 모이세요."

"예!"

그렇게 그들이 움직이자 각 팀의 막내들도 아까 전처럼 헐레벌떡 움직여 발표 준비와 간식 준비를 한다.

그리고 할 일을 마친 막내들이 모두 빠져나가자 종혁이 턱짓을 한다.

"좀 어떻습니까?"

"……확실히 전문적으로 배운 사람들은 다르긴 하더군요."

기본적인 용어부터 홍보의 개념까지.

종혁 덕분에 홍보에 대해 많은 걸 공부하긴 했지만, 막내들의 머릿속에 든 지식들은 절로 혀를 내두를 정도였다.

종혁을 만나기 전까지는 주먹구구식 운영을 해 왔던 그들로서는 솔직히 충격 그 자체였다.

"중견 기업 홍보부에서 재직했던 직원도 있습니다."

"……박순정 경장을 말하는 겁니까?"

홍보부의 막내들 가운데 유독 나이가 많았던 사십대의 여자 경찰.

"이름만 말해도 알 만한 중견 기업의 홍보팀장이었다고 하더군요."

"그런데도 경찰에 도전을 했다고요? 그 나이에?"

"본인은 사내 정치에 신물이 나서 그랬다고 하는데……."

"무슨 말인지 알 것 같네요."

아마 사내 정치에 밀려 진급이 누락됐거나 퇴직을 종용당해서 그만뒀을 확률이 높다.

'그러다 요즘 복지가 많이 좋아진 경찰에서 홍보 관련 특채 TO를 늘리는 지원한 것이겠지.'

일련의 사태들로 인해 수많은 경찰이 퇴직을 당하면서 철밥통 공무원으로서의 이미지가 사라진 경찰이지만, 자신만 자신의 자리를 잘 지키면 정년까지 문제없이 근무할 수 있기에 반쯤 모험 형식으로 지원을 했을 것이다.

"그래도 저 나이에 빡센 중경 커리큘럼을 통과했다라……."

"방송국과 언론사들에도 인맥이 제법 있었습니다."

"좋군요."

방송국과 언론사를 핸들링할 인원은 많으면 많을수록 좋았다.

그런데 그보다 좋고 뿌듯한 건 그동안의 노력이 헛되지 않았다는 점이다. 그렇지 않았다면 박 경장 같은 인물이 경찰에 지원할 수 있었을까.

"흠. 제 복귀 첫 콘텐츠는 박 경장을 메인으로 잡도록 하죠."

"……홍보 전문 인력들을 더 끌어당기시려는 겁니까?"

"홍보 쪽만 노리는 게 아닙니다."

특전사 출신이나 국가대표 상비군 출신, 경호 전문 인력 출신, 프로그램 개발자 및 관리 인원 등 경찰이 필요로 하는 전문 인력들까지 끌어당기려는 거다.

거기까지 말한 종혁은 낯빛을 가라앉혔다.

"곧 있을 정례 회의에 한 개의 안건이 올라갈 겁니다."

그건 바로 본청 형사국과 수사국의 통합 및 분리.

쿵!

뒤통수를 얻어맞은 팀장들이 벌떡 일어난다.

"통합 후 재편될 형사수사국은 본청 근처의 건물을 매입하거나 부지를 매입, 건물을 올릴 예정입니다."

"그, 그렇다면 이건……."

"예. 상부에서 원하는 일입니다."

정확히는 종혁이 잠시 멈추었다 다시 시작할 경찰 개혁의 첫 번째 스텝, 전문 인력 확충을 위한 홍보였다.

"아직 안건이 통과되지 않은 것이니 모두 함구해 주시고…… 콘텐츠 제작 및 관리 팀장님?"

"예! 인사과와 조인해서 일을 진행해 보겠습니다!"

박 경장처럼 본래 다니던 직장을 관두고 경찰이 된 인물들뿐만 아니라 관련 학과를 졸업하고 경찰이 된 젊은 친구들까지.

그들 모두를 이번 경찰 콘텐츠의 주인공으로 만들어야 했다.

그런 콘텐츠 제작 및 관리 팀장의 든든한 말에 고개를 끄덕인 종혁은 재떨이를 가져오며 담배를 물었다.

"그럼 인수인계를 진행해 보죠. 미디어 관리 팀장님?"

"예!"

그렇게 인수인계가 진행됐다.

* * *

"이번엔 오래 계시는 겁니까?"

인수인계가 어느 정도 마무리된 후 종혁은 팀장들의 질문에 씁쓸히 웃으며 고개를 저었다.

"다들 아시겠지만……."

내년 초가 되면 장희락 경찰청장이 물러나고 새 경찰청장이 취임한다.

"일단 올해는 근무를 할 테지만, 늦어도 내년 하반기 인사이동 시즌엔 자리를 옮기지 않을까 하는군요. 새 경찰청장님께서 인사권을 발휘하시면 더 빨리 옮기지 않을까 하고요."

경찰 대변인과 홍보부는 경찰청장이 새로이 취임하면

제일 먼저 갈아 치우는 부서다.

지금이야 홍보부의 권한이 많고 높기에 저쪽으로서도 생각이 많아질 테지만, 공무원인 이상 상부에서 자리를 비우라고 한다면 어쩔 수가 없었다.

"그럼 혹시……."

종혁은 고개를 저었다. 현재로선 장희락 경찰청장과 그 당사자, 관련자들만 알고 있는 후임 경찰청장.

"다음 정례 회의 땐 저도 알게 되겠죠."

그때가 되면 지금 홍보부의 직원들도 향후 거취를 정해야 했다.

"끙. 아쉽군요."

"다음에 올 부장님은 제대로 되신 분이면 좋을 것 같은데……."

종혁과 그들이 공들여 키운 홍보부다.

아무것도 모르는 사람이 홍보부를 제 입맛대로 움직여 망친다면 꽤 슬퍼질지 모른다.

그래도 좋은 점이 있다면 전국의 지방청들에서 계속 러브콜을 보내오고 있다는 점이었다.

현재 경찰엔 TO가 넘쳐 나기에 인사이동을 하게 되면 진급도 하게 될 확률이 높은 그들. 그것만이 유일한 위안이었다.

짝!

"자자, 아직 정해진 건 아무것도 없으니 그날이 올 때까지 각자 자기 일을 열심히 합시다."

"예!"

"수고하셨습니다!"

팀장들이 나가자 종혁은 다시 담배를 물었다.

찰칵! 치이익!

"그런 의미에서 신설될 형사수사국도 좀 어렵지."

통폐합되면서 권한이 더 커질 형사수사국이다.

새로 올 경찰청장으로선 요직에 자신의 파벌 인사들을 앉힐 수밖에 없었다.

"뭐 누가 오냐에 따라 달라질 테지만……."

종혁 자신의 자리는 없을 거다.

종혁은 어깨를 으쓱이며 몸을 일으켰다.

지이잉! 지이잉!

갑자기 울리는 핸드폰을 바라본 종혁은 피식 웃었다.

'이분이었군.'

후임 경찰청장이 말이다.

"충성. 최종혁 경무관입니다. 오늘 말이십니까? 음. 오늘은 인수인계와 업무 확인 때문에 좀 어렵고, 내일부터는 시간이 될 것 같습니다. 예, 알겠습니다. 그럼 이번 주말 저녁에 그곳에서 뵙겠습니다."

통화를 종료한 종혁은 머리를 긁적였다.

"이거 다행이라고 해야 하려나, 아니라고 해야 하려나……."

종혁은 고개를 저으며 회의실을 나섰다.

* * *

"후아!"

해가 저문 저녁, 얼굴이 발갛게 달아오른 홍보부 직원들이 배를 두드리며 소고기집을 나서고, 그들 사이에 끼어 있는 막내들이 상상을 초월하는 소고기 가격에 정신을 차리지 못한다.

대부분이 사회 초년생인 막내들.

"잘 먹었습니다!"

"이번에도 잘 먹었습니다, 부장님!"

"하하. 그럼 2차 가실 분들은 2차로 출발하는 걸로 하고 가정으로 돌아갈 사람들은 돌아갑시다."

"부장님은 어떡하시겠습니까?"

"저야……."

―겁이 나서 시작조차 안 해 봤다면…….

"잠시만요? 예, 사장님."

흥신소 사장이다.

아직 윤아의 친구에 대해 그 어떤 것도 확인된 사실이 없기에 어쩔 수 없이 흥신소를 이용한 종혁.

"아, 그래요? 빨리 찾았네요? 알겠습니다. 예, 주소는 제 번호로 보내 주세요. 예."

통화를 종료한 종혁은 아쉬워하며 직원들을 봤다.

"이거 갑자기 일이 생겨서 전 여기서 끝내야겠네요."

"아아! 오랜만에 다시 뭉친 건데 이러실 겁니까?"

"대신 2차 가실 분들은 이걸로 2차 가시고, 돌아가실 분들은 이걸로 댁에 돌아가세요. 아, 클럽 가실 분들은 여기로 가셔서 제 이름 대시고요. 관리자는 엉덩이는 가볍게, 지갑은 무겁게라죠?"

"우와악!"

카드와 5만 원권들에 환호성을 지르는 직원들.

"그럼 적당히들 마시고, 내일 멀쩡한 얼굴로 봅시다."

"들어가십시오!"

허리를 90도로 숙이는 직원들을 뒤로한 종혁은 택시를 잡아타고 흥신소가 보내 준 주소로 향했다.

찰칵! 치이익!

"후우우."

'여기란 말이지……'

종혁이 눈앞의 건물을 올려다본다.

인적이 드문 거리에 있는 겨우 5층이나 될 법한 허름한 건물.

"그 양반도 참……"

이렇게 빨리 찾을 수 있었던 이유에 대해선 영업 비밀이라며, 방송가 쪽에 아는 인맥들이 있어 빨리 찾았다는 말만 하곤 입을 꾹 다물었던 흥신소 사장.

"뭐, 그 친구가 출연한 드라마들의 관계자에게 물어봤겠지."

단역과 엑스트라를 포함한 모든 배우는 연출진에게 연

락처를 남겨야 한다. 소속사가 있다면 주소도 남겨야 한다.

대본이나 동선이 중간에 수정된다면 미리 보내야 하고, 촬영 스케줄도 조율할 수 있기 때문이다.

출연한 두 작품 모두 한 마디 이상의 대사가 있었다는 윤아의 친구.

"그런데 엔터 간판이 없네."

중식당과 태권도 도장 간판이 전부인 건물. 어지간히 작은 회사 같다.

"여기가 진짜라면 좋을 텐데 말이야."

대체 무슨 이유인지 한 번 이사를 했던 윤아 친구의 소속사. 또다시 이사를 하지 않았을 거란 보장이 없다.

담배를 다 피운 종혁이 가글로 입 냄새를 씻어 내곤 건물로 들어가려는 순간이었다.

저벅저벅!

'응?'

등 뒤에서 들리는 발소리에 고개를 돌린 종혁은 깜짝 놀랐다.

'저 사람은?'

병을 앓으며 망가졌던 몸이 아직 회복이 안 된 것인지 호리호리한 체격에, 미남이라고 할 순 없지만 그래도 훈남이라고 할 수 있는 외모.

윤아의 친구였다.

이렇게 빨리 만나게 될 줄 몰랐던 종혁은 그를 향해 맑은 미소를 지어 주며 다가갔다.
"이준호 씨? 반갑습니다. 경찰······."
후다닥!
"잉?"
종혁은 자신을 보자마자 그대로 뒤돌아 달리는 이준호에 눈썹을 꿈틀거렸다.
경찰인 종혁에게 있어선 굉장히 익숙한 모습.
'설마 진짜로?'
얼굴을 구기며 건물 3층을 힐끔 본 종혁은 땅을 박차며 그의 뒤를 쫓았다.

* * *

"계산되었습니다."
"수고하세요."
"네. 또 오세요!"
손님이 나가자 이준호가 카운터 아래에서 대본을 꺼내 든다.
"괜찮아요? 다치신 곳은 없나요? 음······ 이게 아닌가?"
오랜만에 들어온 대사 있는 배역.
그저 조연과 부딪치는 단역이라고 해도 연기에 목이 마른 그로서는 너무도 소중한 성질의 것이었다.
"괘, 괜찮아요? 다치신 곳은 없나요! 아, 이게 좀 나은 것 같다. 하지만……."

 뭔가 부족하다. 성에 차질 않는다.

 "아!"

 친구인 윤아가 말하길, 연기를 하려면 캐릭터에 서사를 부여 하라고 했다.

 그저 대사와 지문만 나오는 대본만으로는 알 수가 없는 캐릭터의 서사.

 이런 단역은 더 그럴 수밖에 없다며, 나름의 서사를 부여하고 연기해야 캐릭터가 살아나면서 감독과 연출진의 눈에 띈다고 했다.

 "어떤 설정을 부여해 볼까? 자전거를 타고 가다 부딪치는 거니까 대학생? 회사원?"

 수첩을 꺼내 든 그가 캐릭터에 서사를 꾸며 내기 시작하려는 순간이었다.

 지이잉! 지이잉!

 핸드폰을 보자마자 순간 낯빛이 어두워지는 이준호.

 "예, 사장님."

 -알바 끝나려면 몇 시간 남았어?

 "1시간인데, 왜요?"

 -왜긴 왜야. 이따가 새벽에 촬영장 가야 하니까 그렇지.

 "저, 정말요?! 아, 알겠습니다!"

 -끝나면 회사에 들어와.

 "예!"

통화를 종료한 이준호는 주먹을 불끈 쥐었다.
드디어 촬영이었다.

편의점 아르바이트가 끝나자마자 회사로 달려온 이준호에게 사장이 돈과 함께 작은 상자를 내민다.
반지 케이스처럼 작은 상자.
이준호가 입술을 깨문다.
'그냥 출연하는 게 아니었구나…….'
이번에도 아닌 것 같다.
"자, 이건 일당이고, 이건 한예선 배우 이거 가져다줘. 누군지 알지?"
가져다주기 싫다. 하지만 그럴 수가 없다.
좁디좁은 사무실, 곰팡내마저 풍기는 작고 허름한 사무실.
볼을 가로지르는 흉터를 가진 사장과 사장이 앉은 소파 옆의 소파에 앉아 다리를 꼰 채 음악을 듣고 있는 험악한 인상의 부장님, 그리고 근처의 책상에 앉아 컴퓨터 게임을 하고 있는 날카로운 인상의 과장님.
모두 무서운 사람들이다.
자신 따윈 얼마든지 이 세상에서 사라지게 만들 수 있는 무서운 사람들.
이준호가 할 수 있는 대답은 하나뿐이었다.
"……예."
"가 봐. 아, 그리고 허튼짓하면……."

움찔!

사장의 입가에서 피어나는 잔악한 미소에 이를 악문 이준호가 허리를 숙인다.

계속 바라보면 무서워 눈물이 날 것 같기에 겨우 시선을 피한 이준호는 도망치듯 사무실을 빠져나와 택시를 잡아탔다.

"아저씨, 여기로 가 주세요."

"여기요? 알겠습니다!"

이준호는 택시가 출발하자 그제야 사장이 넘긴 돈 봉투를 열어 본다.

5만 원짜리 수십 장이 든 돈 봉투.

이것은 그의 출연료이자 배달료였다.

'윤아 누나……'

이럴 줄 알았으면 윤아의 말을 들을걸.

하찮은 자존심 따윈 세우지 말걸.

그는 이 우울한 마음을 잊고자 대본을 꺼내 들었다.

"괜찮아요? 다치신 건 아니죠?"

그는 그렇게 짧은 두 문장의 대화를 계속해서 중얼거렸다.

* * *

"그거 이쪽으로 옮겨!"

"저건 뭐야! 얼른 치워!"

모두가 잠들어 고요해야 할 새벽.

그러나 날이 채 밝지 않았음에도 벌써부터 거리에 소음이 채워지기 시작한다.

찜질방에서 날을 샌 이준호도 슬그머니 그 소음의 중심, 촬영장 안으로 모습을 드러냈다.

"안녕하십니까! 오늘 자전거 행인 역할을 맡은 하이원엔터의 이준호입니다! 잘 부탁드리겠습니다!"

"흐음…… 뭐, 그래요. 차례 되면 부를 테니까 대기하고 있어요."

"옙!"

이준호의 위아래를 훑은 조연출은 손을 저었고, 허리를 꾸벅 숙인 이준호는 스태프들을 지나쳐 좀 먼 곳에 줄줄이 세워진 차량들로 향한다.

오늘 출연할 배우들이 타고 온 밴들.

'나도 저런 밴을 탈 수 있을까……?'

성공한 연예인만 탈 수 있는 밴.

'아니야. 언젠가 탈 수 있을 거야!'

고개를 저은 이준호는 다시 차량들을 바라보다 갑자기 문이 열리는 차량에서 나오는 여배우를 발견하곤 입술을 깨물었다.

그리고 그녀에게 다가갔다.

"잠깐! 당신 뭐야!"

다급히 이준호를 막아 세우는 매니저.

이준호는 여배우를 향해 허리를 숙였다.

"안녕하십니까! 하이원 엔터의 배우 이준호입니다! 저희 사장님께서 한예선 배우님께 이걸 가져다 드리라고 하셔서서 이렇게 찾아왔습니다!"

"아, 당신이었어? 이봐요, 전에도 말했지만 이런다고 뭘 해 줄 수 없으니까 그냥 가시라고요. 대체 언제 적 수법……."

"하이원? 오빠, 잠깐만."

"예선아."

"그래도 성의가 있잖아."

싱긋 웃으며 매니저를 만류한 여배우가 이준호가 내민 작은 상자를 받아 든다.

"사장님께 잘 받았다고 전해 주세요."

"예!"

"오빠, 촬영 시작이 언제지?"

"한 3시간 후? 예선아, 이런 거 받지 말라니까. 이거 다 너한테 빚이 되는 거라고."

한예선은 감독에게도 입김이 닿는 스타 배우.

감독에게 잘 좀 말해 달라는 대가성 뇌물이 분명했다. 이런 건 처음부터 받지 않는 게 좋았다.

"알았어. 나 메이크업 다 했으니까 좀 쉴게."

"예, 예선아."

"두 시간 후에 깨워 줘."

여배우는 다시 밴 안으로 들어갔고, 당황하던 매니저는 이준호를 죽일 듯 노려보다 꺼지라는 듯 손을 저었다.

다시 본청으로 〈145〉

씁쓸히 웃은 이준호는 돌아서며 주먹을 쥐었다.
'저런 사람도 저렇게 성공하는데……'
깨끗한 자신은 왜 성공을 못하는 것일까.
아니, 이젠 자신도 더러워졌다고 봐야 했다.
"여긴 정말 정글이고, 지옥이구나."
자신이 배우를 하겠다고 했을 때, 기를 쓰고 말렸던 윤아의 말대로였다.
성공이라는 작은 빛에 이끌린 온갖 인간군상들의 아수라장.
이준호는 주머니 속 핸드폰을 만지작거리다 그만두며 촬영장 근처로 향했다.

"나 경찰인데, 이거 지금 허가받고 하는 겁네까?!"
갑작스러운 소란에 고개를 든 이준호가 조연출에게 따지는 경찰을 멍하니 바라본다.
'부, 북한 사투리? 아니 잠깐, 경찰?!'
이준호는 다급히 몸을 돌려 시선을 피한다.
"아, 거 허락을 받았다니까 그러네요! 그런데 정말 경찰 맞아요?!"
"출근 시간의 출근길 도로 통제를 허락받았다? 알갔습네다. 잠시만 기다려 보시라요! 예, 수고하십네다. 경찰 본청 특수범죄수사대의 이순철 경사입네다. 지금 드라마 촬영팀이 도로를 통제하고 있는데, 그쪽 구청에서 허락을 받았다고 해서 연락을 드렸……"

"지, 지금 뭐하는 겁니까!"

"뭐하긴, 구청에 연락해 보는 거지. 만약 허락받은 게 아니라면 단단히 각오하시라요. 사기, 공무집행방해 등 걸고넘어질 건 많고 많으니까!"

"자, 잠시만……! 잠시만요!"

화들짝 놀란 조연출은 일단 순철을 말리며 감독을 향해 뛰어갔고, 이내 감독의 얼굴이 일그러졌다.

"도로 쪽 들어와-!"

"흥. 진작에 그럴 것이지."

코웃음을 친 순철은 왔던 길로 돌아갔고, 이준호는 그런 순철을 멍하니 바라봤다.

"자전거 행인! 자전거 행인 어디 있어요!"

"예, 여기 있습니다! 갑니다!"

이준호는 촬영 장비들을 치우느라 부산해지는 촬영장을 향해 달려갔다.

* * *

"이건 보답이에요. 사장님 가져다 드리세요."

"……예! 그럼 다음에 현장에서 또 뵙겠습니다!"

"네, 뭐 그러세요."

'감히 니까짓 게?'라는 듯 코웃음을 친 여배우는 밴에 올라 사라졌고, 이준호는 그녀가 다시 돌려준 작은 박스를 꽉 쥐며 돌아섰다.

짤막한 자신 분량의 촬영을 끝낸 뒤, 혹시나 또 단역으로라도 출연할 수 있을까 촬영을 지켜보다 보니 어느덧 저녁.

택시를 타고 왔던 어제와 달리 버스를 타고 소속사에 도착한 이준호는 소속사가 있는 건물 입구에 서 있는 덩치 큰 사람을 발견하곤 혀를 찼다.

'또 사장님이 무서운 사람을 데려왔나 보네.'

그는 혹여 맞기라도 할까 일부러 기척을 크게 내며 다가갔다.

"이준호 씨?"

'어? 날 어떻게……?'

"반갑습니다. 경찰……."

쿵!

경찰이란 단어에 머릿속이 새하얗게 변한 이준호는 자신도 모르게 몸을 돌려 땅을 박찼다.

'겨, 경찰? 경찰이 왜……!'

심장이 멈추고, 온몸의 피가 싸늘하게 식는 느낌.

"이준호 씨! 잠깐 거기서 서 보세요, 이준호 씨!"

바로 등 뒤에서 들리는 목소리가, 목덜미에 닿는 듯한 경찰의 숨결이 온몸의 솜털을 곤두서게 만든다.

"어허이. 거 서라니까요."

'잡히면 안 돼!'

하지만 잡힐 것 같다.

눈을 이리저리 돌린 그는 다급히 옆 골목을 향해 뛰어

들었다.
 하지만 그곳은 막다른 골목이었다.
 다행이라면 골목 끝에 웬 건물이 있다는 것이었다.
 이준호는 어쩔 수 없이 건물을 안으로 뛰어들었고, 종혁은 그가 들어간 건물을 보며 어이없다는 듯 웃었다.
 "하필 들어가도……."
 "이봐요! 들어가면 안 돼요! 이봐요, 삼촌-!"
 종혁은 1층, 유리로 된 창구 옆을 뛰쳐나오는 중년 여성을 향해 5만 원을 내밀었다.
 "방금 들어간 사람까지 2명이요."
 "……친구분이 화장실이 급했나 보네요. 호호!"
 "거스름돈은 이따가 주세요. 아, 옥상은 잠겨 있죠?"
 "그렇기는 한데……."
 타다다닥! 타타닥! 따라랑!
 "그럼 수고하세요."
 목욕탕 카운터 아주머니를 뒤로한 종혁은 느긋이 계단을 올라가 2층의 남탕의 문을 열고 들어갔다.
 "경찰입니다. 방금 들어온 사람……."
 종혁은 팬티 차림으로 평상에 앉아 있다가 탕 쪽을 바라보는 장년인을 향해 감사의 미소를 지어 주곤 양말을 벗으며 탕 안으로 들어갔다.
 그리고…….
 "오, 오지 마세요! 오지 말라고요! 제발!"
 목욕탕의 중앙에 서서 목욕탕 세숫대야와 의자를 양손

에 들고 위협적으로 휘두르는 이준호.

종혁은 양손을 들며 그에게 다가갔다.

"이준호 씨, 무슨 일인지 모르겠지만 저는 최윤아 씨……."

"오지 말라고 했잖아요! 으아아악!"

마치 궁지에 몰린 쥐처럼 종혁을 향해 달려드는 이준호.

'에휴.'

한숨을 내쉰 종혁은 머리를 향해 휘둘러지는 목욕탕 의자를 피하며 그의 얼굴을 잡아 그대로 옆에 있는 탕에 던져 버렸다.

풍더엉!

"크헉! 쿠엑! 켁! 켁!"

목욕탕에서 허우적거리며 정신을 차리지 못하는 이준호의 모습에 종혁은 탕 안으로 들어가 그의 머리를 잡아 다시 탕 안에 처박았다.

"퀙! 자, 잠……."

풍덩!

"쿠헤엑!"

풍덩!

그렇게 몇 번이나 처박았을까.

종혁은 그의 몸에서 힘이 빠지자 물러나며 입을 열었다.

"이준호 씨, 윤아의 부탁을 받고 왔습니다."

움찔!

"……윤아 누나요?"

종혁은 황망한 표정을 짓는 그를 향해 싱긋 웃어 주었다.

* * *

"아니, 그런 거라면 그런 거라고 말해 주시지……."

"용건을 꺼내기도 전에 도망치신 건 이준호 씨입니다만. 아, 혹시 안 입는 옷 좀 있을까요? 이것도 사례하겠습니다."

"어이구, 젊은 사람이 입기엔 너무 옛날 스타일일 텐데……."

세신사가 환하게 웃으며 20만 원을 받아 들고, 그 모습을 이준호가 멍하니 바라본다.

'윤아 누나가 보낸 경찰 아저씨…….'

윤아 정도 되는 스타라면 이렇게 경찰을 움직일 수 있구나, 라는 생각과 함께 윤아가 아직도 자신을 잊지 않았다는 것에 울컥하고 무언가가 차오른다.

종혁은 그런 이준호를 봤다.

"찝찝할 텐데 옷 벗으세요."

"네……."

한숨을 내쉰 이준호는 점퍼를 비롯한 옷을 벗기 시작했고, 이미 옷을 벗은 종혁은 그런 그를 보며 눈을 가늘게 떴다.

그 순간이었다.
움찔!
무언가를 발견하고 눈을 부릅뜬 종혁이 다급히 몸을 일으켜 이준호의 팔뚝을 잡는다.
"헉! 왜, 왜 이러세요?!"
당황하며 팔을 빼려 노력하는 이준호.
종혁은 이준호의 팔꿈치 안쪽, 시퍼런 멍들이 점처럼 찍힌 피부를 노려본다.
"이준호 씨, 내가 한 번만 물어본다. 너 설마…… 마약 하냐?"
"흡?!"
하얗게 질린 이준호가 다급히 팔을 뺀다.
"아, 아니에요! 이, 이건 그냥 졸릴 때 깨려고……!"
되지도 않는 변명.
종혁의 얼굴이 사납게 일그러진다.
"야. 너 그 말 윤아 앞에서도 말할 수 있어?"
최윤아. 친구이자 구원이며 희망인 윤아.
"……흑!"
이준호는 그대로 무너져 내렸다.
그의 눈에서 후회가 흘러내렸다.

* * *

"바보야! 너 왜 연예인들이 큰 기획사에 들어가려는 지 알아?"

지원과 기회가 다르기 때문이다.

"하하. 그래도 저 혼자 한번 해 볼게요."

더 이상 도움을 받는 게 미안했다.

한류 열풍을 불러일으키는 톱스타인 윤아 누나. 꼭 성공해서 당당히 윤아 누나가 내 친구라고 말하고 싶었다.

그리고 지금도 고통받고 있을 사람들에게, 환자들에게 자신도 이렇게 이겨 내고 성공했다고 말해 주고 싶었다.

"학교는 어떻게 할 거니?"

"검정고시 볼게요."

늦깎이 배우 지망생.

빠르면 5세, 6세 때부터 연기를 시작하는 현역 배우와 배우 지망생과 경쟁을 하려면 결국 예고나 연기 학원을 가야 했다.

학교를 다닐 시간에 죽어라 연기를 배워야 했다.

그렇게 연기 학원에서 연기를 배우며 자신에게 보다 좋은 환경을 제공해 줄 소속사를 알아보러 다녔다.

"죄송합니다. 저희와는 함께하실 수 없을 것 같습니다."

"늦은 나이에 연기에 열정을 불태우는 건 좋은데, 우리 기본은 갖추고 합시다."

소위 말하는 대기업에서 중견으로, 중견에서 소기업으로.

꼭 성공하고 말겠다는 목표와 난 성공할 수 있다는 자

존감은 점점 작아져 갔다.

그러다 지금의 사장, 전 한성 엔터의 대표이자 현 하이원 엔터의 대표를 만났다.

"흠. 좀 부족하긴 하지만, 와꾸는 괜찮네. 우리 일단 단역으로 시작해 봅시다."

"가, 감사합니다!"

허름한 사무실에 험악한 인상.

솔직히 무서웠지만, 그 누구도 알아주지 않았던 자신의 재능을 알아봐 준 것 같아서 너무 고마웠다.

그리고 정말 사장님은 자신에게 기회를 줬다.

"오늘은 엑스트라인데, 대사 한 마디 정도는 있을 거야. 아, 촬영장 가는 길에 이거 오종서 배우에게 전해 줘. 오종서 배우가 누군지 알지? 이렇게 생긴 배우거든? 우리 회사 이름을 말하면 알 거야."

"예? 아, 네! 열심히 하겠습니다!"

반지 케이스라고 해도 믿을 만큼 작은 선물 상자.

"안녕하십니까, 선배님! 한성 엔터테인먼트의 배우 이준호입니다!"

"습?! 한성?"

"예. 여기 저희 사장님께서 이걸 전해 드리시라고……."

"내놔!"

"앗!?"

굉장히 신경질적으로 상자를 낚아채 사라진 남자 배우.

놀랐던 이준호는 이내 가슴을 두드리며 대본을 펼쳐 들었다.

겨우 '악!' 한 마디 비명 소리만 있는 엑스트라.

잘 해낼 수 있을 거라고 생각했다.

그러나 이준호는 시간이 얼마 지나지 않았음에도 그것이 큰 착각이었음을 깨달았다.

무려 2번이나 NG를 냈던 이준호.

다행히 함께 촬영하던 조연 배우들이 괜찮다고, 신인 땐 다 그런 거라고, 우리 힘내자고 감싸 주지 않았다면 아마 촬영장에 발을 붙이지 못했을 거다.

이준호는 그날 자신이 너무 한심해서 울어 버렸다.

이후로도 이준호는 엑스트라와 단역을 오가며 여러 촬영장을 돌아다녔고, 사장은 그때마다 작은 선물 상자를 안겨 줬다.

그렇게 지금까지 전달한 선물 상자는 총 26개.

반지 케이스처럼 작은 것도 있었고, 필통처럼 큰 것도 있었다.

또 받는 사람도 이름만 말하면 전 국민이 다 아는 배우도 있었고, 얼굴조차 처음 보는 단역 배우도 있었다.

총 8명의 배우에게 26번의 배달을 했다.

하지만 이준호는 신경 쓰지 않았다.

아니, 사장이 이렇게 배우들에게 선물을 줄 때마다 조금씩 기대를 했다.

저 중 누군가는 감독에게 기회를 달라고 말해 주지 않

을까.

거의 3개월마다 한 번씩 회사 이름을 바꾸고 이사를 하는 사장님의 성의를 알아주지 않을까.

그렇게 기대를 품으며 아르바이트와 촬영장을 번갈아 가던, 계속 편집을 당하거나 아예 카메라에 잡히지 않으면서도 포기하지 않았던 어느 날이었다.

끼이익!

"으악!"

빵! 빠앙!

"운전 똑바로 안 해!"

갑자기 끼어든 차량에 급정거한 버스.

버스 손잡이를 잡고 있던 이준호는 너무 갑작스런 상황에 넘어지고 말았고, 사장이 준 선물 상자가 바닥에 떨어졌다.

그 충격에 선물 상자의 뚜껑이 분리됐고, 이준호는 다급히 선물 상자를 수습하다 상자 속 내용물 보곤 반사적으로 뚜껑을 닫았다.

그와 동시에 그동안 사장님이 준 선물을 받아 들었던 사람들의 모습이 스쳐 지나갔다.

하지만 그는 고개를 저었다.

잘못 봤겠지. 그냥 비타민제 같은 알약이겠지.

이준호는 애써 뛰는 심장을 다독이며 촬영장으로 향했다.

"아, 안녕하십니까! 오엔 엔터테인먼트 배우 이준호……."

"아, 그래. 고마워요. 형, 나 두 시간 동안 찾지 마!"
"야! 어디 가! 야!"
"……."
이준호는 그 모습에서 완전히 깨달았다.
자신이 마약을 운반하고 있었음을.
카메라 앞에 설 수 있었던 데는 다 이런 이유가 있었음을.
그날 어떤 정신으로 연기했는지 몰랐고, 또 어떻게 소속사로 돌아왔는지 몰랐다.
하지만 사장님의 얼굴을 보니 정신이 번쩍 차려졌다.
무서웠다. 두려워졌다.
"사장님, 저……."
"준호야, 그러고 보니 우리 그동안 회식 한 번 안 했지? 우리 오늘 회식하자."
마치 아무것도 모른다는 듯 환하게 웃던 사장님.
이준호는 고개를 끄덕였고, 그리고 다음 날 그는 자신이 함정에 빠졌음을 깨닫게 됐다.

* * *

"다, 다음 날 소속사 사무실에서 일어나니까 파, 팔뚝에 이, 이런 멍 자국이 있었어요. 그, 그 순간 전날 있었던 일이 떠오르는데……."
겨우 한 잔이었다. 그것도 술이 아니라 탄산음료.

정말 겨우 한 잔만 마셨을 뿐인데, 머리가 핑 돌더니 몸을 가누지 못했다.

 그리고 사장은 자신의 팔뚝을 잡아 주사기를 꽂았고, 그는 그렇게 정신을 잃었다.

 "그, 그렇게 깨어나니까 사장님이 다가와서……."

 "이제부턴 너도 공범이라고 말했지?"

 "네! 흐읙!"

 정말 딱 그렇게 말했다. 그러면서 이제부턴 출연료뿐만 아니라 배달료까지 준다고 했다.

 "배달료? 부모님께 드린 돈이 그거야?"

 "……네."

 너무 걱정을 하던 부모님.

 차마 부모님마저 휘말리게 할 순 없었다. 윤아 누나도 휘말리게 할 순 없었다. 그래서 더러운 돈이라도 안심을 시켜 드리기 위해 보냈던 것이다.

 "사장님이 핸드폰을 뺏어 가서 연락을 할 수도 없었지만요."

 그러며 전화만 받을 수 있는 핸드폰을 줬다.

 그렇게 이준호는 부모님과 연락을 하는 것도 사장님의 통제를 받아야 했다.

 그제야 이준호가 문자로만 부모님께 안부를 전했던 이유를 알게 된 종혁은 미간을 좁혔다.

 '이 새끼들 꽤 영악하게 움직이는데?'

 한 방 제대로 얻어맞았다.

'배달부가 같은 배우인데 누가 의심할까.'

그것도 매번 이름이 바뀌는 영세 소속사의 배우가 배우에게 대가성 뇌물을 주는 것인데 말이다.

연예계에선 제법 빈번하게 벌어지는 일. 선물 상자의 크기도 작았으니 촬영 관계자 모두 영세 소속사의 발악이라고 생각했을 거다.

"네 사장은 언제부터 이 짓거리를 한 거야?"

"자, 잘 모르겠어요."

"배달부가 너 혼자뿐이었어?"

"……아니요."

자신처럼 단역으로 출연하는 배우를 비롯해 사무실에 무슨 일로 출근하는지 모르겠을 사람들까지 더하면 총 8명이 배달에 관여한 것으로 추정됐다.

그러나 몇 차례 회사 이름이 바뀔 때마다 한 명씩 더이상 모습을 보이지 않았고, 지금까지도 남아 있는 사람은 자신을 포함해 3명뿐이었다.

"아마도……."

그들이 자신의 의지로 회사를 관둔 것은 아닐 터였다.

까득!

이준호에게 물건을 받은 배우만 8명이다.

다른 배달부들도 비슷한 숫자라면, 그들 모두가 연예계에 몸담고 있는 이들이라면 연예계가 뒤집힐 사건이었다.

거기다 심지어 살해 정황까지.

종혁의 눈빛이 차갑게 가라앉았다.

"왜 신고할 생각을 하지 않았지?"

"어떻게 신고해요! 사장님이 신고하면 저뿐만 아니라 부모님부터 죽인다고 했는데!"

윤아까지 죽인다고 했다.

그리고 자신은 그렇게 죽여도 잡힐 걱정이 없다고 했다.

"자신들은 지문도 등록되어 있지 않다고! 신분도 다 위조된 거라고! 경찰은 절대 자신들을 찾을 수 없을 거라고 했단 말이에요-!"

움찔!

"……뭐?"

종혁은 갑자기 튀어나온 예상치 못한 이야기에 얼굴을 구겼다.

'지문도 등록되지 않았고, 신분도 위조 신분이라고?'

종혁의 머릿속이 복잡해진다. 그리고 느낌도 이상해진다.

찰칵! 치이익!

담배를 깊게 빨며 생각을 정리한 종혁은 이준호를 봤다.

"일단 난 널 체포할 거야."

아무것도 모른 채 운반책으로 이용당했을 때라면 모르겠지만, 이준호는 모든 걸 알게 된 이후에도 지속적으로 마약을 운반했다.

물론 이 또한 협박에 의한 것이니 어느 정도 참작은 되겠지만, 실형 자체는 피할 수 없을 터였다.
"아, 안 돼요. 제, 제가 체포되면 사, 사장님이……."
부모님을 죽일 거다. 그리고 자신의 입을 막을 것이다.
"알아. 그러니까 이렇게 하자."
종혁은 사장의 의심을 피할 수 있는 방법을 말해 주었고, 이준호는 눈을 동그랗게 떴다.

* * *

부우웅! 끽!
다급히 차에서 내린 하이원 엔터테인먼트의 사장이 커다란 병원을 보며 복잡한 표정을 짓는다.
"왜 시간이 돼도 안 오나 싶었더니……."
"사장님, 이거 이 새끼가 수작을 부리는 게 아닐까요?"
"그건 보면 알겠지."
눈빛이 차갑게 가라앉은 그는 핸드폰을 들었다.
"예. 어디로 가면 됩니까? 수술실이요? 알겠습니다. 가자."
사장과 부장은 빠르게 걸음을 옮겼고, 이내 수술실 앞에 서 있는 경찰들과 종혁을 발견하곤 낯빛을 굳혔다.
하지만 이내 얼굴을 구기며 그들에게 다가갔다.
"혹시 이준호……."
"아, 이준호 씨 소속사 사장님 되십니까?"

"제가 얘기하죠."

"아, 예."

파출소 경찰을 만류한 종혁이 사장에게 손을 내민다.

"경찰 본청 홍보부 홍보부장 최종혁 경무관입니다."

움찔!

경무관. 엄청난 거물의 등장에 사장의 낯빛이 다시 굳는다.

"준호가 소속된 하이원 엔터의 사장 유생용입니다. 이게 대체 어떻게 된 일입니까? 준호가 거리에서 피를 흘리고 있었다니요!"

"후. 아무래도 뻑치기에 당한 것으로 추정됩니다. 둔기로 뒤통수를 가격당해 쓰러지신 후 너무 오랫동안 방치되어 상당히 위험한 상태라고……."

"뻐, 뻑치기요?"

"혹시 이준호 씨에게 원한이 있을 만한 사람이 있을까요?"

눈을 동그랗게 떴던 유생용은 이내 고개를 저었다.

'설마 고객 중 누군가가?'

"아니요. 준호가 성격이 너무 착해서 누군가에게 원한을 살 만한 아이가 아닙니다."

"그렇습니까."

"이게 대체 어떻게 된 일인지……."

유생용은 양손으로 얼굴을 비볐다.

종혁은 당황해하는 그를 보며 눈빛을 가라앉혔다.

"그런데 사건 현장에 이준호 씨 핸드폰이 보이질 않아서 그런데, 혹시 이준호 씨가 핸드폰을 놓고 간 겁니까?"

"……아니요. 핸드폰은 계속 가지고 다녔던 걸로 알고 있습니다."

"쯧. 놈이 가져간 건가……. 알겠습니다. 협조해 주셔서 감사합니다. 이 경위님."

"예, 경무관님!"

"이준호 씨 부모님께 연락을 드려야 하니, 경찰서에 이준호 씨 휴대폰 통화내역 좀 조회해 달라고 요청……."

스르릉!

수술실의 문이 열리자 종혁이 안에서 걸어 나오는 의사에게 달려간다.

"선생님, 수술은 다 끝난 겁니까?!"

"……죄송합니다. 최선을 다했습니다."

"아……."

눈을 질끈 감은 종혁은 의사를 향해 고개를 숙였다.

"수고하셨습니다."

"죄송합니다."

침통한 표정을 지은 의사는 멀어졌고, 종혁은 경찰을 봤다.

"얼른 이준호 씨 부모님부터 찾아 달라고 전달해 주세요. 이준호 씨의 부고를 가장 먼저 알아야 할 분들이니까."

"……충성."

"그리고 사장님은 저와 함께 가시죠."
"예? 저는 왜……."
"소속 배우의 마지막 모습은 확인하셔야죠."
"아, 예. 그, 그래야죠."
경찰과는 조금이라도 더 같이 있고 싶은 마음이 없다.
하지만 티끌만큼의 의심도 피해야 하기에 유생용은 어쩔 수 없이 종혁을 따라 영안실로 향했고, 이내 곧 하얀 천에 덮여 있던 이준호를 볼 수 있었다.
"……확인했습니다. 감사합니다."
"이준호 씨의 부모님께서 도착하시면 다시 연락드리겠습니다. 아까 언급한 원한 관계에 대해 물어볼 것도 있고요."
"예. 그럼……."
망연자실한 모습을 보이며 돌아서는 유생용.
종혁은 그의 등을 향해 입을 열었다.
"이 경위님, 경찰서에 연락해서 국과수로 넘길 준비도 하라고 하세요. 혹시 모를 단서가 있을지 모르니 감식을 해야 한다고요."
움찔!
"예, 알겠습니다!"
종혁은 갑자기 걸음이 급해지는 유생용을 빤히 바라봤고, 우렁차게 대답한 젊은 경찰이 눈을 가늘게 뜬다.
"이제 된 겁니까, 경무관 나으리? 나 이제 이 근무복 벗어도 돼?"

흠칫!

몸을 굳혔던 종혁이 씩 웃으며 손을 내민다.

"고맙다, 지용아."

"뭘. 동기끼리 돕는 거지."

이곳 경찰서 강력계에서 근무를 하고 있는 동기.

근무복을 입은 경찰의 도움이 필요했기에 도움을 청했던 종혁은 근무복 단추를 푸는 동기를 한심하다는 듯 바라봤다.

"아직도 근무복이 싫냐?"

"어후. 존나 싫어. 존나 답답해. 역시 난 현장 체질이라니까."

"그렇다고 진급을 반려하는 게 어디 있냐, 또라이 새끼야."

원래도 진급이 빠르긴 하지만, 몇몇 사건으로 중간 간부들이 대거 퇴직하며 더 빠르게 진급하게 된 경찰대 출신들.

눈앞의 동기도 작년에 경감으로 진급할 수 있었지만, 그렇게 되면 현장에 나갈 일이 줄어들게 될 거라며 진급을 거부했다. 그것도 무려 두 번이나.

"몰라. 귀찮아. 그보다 대체 뭔 일이야?"

"마약."

"오, 씨발."

"생각 있으면 본청 마약대로 넘어와. 형이 너 하나 정도 꽂아 줄 힘은 있으니까."

"정말? 나 본청 가도 돼?"
"어. 그러면 진급을 해야겠지?"
"……."
입을 꾹 다물었던 종혁의 동기는 이내 눈을 초롱초롱 빛냈다.
"야, 그런데 저 시체는 어떻게 구한 거냐? 정말 진짜 같던데?"
"그건 국가 기밀."
정말 국가 기밀이다. CIA의 특수분장팀이 만든 실리콘 인형이니까.
"아무튼 이번 연말에 동기들끼리 한번 모이자. 할 말이 좀 있으니까."
"동기들 전부? 뭐, 그래."
"간다. 수고."
"그려. 수고해."

한편 병원을 빠져나온 유생용이 잠자듯 두 눈을 감고 있던 이진호의 모습을 떠올린다.
"사장님, 이거 혹시 정말 준호 이 새끼가 경찰에 신고를 한 게……."
"아니야."
정말 시신이었고, 정말 이준호였다.
'빌어먹을. 이럴 줄 알았으면 감시자를 붙일 걸 그랬어.'

그랬다면 썩 괜찮은 배달부였던 이준호를 살렸을지도 모른다.

주사 몇 방 꽂아 넣었더니 알아서 주사를 꽂기 시작한 이준호의 모습에 너무 관심을 끊었던 것 같다.

"일단 장 부장은 회사에 도착하면 이사 준비부터 해."

"아, 무슨 말인지 알겠습니다."

자칫 이준호의 몸에서 마약이 검출될 수도 있다. 그 전에 이사를 해야 됐다.

"출발해."

"예. 알겠습니다!"

그들은 두 달 전 하이원 엔터로 이름을 바꾼 사무실로 달려갔다.

* * *

은은한 조명이 켜진 중식당에 종혁과 이준호가 앉아 있다.

"으……."

룸의 입구를 바라보며 안절부절못하는 이준호.

"왜? 무섭냐?"

"그, 그게……."

이준호가 양손에 찬 수갑을 보며 울상을 짓는다.

배우를 한다고 뛰쳐나갔다가 수갑을 차고 돌아온 아들을 본 부모님이 얼마나 놀랄까.

죄책감에 고개를 들 수가 없다.

똑똑!

"예, 들어오세요."

스르륵!

"여기가…… 야! 이준호!"

"어?"

고개를 든 이준호는 이쪽을 향해 달려오는 윤아를 발견하곤 눈을 동그랗게 떴다.

그리고…….

퍼어억!

"커허억?!"

"왜 이렇게 연락이 안 됐던…… 뭐, 뭐야. 수갑?"

종혁은 자신을 쳐다보는 윤아를 보며 씁쓸히 웃었다.

"일단 이따가 이야기하자. 이 친구 부모님이 도착할 시간이 됐으니까."

"어? 으응……."

윤아는 얼떨떨 종혁의 옆에 앉았고, 곧 다시 문이 두들겨졌다.

"네, 들어오세요."

스르륵!

"아들!"

"어, 엄마! 아빠!"

자신을 발견하자마자 환하게 웃는 부모님의 모습에 이준호의 눈에 눈물이 차오른다.

"아이구. 뭘 또 울고 그래…… 응?"

방금까지 아들만 보였던 듯 안으로 들어오던 이준호의 부모님이 자신들의 아들과 함께 있는 윤아와 종혁, 그리고 아들의 손목에 채워진 수갑을 발견하곤 당황한다.

"이, 이게 무슨……."

"사정을 설명드릴 테니 안으로 들어와 주시겠습니까?"

"……예."

문을 닫은 이준호의 부모님이 이준호의 곁에 앉자 종혁이 고개를 숙인다.

"안녕하십니까. 경찰 본청 홍보부 홍보부장 최종혁 경무관입니다. 아드님께서 못된 놈들에 의해 범죄에 연루된 사실이 확인되어 이렇게 체포를 하게 됐습니다."

"예?! 그, 그럴 리가요! 우리 준호는 범죄를 저지를 아이가 아닙니다!"

"그럼요! 아니, 대체 저희 아들이 어떤 범죄에……."

"후. 아드님께서 마약을 배달했습니다. 그리고 이놈들이 아드님의 입을 막기 위해 아드님께도 마약을 투여했고요."

"아!"

이준호의 부모님이 무너진다.

정말이냐는 듯한 시선에 고개를 숙이는 이준호와 그런 아들의 모습에 다시 한번 무너지는 부모님.

"서, 선생님. 모, 모두 제가 잘못 가르친 탓입니다! 차라리 저를 잡아가시고 우리 아들은 풀어 주십시오! 예?!"

"죄송합니다, 선생님. 죄송합니다. 준호의 죗값은 저희가 치를 테니……!"

무릎을 꿇으며 종혁의 바짓가랑이를 잡고 애원하는 이준호의 부모님.

화들짝 놀란 종혁이 그들을 일으키려 애쓰지만, 그들은 계속 애원하고 또 애원을 한다.

"죄송합니다. 저도 사법부에 아드님의 범죄가 자의가 아니었다는 점을 피력하며 양형의 선처를 구해 보겠지만……."

"……아이고! 아이고!"

"이놈아, 어쩌자고 그런 짓을 해! 어쩌자고!"

"죄, 죄송해요……. 정말 죄송해요."

"아이고-!"

속으로 한숨을 길게 내쉰 종혁은 잠시 그들 가족에게 시간을 주고자 놀라 굳어 있는 윤아를 데리고 밖으로 나왔다.

"사, 삼촌. 그, 그게 무슨 말이야? 저, 정말……."

"사실이야. 속아서 자기가 마약을 배달하는 줄도 모르고…… 유, 윤아야!"

종혁은 무너지는 윤아를 다급히 붙잡았고, 윤아는 얼굴을 일그러트렸다.

"그러니까 내 말 들으라니까!"

자신이 조금 더 강하게 밀어붙였으면 어땠을까.

아니면 자신이 아는 배우 엔터테인먼트들과 억지로 미

팅을 잡았다면 어땠을까.

해일처럼 밀려든 죄책감에 윤아는 어쩔 줄 몰라 한다.

"그, 그러면 준호는 교도소에 가야 하는 거예요?"

"아까 말했듯 사법부에 선처를 구해 보겠지만 실형은 피할 수 없겠지."

"어떤 사람들이야? 대체 어떤 나쁜 사람들이 준호를……."

딱!

"왜 때려!"

"그런 건 네가 신경 쓸 일이 아니야."

"하지만 삼촌!"

"쓥!"

윤아는 입을 다물었고, 종혁은 불만이 가득한 그녀를 보며 다시 한숨을 내쉬었다.

"아무튼 상황이 그렇게 됐으니까 넌 내일 회사에 출근하면 회장님부터 만나."

"우, 우리 회장님? 아, 내가 준호랑 친분이 있으니까 준비하라고?"

"아니. 곧 연예계가 뒤집어질 테니까 소속 연예인들 모두 활동 중단시키는 게 좋을 거라고."

"……뭐?"

"이준호가 마약을 배달한 게 배우들이야."

쿵!

윤아는 입을 떡 벌렸다.

"가, 감사합니다."

"아닙니다. 이야기는 잘 나누셨습니까?"

"덕분에……."

아들이 휘말리게 된 범죄에 대한 사정을 모두 알게 됐다.

종혁은 곧 떠날 아들을, 이제 본청으로 가면 몇 년은 제대로 보지 못할 아들의 손을 꼭 잡고 있는 이준호의 부모님을 향해 입을 열었다.

"일단 기지를 써서 아드님을 빼 오긴 했지만, 이놈들이 혹시 아버님과 어머님을 찾아갈 수도 있습니다."

혹시라도 놈들이 이준호 부모님에게 마약에 관한 사실을 말했을까 확인을 하러 올 수도 있었다.

"그러니 지금 거처를 옮기셔야 할 것 같습니다. 거처는 저희 경찰이 준비해 드리겠습니다. 괜찮으시겠습니까?"

"예, 예. 당연히 그래야죠."

"감사합니다. 그럼 바로 움직이시죠."

그들을 데리고 중식당을 빠져나온 종혁이 머리를 긁는다.

"이걸 잘됐다고 해야 할지, 아니라고 해야 할지."

당장 오늘 저녁에 있을 만남을 떠올린 종혁은 혀를 찼다.

* * *

그날 저녁, 종혁이 서울의 한 노포집 안으로 들어간다.

드르륵!

문을 열자마자 코와 눈을 때리는 매콤한 연탄 불고기의 냄새.

손님이 꽉 찬 가게 안을 둘러보던 종혁이 구석에 앉은 한 장년인을 발견하곤 눈을 빛내며 다가간다.

"죄송합니다. 늦었습니다."

"아니야. 최 경무관이 바쁜 건 모든 경찰이 다 아는 이야기인 걸, 뭐."

왜소한 체격에 축 처진 강아지 눈을 가진 장년인.

인상처럼 허허롭게 웃는 그 모습은 마치 근처에서 흔히 볼 수 있는 옆집 아저씨 같다.

"나 기억하지?"

"예. 오랜만에 뵙습니다, 경기청장님. 충성."

경기경찰청장 조오현.

말과 행동이 좀 느리고 뭐든 허허 하며 물에 물 탄 듯, 술에 술 탄 듯 넘기기에 일명 나무늘보 혹은 보살로 불리는 인물이다.

'하지만 그건 겉으로 보이는 모습일 뿐이겠지.'

정말 그런 성격이라면 이 자리까지 올라오지 못했을 거다.

겉모습과 달리 뱃속에 구렁이 열 마리를 품고 있을 사람이었다.

"그래. 충성. 내가 배가 고파서 먼저 음식 시켰어. 괜찮지?"

"저 많이 먹는데, 괜찮으시겠습니까?"

"어이구. 봐줘. 가장의 주머니가 얇은 거 알잖아."

"하하. 한 잔 올리겠습니다."

쪼르르!

"자네도 받아."

"감사합니다."

둘은 잔을 들어 부딪쳤다.

챙!

"크. 역시 소주는 언제 먹어도 써. 그래도 값싸게 취하기에는 이만한 놈이 없단 말이야. 아, 얼른 안주 먹어."

종혁은 사람 좋게 웃으며 연탄 불고기를 가리키는 그를 응시했다.

"청장님."

"끙. 일 이야기는 배 좀 채운 후에 하면 안 될까? 나 이거 오늘 첫 끼야."

"취임 이후 첫 사건으로 연예계 마약 사건은 어떠십니까?"

쿵!

너스레를 떠는 모습 그대로 멈췄던 조오현이 이내 입을 다물며 본인의 잔에 술을 따른다.

그러며 씁쓸히 웃는다.

"참 하고 싶었던 이야기가 많았는데 말이야. 양해를 구할 것도 있었고. 그런데……."

쭈우욱!

단숨에 술을 들이켠 조오현 경기청장의 눈빛이 돌변한다.

"우리 최 경무관이 재밌는 이야기를 하네?"

조오현 경기청장의 눈과 입술이 뒤틀렸다.

종혁은 단숨에 인상이 뒤바뀌는 조오현 경찰청장의 모습에 속으로 미소를 지으며 술잔을 입에 가져갔다.

'역시.'

과연 장희락 경찰청장과 모종의 거래까지 하며 유력한 차기 경찰청장으로 올라섰던 서울청장을 제치고, 경찰 조직의 정점에 서는 인물답다.

이런 면모가 없다면 여기까지 올라오지도 못했을 거다.

통! 통! 통!

조오현이 젓가락으로 테이블을 두드리며 종혁을 빤히 바라본다.

'최종혁.'

경찰대학교 학장이었던 최기룡 전 경찰청장을 경찰청장으로 만드는 데 큰 공을 올린 것으로도 모자라, 현재까지 이뤄진 경찰 개혁을 이끈 선봉장이자 참모.

그리고…….

'머리가 비상하게 돌아가는 도사견.'

이택문과 장희락, 심지어 경찰의 배신자 박종명에게까지 엄청난 치적을 안겨 줬던 도사견.

목줄을 잡은 주인이 누군지 신경 쓰지 않는다. 그저 충성을 바칠 뿐이고, 경찰 조직에 해가 될 것 같으면 물어 뜯는다.

그래서 조오현을 비롯한 경찰 최고위 간부들 중에는 그런 종혁을 마치 박쥐나 간신배와 비교하며 싫어하는 사람도 있었다.

하지만 아니었다.

'이래서였군.'

가려운 곳을 긁을 줄 아는 것이다.

'간신 따위가 아니야.'

담담한 눈빛에는 그 어떤 사심도 들어 있지 않다.

이건 거래다. 경찰이 된 지 이제 10년도 안 된 젊은 친구가 까마득한 선배에게 거래를 제안하고 있는 것이다.

다만 무엇을 거래하려는 지 감이 잡히지 않을 뿐이다.

그래도 확실한 건 하나 있었다.

'전 경찰청장들이 이 맛에 이 친구를 예뻐한 것이었어.'

취임 이후 수많은 초대형 사건들을 해결하며 엄청난 업적을 세운 장희락 경찰청장.

조오현으로서는 이후 그와 비교될 것을 걱정하지 않을 수 없었다.

물론 장희락의 치적은 전부 종혁의 덕분이지만, 대중들에게 그걸 염두에 둔 채 비교해 달라고 말할 수도 없는 노릇이었다.

그렇게 부담이 되는 상황 속, 지금 종혁의 제안은 사막의 오아시스나 다름없었다.

연예계 마약 사건. 전 국민이 집중을 할 거다.

"메인은?"

종혁은 순간 몸이 달아오른 그를 빤히 응시했고, 조오현은 혀를 찼다.

이쪽의 패를 먼저 까라는 뜻.

살짝 불편했지만, 현재 경찰 조직 내에서뿐만 아니라 전 국민에게 영웅 대우를 받고 있는 종혁과의 관계를 생각하면 어쩔 수 없었다.

"일단…… 형사수사국은 힘들 거야."

"알고 있습니다."

"……최 경무관은 그 안건이 통과될 거라고 생각하나 보군."

"경찰의 영향력과 예산을 증대하는 일인데 선배님들께서 반대하시리라 생각지는 않습니다."

그것도 그거지만, 그렇게 형사국과 수사국이 통폐합되면 많은 경찰들이 떠나고, 또 다른 경찰들이 그 자리를 채울 거다.

휘하 파벌 인사들에게 본청 명패 하나씩 파 줄 수 있는 일인데 반대할 사람이 있을까.

이 안건은 99퍼센트 통과될 거라 봐야 했다.

'그리고 박명후 대통령과 여야도 말을 바꾸지 않을 테고.'

이윤 부자 게이트로 인해 제법 많은 정치인들의 목이 날아갔다.

그런 와중에 본청의 칼 중 두 개인 형사국과 수사국이 본청을 빠져나온다?

다시금 경찰의 위험성을 감지한 정치인들로서는 반대할 이유가 없었다.

이런 종혁의 마음을 짐작한 조오현이 다시 술잔을 기울인다.

"경무인사, 기획조정, 생활안전, 치안상황관리센터도 힘들고. 홍보부도 마찬가지고."

"그렇게 못을 박으시니 마음이 좀 아픕니다. 그런데 홍보부는 좀 의외입니다."

"알지, 알아. 최 경무관이 홍보부에 있으면 세계경찰태권도 대회나 방송가 컨트롤이 쉬울 거라는 것쯤은……. 하지만 이제 최 경무관은 경무관이잖아."

경무관부터는 진정한 고위 간부. 경찰이란 거대한 조직의 상부다. 그만한 대우를 해 줘야 했다.

"이게 내가 최 경무관에게 구하려는 양해였…… 뭐야, 그런 거였어?"

자신의 말에도 한 점의 흔들림이 없는 종혁의 모습에 무언가를 깨달은 조오현이 웃음을 터트리며 종혁의 잔에 술을 따라 준다.

"최 경무관의 경찰 개혁, 아직 끝나지 않은 거지?"

미소를 지은 종혁이 술병을 넘겨받아 조오현의 잔에 따르며 고개를 숙인다.

정답이었다.

"동기들도 본청에 올리고자 합니다."

현장에서 구를 만큼 구른 동기들이다. 이젠 더 넓은 세상을 알게 해 줘야 했다.

이 말에 조오현의 눈빛이 흔들린다.

'오직 경찰의 위상을 드높이고, 범죄자를 족치는 것만 생각하는 게 아니라는 건가……. 좋군.'

범죄자를 때려잡기 위해 돈을 번다는 말이 나도는 종혁.

그런 종혁에게도 이런 욕심이 있다는 것이 조오현으로서는 꽤 기꺼웠다. 욕망은 사람을 파악하기 쉽게 만드니 말이다.

그는 경계를 살짝 풀며 다시 보살 같은 허허로운 미소를 지었다.

"으음. 경찰 내 사조직은 용납할 수 없는데 말이야……. 미친개 몇 마리도 함께 올리는 걸로 하지."

신설될 형사수사국을 대한민국 모든 범죄자가 두려워할 저승사자로 만드는 것이다.

그동안 상부나 언론의 눈치 때문에 먹잇감을 발견해도 제대로 물어뜯지 못한 미친개들을 불러들여서.

이것 역시 종혁이 바라는 경찰 개혁의 일부일 터.

종혁은 고개를 더 숙이며 잔을 들어 올렸고, 만족스럽게 웃은 조오현은 술잔을 들어 부딪쳤다.

챙!

거래 성립이었다.

"그럼 이제 자세한 이야기를 들어 볼 수 있을까?"
"예."
종혁은 자신이 알아낸 사실들을 말했고, 조오현은 눈을 빛냈다.
"사장과 임원들은 신원 조회 불가에, 단역 배우를 배달부로 썼다라……."
참신하다. 이대로 모른 채 넘어갔으면 연예계를, 아니 연예계와 연관된 모든 분야를 무너트릴 암 덩어리로 자라났을 놈들이었다.
조오현은 눈빛을 가라앉혔다.
"그러면 메인은?"
종혁은 사진 한 장을 내밀었다.
"이 배우를 메인으로 잡을까 합니다."
"오? 이 배우는?"
늙은 사람인 조오현도 아는 유명한 한류 스타다.
찌리릿!
좋다. 방금 전의 불쾌함이 순식간에 날아가 버릴 만큼 아주 좋다.
조오현의 눈에 흥분이 깃들었다가 사라진다.
"이놈들의 고객은 배우만 있는 거야?"
"아직 그 부분은 조사되지 않았습니다만, 감독 등 연출진이나 스태프들에게도 배달됐을 확률이 높습니다."
"그렇겠지. 출연 배우가 약에 해롱대는데 그 어떤 관계자가 좋아할까."

수많은 사람이 모이는 촬영장이다.

그런데 지금껏 알려지지 않았다? 다른 이들 몰래 마약을 할 만한 공간을 제공해 주거나 커버를 쳐 줄 조력자가 있다고 봐야 했다.

"고객 관리 방법이나 거래 방식은?"

"현재로선 회원추천제 방식이지 않을까 하는데……."

사건을 인식한 지 겨우 하루도 안 지났다.

조직의 형태부터 고객 명단, 마약 유통망, 마약을 제공받은 루트 등 많은 부분이 불확실했다.

또한 놈들의 마수가 연예계에만 퍼져 있다고 볼 수 없다.

일단 확실해 보이는 건 거래 방식.

이준호는 마약 상자를 받은 배우들이 답례라며, 혹은 받을 수 없다는 말로 마약 상자를 다시 돌려줬다고 했다.

아무래도 그 안에 주문서가 있지 않을까 싶었다.

조오현은 고개를 끄덕였다.

"그럼 그 부분은 최 경무관에게 맡기는 걸로 하고……."

이미 수없이 많은 초대형 사건을 해결하며 능력을 인정받은 종혁이다. 현장을 떠난 지 오래인 경찰이 감 내놔라 배 내놔라 하면 미운털만 박힌다.

"다시 아까 이야기로 다시 돌아와서, 동기들과는 이야기가 끝난 거야?"

종혁이 몇 명을 올릴지 모른다. 이 부분은 파악하고 있어야 했다.

"연말에 이야기를 나누기로 했습니다."

"그러면 쓰나. 이런 큰일 같은 건 생각할 시간을 줘야 하는 거야. 여기 카드 줄 테니까 이걸로 회식 한번 찐하게 해. 어허? 거부하면 나 섭해?"

"음. 제 동기들 저 때문에 입이 꽤 고급인데 말입니다."

"그거 한도 천만 원짜리야."

종혁 자신을 포함한 경찰대 동기들 전체에 좋은 인상을 심어 주고, 될 수 있으면 끌어안아 보겠다는 수작이지만 종혁은 감사한 마음으로 받아 들였다.

이것을 받아들이지 않는다면 조오현의 기분이 상할 테니 말이다.

"일주일 내로 시간을 잡아 보겠습니다."

만족스럽게 웃은 조오현은 고개를 끄덕이며 젓가락을 들었다.

"어이구. 고기가 다 식었네. 이모님! 여기 고기 좀 데워 주십시오! 최 경무관은 더 시킬 거 없어?"

"시원-한 소맥 어떻습니까?"

"음. 최 경무관이 말술이라는 말이 있던데……."

"이모님! 여기 맥주도 주십시오!"

* * *

주말 저녁, 경찰대학교가 위치한 경기도 용인시의 어느 대게 전문점으로 사람들이 모여든다.

레스토랑처럼 인테리어가 제법 고급스러운 대게 전문점.

"이야! 이게 얼마 만이야?!"

"왔나!"

"아따, 여기도 오랜만이구만?"

"어우, 왜 하필 용인이야. 토 나오게시리."

안으로 들어오며 한마디씩 하는 거친 분위기의 삼십대 초반 남녀들, 아니 종혁의 동기이자 경찰대학교 황금 세대들.

일선 현장이 좋아 진급을 보류한 몇몇을 제외하면 죄다 경감 계급들이다.

딸랑!

"우리 찌질이들 잘 있었냐!"

"……꺅, 세라야!"

"오오. 임 또라이! 야, 너 손 왜 그래?!"

"범인 쫓다가 베였다."

"큭큭. 븅신. 그걸 못 피한다고?"

"오냐. 넌 피할 수 있는지 보자! 죽어라!"

순식간에 시끄러워지는 식당에 동기들은 킬킬 웃는다.

경찰대에 있을 때만 해도 일상이었던 모습. 그들이 아주 잠시 옛 추억에 젖어 든다.

그때였다.

딸랑!

문이 열리며 종혁이 들어오자 웃음꽃을 피우던 동기들

이 모두 입을 다문다.

"……전체 차렷!"

"뭐, 뭐야?"

갑자기 일어나 자신을 보며 차렷 자세를 취하는 동기들의 모습에 당황한 종혁.

진지한 표정의 임세라가 종혁을 보며 손을 들어 올린다.

"최종혁 경무관님을 향하여 경례!"

"충! 성-!"

가게 안을 쩌렁쩌렁 울리는 인사에 종혁은 뒷목을 잡았다.

"……이 미친 또라이 새끼들."

내년이면 32살인데도 이십대와 변함없는 모습들에 종혁은 고개를 젓는 한편 웃음이 나왔다. 동기들이 얼마나 힘든지 알기에 지금 이 순간이만이라도 웃길 바랐다.

"아이고, 경무관님. 예쁜 것만 보고, 꽃만 밟으셔야 할 고위 간부님께서 욕이라니요."

"꺼져."

중지를 치켜든 종혁이 아무 빈자리에 앉으며 동기들을 둘러봤다.

"경태랑 현지는?"

"사건. 못 온 애들 다 사건 때문에 못 왔어."

"그래? 그럼 어쩔 수 없지."

이런 동기들과의 술자리가 중요할까. 피해자를 구하고

범죄자를 때려잡는 게 더 중요하다.

종혁은 눈을 초롱초롱 빛내며 이쪽을 보는, 오늘 하루 가게를 전세 낸 큰손을 뚫어져라 쳐다보는 사장을 향해 손을 들었다.

"사장님! 대게랑 킹크랩, 랍스터 주십쇼! 무제한으로!"

"예, 갑니다!"

곧 그들이 앉은 식탁에 음식과 술이 쫙 깔렸다.

그러나 종혁의 동기들은 그 누구도 술병을 따지 않았다.

"목 좀 축이고 하면 안 되냐?"

"되겠냐!"

얼마 전 도움을 받은 이지용의 외침에 동기들이 고개를 격하게 끄덕인다.

형사수사국 신설에 경찰대 48기의 본청 콜업.

솔직히 이번 주가 어떻게 지나갔는지 기억이 나지 않을 정도다.

그들은 뜨겁게 달아오른 눈으로 종혁을 노려봤고, 종혁은 그런 그들을 보며 입술을 비틀었다.

자신의 동기들이자 친구들이며, 자신이 뿌린 씨앗들.

그리고 믿을 수 있는 사람들.

"그래서? 안 오려고?"

"……흐흐."

경찰대 48기의 얼굴도 뒤틀린다.

"다들 글라스에 소주 채워."

쪼르르르!

종혁은 모두 글라스컵에 소주가 가득 따라지자 자신의 글라스컵을 들어 올렸다.

"경찰대 48기의 무궁한 영광을!"

"위하여-!"

채재재재쟁!

"크! 역시 동기가 잘 나가니까 이런 기회도 오는구나!"

"어허! 우리 종혁이가 그냥 동기야? 경무관님이셔. 존경과 존중을 담아 따라 해 봐. 경무관님."

"아, 내년에 강원청으로 가려고 했는데……."

"가. 안 말려."

"이번에 맡은 사건은 좀 어때? 골치 아프다며?"

"아, 그거 해결됐어. 덕분이다."

경찰답게 업무 관련 이야기를 나누는 동기들을 보며 술을 홀짝이는 종혁.

그런 그에게 이지용과 임세라가 다가온다.

"하여튼 이 깜찍한 새끼. 그래서 차기 청장님은 누구야?"

"노코멘트다, 임 또라이야."

"씁. 자꾸 그러면 누나 화내?"

"꺼지시고."

종혁은 이지용을 봤다. 무슨 일이든 시켜만 달라는 듯 눈을 빛내는 그.

피식 웃던 종혁이 순간 머릿속을 스치는 생각에 다시 동기들을 둘러본다.

그러다 씩 웃는다.

짜아악!

가게를 터트릴 듯한 박수 소리에 집중되는 시선들.

종혁은 그들을 보며 장난기 가득한 표정을 지었다.

"일단 한 가지 말하자면, 장희락 경찰청장님의 퇴임식과 신임 경찰청장님의 취임식은 1월 2일에 열릴 거야."

"뭐? 그렇게 빨리?"

엉덩이를 들썩이는 그들의 모습에 종혁이 고개를 끄덕였다.

"뭐 여러 정치적인 요소 때문이니 넘어가고. 그런데 인사이동은 1월 말이란 말이지?"

"……하고 싶은 말이 뭔데?"

"애들아. 사랑하는 동기들아. 본청에 입성하는 건데 선물은 들고 와야지 않겠니?"

"무슨 선물을……."

"연예계 마약 사건 어때?"

쿵!

"이거면 너희를 추천한 나도 면이 설 것 같은데 말이야……. 어떻게? 할래?"

꿀꺽꿀꺽! 터엉!

"지금 그걸 말이라고!"

"사랑합니다, 동기님. 어휴. 어깨 뭉친 것 좀 봐."

종혁이 경찰대 4년 동안 굴리며 가르치고, 이후 수년의 현장 생활을 통해 담금질이 된 그들의 얼굴이 흉흉하게 일그러지기 시작했다.

* * *

 탁! 탁!
 "후우."
 짐을 모두 정리하고 손에 묻은 먼지를 턴 유생용이 새 보금자리가 된 작은 사무실을 둘러본다.
 이전의 작고 허름했던 사무실과는 차원이 다른 사무실.
 인조 대리석으로 고급스럽게 꾸며진 사무실을 본 유생용이 고개를 끄덕인다.
 "이런 것도 나쁘지 않네. 왕 과장, 컴퓨터는 잘 돌아가?"
 "예. 인터넷만 연결되면 될 것 같습니다."
 "잘하자. 저번처럼 또 이상한 거 만져서 고장 내지 말고."
 소중한 장부와 고객 명단 등 그들 조직의 중요 문서가 든 컴퓨터를 박살 낸 경험이 있는 왕 과장은 슬그머니 고개를 돌리며 핸드폰을 켰다.
 인터넷이 안 되니 핸드폰으로 파악을 하려는 것이다.
 "천이, 아니 장 부장아."

"이준호 부모님요? 아무것도 모르는 거 확실한 거 같습니다. 장례식도 별일 없이 치러졌고요."

살고 있다는 집에 찾아가 봤지만 도통 모습을 드러내지 않아, 후에 받은 이준호의 부고에 적힌 장례식장을 찾아가 보았다.

한참을 지켜보았으나 경찰이 드나드는 기색도 없었고, 따라붙는 미행도 없었다.

혹여 이준호의 몸에서 마약이 검출될까 걱정을 했던 그들. 다행히 혈액 검사는 하지 않은 것 같다.

"오케이. 왕 과장, 고객들에게 다시 영업 시작했다고 문자 돌리고……."

"사장님!"

핸드폰을 뚫어져라 쳐다보던 왕 과장이 크게 외친다.

"회원 문의 들어왔습니다!"

"오? 그래?"

뛰듯 달려간 유생용은 왕 과장의 핸드폰을 보며 주먹을 쥐었다.

'크. 그래, 이게 마약 장사지.'

회원이 회원을 부르고 있다.

그는 입술을 핥으며 눈을 빛냈다.

사무실을 옮기자마자 회원 문의가 들어왔다는 것에 기분이 좋아졌던 그는, 이번에도 번창하겠다는 느낌이 든 그는 얼른 입을 열었다.

"메시지 보내 봐."

"예."

톡! 톡, 톡!

VVIP 주식 공유!
회원가입을 하실 때 추천인을 입력하면
소정의 상품이 나갑니다!
주소는 인터넷에 직접 적으세요!
https:……

"타자 연습 안 하냐?"

한참 걸리는 타이핑에 유생용은 얼굴을 구겼고, 왕 과장은 핸드폰 자판은 영 익숙해지지 않는다고 변명 아닌 변명을 하며 내용을 마저 썼다.

"보냈습니다."

"오케이. 장 부장."

"예. 배달부들 부를까요?"

"그리고 인터넷에도 알바랑 배우 모집 공고 올…… 씁. 인터넷은 언제 설치된다고?"

"내일 설치하러 온다고 합니다."

고개를 끄덕인 유생용은 사무실 한구석에 놓인 냉장고를 열었다.

냉장고 안에 가득 든 하얀 가루와 여러 색깔의 알약, 그리고 주사기들.

유생용은 보기만 해도 든든한 마약들을 일견하며 맥주

를 꺼내 들었다.

"어이쿠. 이런 건 절 시키시지."

"내가 손이 없냐, 발이 없냐?"

황급히 달려와 거드는 장천을 향해 손을 저은 유생용은 소파에 앉아 느긋이 등을 기댔다.

탁! 치이익!

"크-!"

근무 시간에 마시는 맥주 한 모금. 이게 천국이다.

"왕 과장, 고객 명부."

"예! 여기 있습니다!"

왕 과장이 넘긴 명부를 펼친 유생용이 눈을 가늘게 뜬다.

누구나 다 아는 유명 한류 스타 배우부터 PD, 촬영 감독 등의 이름이 쭉 적힌 고객 명부.

그뿐만 아니라 일반인들의 이름도 있다.

모두 그들이 처음 공략했던 연예인들을 통해 소개받고, 또 그들을 통해 소개받은 사람들이다.

클럽 MD들의 이름도 있다.

'이 정도면 확실히 자리를 잡았다고 볼 수 있겠어.'

그렇다면 이제 사업을 확장해야 할 때였다.

그에 대해 지시하기 위해 입을 열려던 유생용은 문득 머리를 스치는 생각에 얼굴을 구겼다.

"개 같은 조폭 새끼들."

갑작스럽게 대한민국의 조직들이 일거에 쓸려 나간 후

대한민국 조폭계는 6대 조직으로 재편됐다.

이후 이놈들이 무슨 약을 처먹었는지 마약 조직들을 족치고 다니기 시작했는데, 하마터면 유생용 역시 그때 걸려서 은퇴를 당할 뻔했다.

다행히 사무실을 옮길 때여서 위험을 피해 갔을 뿐, 두 눈을 시퍼렇게 뜨고 돌아다니는 조폭들 때문에 어쩔 수 없이 유흥가 쪽 유통망을 모두 날려야 했다.

그때만 생각하면 아직도 식은땀이 줄줄 흐르고 이가 갈린다.

"아무튼 이젠 좀 더 확장을 해도 될 것 같은데……."
"괜찮겠습니까? 유흥가 쪽은 불가능하지 않습니까."
"누가 유흥가를 다시 공략하재?"
"그럼?"
"우리에겐 이게 있잖아?"

유생용은 핸드폰을 들어 흔들었고, 장 부장은 고개를 모로 기울였다.

아무것도 짐작 못하는 그를 보며 그런 게 있다는 듯 웃어 준 유생용은 다시 생각에 잠겼.

'곧 경찰청장이 물러난단 말이지?'

박명후 대통령의 파격적인 개혁으로 2년에서 3년으로 임기가 늘어나게 된 경찰청장.

장희락은 3년의 임기를 꽉 채우며 그 혜택을 가장 먼저 누리게 되었다.

3년 만에 새로운 경찰청장이 취임하면 아무래도 꽤 부

산스러워질 수밖에 없을 거다.

검찰 쪽도 올해 벌어진 여러 사건들 때문에 정신을 없을 터.

사업을 확장하기에 딱 알맞은 시기였다.

"기술자들이랑 주먹들은?"

"마약반과 강력반 말씀하시는 겁니까?"

"어. 걔들."

장 부장이 지어 준 이름인 마약반과 강력반.

경찰을 엿 먹이는 것 같아서 참 좋았다.

"모처에 잘 있습니다."

"혹시 모르니까 한번 가서 확인해 봐. 그 새끼들 서로 앙숙이잖아."

"예."

"원료 수급은 문제없고?"

"그렇지 않아도 1월 2일에 저녁에 거래하기로 했습니다."

"날짜 좋네."

현 경찰청장의 퇴임식과 후임 경찰청장의 취임식. 아마 그날 하루는 경찰들도 이쪽에 신경조차 쓸 수 없을 거다.

"사장님, 회원가입 확인됐습니다!"

"추천인은?"

"한예선 배우입니다. 캔디로 30알 거래하고 싶다고 합니다!"

"오!"

일명 캔디라 불리는 엑스터시.

"배달 장소랑 시간 통보하고, 배달부 한 명 보내. 그리고 장 부장?"

"예. 어차피 애들 사무실에 들러야 하니 그때 강력반 출동시켜서 감시시키겠습니다."

이것이 그들이 회원을 가입시키는 방법.

언제 어디서 경찰이 치고 들어올지 모르기에 몇 번의 확인은 필수였다.

"오케이!"

손뼉을 친 유생용은 몸을 일으켰다.

"자, 근무 시작하자!"

"예!"

한편 유생용들이 차린 사무실의 바로 아래층.

이지용이 천장을 보며 혀를 내두른다.

"햐, 이 새끼들. 돈 좀 벌었나 보네."

무려 10층짜리 빌딩이다. 평수도 꽤 커 보인다.

그는 무전기를 들었다.

"아, 아. 2팀장 이지용입니다. 특이 사항 없음."

"이런 씨! 감청하느라 고생하는 건 우리거든?"

사무실 한구석 천장에 전깃줄 같은 게 달린 기기 앞에 몇 사람이 앉아 있다.

"흐흐. 기분 한번 내 보는 거지. 이봐, 3팀. 거긴 특이 사항 없어?"

-몰라, 씨발! 추워 뒈지겠어! 얼른 교대해 줘!

맞은편 건물의 옥상에 있는 3팀.

이지용이 한숨을 내쉰다.

"우리 최종혁 경무관님께서 그 건물을 사 주신다고 했는데도 거부한 건 너님들이셈."

-죽일까, 진짜?

"야, 조용! 닥쳐 봐!"

순간 이곳에 있는 사람들이 모두 숨을 죽이고, 이지용도 날듯 동기에게 달려간다.

"씨발. 야, 이 새끼들 내일 인터넷 설치한다는데? 천장이 두꺼워서 잘 안 들리긴 하는데, 아마 맞을 거야."

"오우. 이렇게 감사할 때가……."

감청에 문제가 있는데, 알아서 자신들에게 문을 열어 주고 있다. 참으로 감사했다.

다시 손을 들어 이지용을 말린 동기가 귀에 낀 헤드셋에 온 신경을 기울인다.

그러며 앞에 놓인 메모장에 들리는 말들을 모두 적는다. 천장에 가로막혀 잘 들리지는 않지만, 중요한 단어들이 써진다.

이지용은 거기에 써지는 '강력반?', '마약?'이란 단어에 헛웃음을 터트린다. 함께 보고 있던 임세라도 마찬가지다.

'이 씹새끼들이…….'

약쟁이들 따위가 감히 경찰을 비하하고 있다.

임세라는 약간 떨어진 곳에 있는 책상에 앉은 동기를 보며 손가락을 흔들었다.

'통화 목록과 발신 위치 확인 중이야!'

현재 이 건물 내에서 발신, 수신되는 모든 핸드폰 번호를 추적 중이다.

'오케이-!'

"어?"

"왜? 뭔데?"

"장 부장 이 새끼, 애들 사무실로 간다는데?"

"애들이라면······."

강력반과 마약반, 휘하 조직원들을 뜻하는 게 분명했다.

찌리릿!

특수본 본부에 있는 종혁의 동기들이 입술을 깨물며 조용히 환호한다.

연예계 마약 사건 특수본 부본부장 임세라는, 특수범죄 수사대의 팀장으로서 경력을 쌓아 부본부장으로 임명 된 임세라는 무전기를 들었다.

"8팀, 지금 장 부장 나간다. 마킹 시작해."

-오케이!

"이지용, 아니 2팀장은 이놈들 사무실 마킹."

"2팀, 출동 준비. 나 지금 계단으로 내려간다."

그렇게 경찰대 48기로만 이뤄진 연예계 마약 사건의 특수본이 움직이기 시작했다.

* * *

부우우웅!

뒤에 검은색 박스를 단 스쿠터 한 대가 빠르게 도로를 나아간다. 급할 것 없다는 듯 규정을 모두 지켜 가며 나아간 스쿠터.

그러다 한 빌라 앞에 선 스쿠터의 주인은 무언가를 찾듯 주변을 두리번거리더니, 이내 검은색 박스에서 무언가가 담긴 하얀 봉지를 들고 건물 안으로 들어간다.

"으흐응."

콧노래를 부르며 꼭대기 층으로 올라가는 배달부.

띵동!

"배달이요!"

-네? 배달 안 시켰는데요?!

한 원룸 문 앞에 음식이 담긴 하얀 봉지를 내려놓은 그는 발걸음도 가볍게 빌라 건물을 나섰고, 건물을 나서자마자 빌라 옆 화단에 마치 쓰레기를 버리듯 종이 뭉치 따위를 던지곤 다시 오토바이를 타고 멀어진다.

그리고…….

"예, 부장님. 배달부, 지금 배달 끝냈습니다."

빌라 입구가 잘 보이는 빌라 인근에 차를 세워 둔 탄탄한 체격의 사내 둘.

떠나는 스쿠터를 바라보며 장 부장에게 연락한 그들은 수화기 너머에서 들리는 장 부장의 지시에 귀를 기울인다.

"2시 말입니까?"

겨우 10분 뒤. 시간을 확인한 사내는 알겠다고 대답하곤 통화를 종료했다.

"2시까지 구매자가 올 거랍니다."

"알았어. 어우. 좀 싸늘하네."

"핫팩 사 올까요?"

"됐어."

시동을 켜고 있으면 자칫 의심을 살 수 있다.

그들은 차 안을 파고드는 추위에 몸을 살짝 떨며 빌라 입구를 뚫어져라 쳐다봤다.

한편 그런 그들의 차가 잘 보이는 위치에 세워진 차 한 대.

"저 새끼들은 저기서 뭐하는 거지? 야, 나 8팀장인데. 어떡할까. 그냥 딸까? 일단 따 놓고 구매자를 기다리면 되잖아."

-따긴 뭘 따. 약쟁이 하나 따고 작전 망칠 거야? 그냥 그 강력반이란 애들이나 마킹하세요. 특이사항은 없어?

"배달부가 누군지도 모르는데 무슨. 알았어. 수신."

핸드폰을 내린 단발머리의 여성이 담배를 꼬나문 채 추위에 발을 동동 구르다 다시 핸드폰을 든다.

"종성아, 장 부장 뭐하냐?"

-장 부장 새끼는 다시 사무실로 이동 중.

"알았어. 어우, 춥다!"

더 이상 버티지 못한 그녀는 얼른 옆에 세워 둔 차에 올랐다.

"하아. 살겠다."

"크크. 그러게 나가지 말라니까. 추위에 약한 년이 뭘 기어 나가."

"고작 12월에 이렇게 추울 줄 알았나. 이제 겨울 잠바를 꺼내 입어야 할까 봐."

그런 그녀의 호들갑에 운전석에 앉은 동기가 피식 웃는다.

"아청계는 좀 어때?"

"어떻긴. 좆같지. 아주 쌍큼하고 꾀여쁜 생퀴들 때문에 이 누나의 이가 남아나질 않는다. 에휴."

참 말을 안 듣는 청소년들. 팰 수만 있다면 흠씬 패 주고 싶을 정도다. 물론 가끔씩은 진짜 패기도 하지만 말이다.

"넌? 경제팀은 할 만해?"

사기 등의 경제범죄를 다루는 형사과의 경제팀.

"몰라. 대가리 깨져. 종혁이는 이런 사건을 어떻게 그렇게 척척 해결하는지 몰라?"

"우리랑 종자가 다르잖아. 종혁 옵빠는 정말 경찰을 위해 태어난 사람이야."

"크크. 그건 맞지. 아, 우리 최종혁 경무관님은 지금 뭐 할까?"

"오늘 본청 정례 회의라고 하지 않았어?"

"아, 그게 오늘이었어?!"

그들의 눈이 빛난다.

그들에겐 엄청난 기회가 돼 줄 형사수사국.

순간 달아오르는 몸에 어쩔 줄 몰라 하던 그들이 애써 흥분을 가라앉히고자 하던 순간이었다.

"응? 뭐야, 저건?"

옆 동기의 얼빠진 목소리에 고개를 돌렸던 8팀장도 눈을 끔뻑인다.

"······그러게. 뭐지?"

모자에 마스크, 거기다 선글라스에 목도리까지 두른 사람이 그들의 시야 안으로 들어온다.

이제 고작 12월 초. 추위를 대비하는 것으로는 너무 과한 무장이었고, 마스크에 선글라스는 누가 봐도 수상한 모습이었다.

"8팀장이야. 거수자 발견. 지헌이 너희 쪽이거든? 시야 확보돼?"

-우리도 발견. 응? 방금 배달 기사가 들어간 원룸 앞을 서성거리는데? 어? 화단에서 뭘 꺼내 든······ 야! 우리 저 새끼 따라붙을게!

"왜? 무슨 일인데?"

-아까 음식 배달부가 버린 종이 뭉치를 집어 들었어!

"뭐? 아니, 그걸 왜?"

-몰라! 그런데 이거 분명 뭔가 있다!

종혁이 때려 박고, 현장을 구르며 다듬어진 촉이 흔들

린다.

"어? 야, 팀장아. 강력반 저 새끼들도 움직이는데?"

정말 시동을 켜고 차를 출발시키고 있다.

눈을 부릅뜬 8팀장은 다급히 다른 핸드폰을 꺼내 들었다.

"8팀장이 본부에 전달한다! 우리 근처로 온 검은색 스쿠터 배달부 동선 따 주고, 방금 목격된 거수자도 실시간 추적해 줘! 다시 한번 전달한다! 스쿠터 색상은 검은색! 꽁무니에 배달 바구니가 달려 있다!"

-뭐? 왜!

"일단 해 줘!"

그렇게 외치고 통화를 종료한 8팀장은 손톱을 깨물었다.

'만약 지금 내 생각이 맞다면……'

여태까지 나오지 않은 새로운 방식의 마약 거래다.

마약 조직이 신종 수법을 개발한 거다.

그녀의 얼굴이 딱딱하게 굳었다.

* * *

한편 본청의 대회의실.

한 해의 마지막 정례 회의다 보니 경찰의 모든 고위 간부들이 모여 있다.

그런 그들이 모두 입을 다문 채 단상에 선 종혁을 바라본다.

"그러니까 그동안 특채나 공채로 모집한 전문 인력들의 홍보를 통해 수사 전문 인력들을 수급하자는 건가?"

장희락 경찰청장의 말에 종혁이 고개를 끄덕인다.

"예, 그렇습니다. 특수부대 등 제압 능력이 뛰어난 전문 인력들은 제대나 퇴직 후 갈 곳이 거의 정해져 있는 상태입니다."

특수부대 같은 경우는 대부분 경호원이다. 경찰이나 소방관을 지원하는 사람도 있는 반면, 조폭으로 빠지는 이들도 더러 있다.

운동계의 사정은 지도자 등의 진로가 있기에 그나마 낫지만 도긴개긴이었다. 다수의 사람이 자신의 전공을 살리지 못하고 일반인으로 살아간다.

"그런 이들에게 이제 우리 경찰 내엔 견찰이 없다, 그리고 현재 경찰은 이렇게 대우받는다 등 여러 긍정적인 측면을 알림으로써 그들에게 또 다른 선택지를 주려는 것입니다."

"……헐값으로 시민의 생명을 구하는 게 아니라는 점을 어필하자는 것이군. 확실히 요즘 젊은 사람들에게 사명감만 요구하기엔 세상이 너무 삭막해졌지."

장희락은 다른 고위 간부들을 둘러봤다.

"이 정도면 수사 전문 인력 수급에 대한 초안으로는 괜찮은 것 같은데…… 다들 어떻게 생각하십니까?"

조오현 경기청장을 비롯한 고위 간부들이 고개를 끄덕

이는 것으로 동의를 표한다.

그에 장희락은 다시 입을 열었다.

"그럼 투표합시다. 형사수사국 통폐합 및 분리에 찬성하는 사람은 거수해 주세요."

처처처척!

종혁을 비롯한 단 한 명도 빠짐없이 손을 든다.

불끈!

'됐어!'

이미 예상한 결과지만 그래도 실제로 보니 온몸이 짜릿해진다.

종혁은 찢어지려는 입을 억지로 다물었고, 장희락은 몸을 일으켰다.

"좋습니다. 그럼 이 안건은 다음 대 경찰청장께서 행안부 장관님께 건의하는 걸로 합시다."

법무부가 검찰을 산하로 두고 있다면, 경찰은 행정안전부를 위에 두고 있다.

"경무인사국장."

"모레까지 서류로 작성해 올리겠습니다."

"좋습니다. 자, 그럼 회의가 다 끝난 것 같으니 일어들 나시죠."

"끄으! 어후. 역시 나이가 들었나······."

"식사하러 가셔야죠?"

"최 부장! 오늘 메뉴가 뭐야?"

웅성웅성.

소란스러워지는 대회의실에 발표한 자료를 정리한 종혁이 화장실로 향한다.
결과는 예상했지만 꽤 긴장한 탓이다.
그 순간이었다.
지이잉! 지이잉!
"응?"
연예계 마약 사건 특수본에서 온 연락.
종혁은 이것에 대해 혹시 아냐는 메시지와 함께 온 사진들에 눈을 동그랗게 떴다.
"……던지기?"
'벌써 던지기가 나왔다고?'
구매자가 돈을 입금하면 판매자가 마약을 구매자에게 직접 전달하지 않고, 들키거나 유실될 위험이 낮을 만한 특정 장소를 골라서 숨겨 놓은 다음 해당 장소를 알려 줘 찾아가도록 하는 거래 수법이 바로 던지기다.
지금으로부터 몇 년 후 유행할 영화에서도 자주 소재로 사용될 정도로 많은 범죄자들이 수단으로 사용하는 던지기.
하지만 본래라면 지금 등장했어야 할 범죄 수법이 아니다.
'확실히 이 던지기가 등장할 만한 상황 여건이 됐긴 했어.'
도로와 골목 곳곳을 빼곡하게 채운 CCTV들.
거래 방법이 치밀해질 수밖에 없었다.

"무슨 일 있어?"

"아, 경기청장님."

화장실 안으로 들어오는 조오현의 모습에 상황을 보고하려던 종혁은 다시 울리는 핸드폰에 눈을 동그랗게 떴다.

메시지에 담긴 사진, 던지기를 받은 구매자의 모습 때문이다.

'이 사람은?'

마스크와 선글라스를 벗은 그는 너무도 익숙한 사람, 아니 가수였다.

종혁은 입술을 비틀며 조오현을 봤다.

"청장님, 아무래도 메인을 둘로 잡아야 할 것 같습니다."

"뭐?"

종혁은 사진을 보여 줬고, 조오현은 눈을 부릅떴다.

* * *

부우웅!

출발하는 택시 안, 선글라스와 마스크로 중무장을 한 남성이 거친 숨을 몰아쉰다.

그동안 아무리 애원해도 자신의 구입 루트를 절대 말해 주지 않았던 다른 사람들.

그러나 드디어 자신도 루트를 뚫었다. 이제 다른 사람

에게 아쉬운 소리를 하지 않아도 됐다.

그는 핸드폰을 들어 판매자를 소개시켜 준 사람, 한예선에게 문자를 보냈다.

-고마워, 누나. 덕분이야.

지잉!

-구입했어? 얼마나?

'얼마나…….'

그는 점퍼 주머니 속에 집어넣은 손안에서 뭉개지는 알약의 감촉에 혀를 찼다.

-원래는 30개를 주문했는데, 첫 거래니까 다섯 개밖에 안 된대.

-거기가 원래 그래. 처음 몇 번은 꽤 신중하게 거래하는 데, 그거 넘어가면 네가 있는 곳으로 배달해 줘.

그곳이 집이든, 촬영장이든.

"뭐?!"

깜짝 놀란 그는 택시 기사의 눈치를 보며 빠르게 S-톡을 보냈다.

-촤, 촬영장까지 배달해 준다고?

-응응! 엑스트라들을 배달부로 쓰더라. 제주도나 울릉도 빼고, 차로 이동할 수 있는 곳이라면 다 배달해 줘.

"미쳤네……."

-고마워! 뿌잉뿌잉!

-ㅋㅋ 모두 내 덕분인 거 알지?

흠칫!

"……알지, 알아."

자신이 마약을 하게 된 것도 그녀 때문인데 왜 모를까.

그는 자신이 처음으로 마약을 하게 됐던 날을 떠올렸다.

* * *

"난 너희가 이럴 줄 몰랐다."

실망이 가득한 눈으로 쳐다보는 소속사 대표의 모습과 배신감에 치를 떠는 같은 멤버들.

그, 박이현은 뜻을 함께한 멤버들을 보곤 대표를 향해 고개를 살짝 숙였다.

"죄송합니다. 하지만 재계약을 하지 않겠다는 게 왜 배신인지 모르겠습니다."

처음 데뷔를 할 때 명시했던 계약 기간이 곧 만료된다.

그렇다. 자신과 대표의 관계는 계약 관계다.

돈으로 얽힌 계약 관계.

그 안에 데뷔를 시켜 준 것과 자신들을 국내 톱, 아니 아시아 톱스타로 만들어 준 케어 등 여러 가지는 정말 감사하지만, 그것 역시 아이돌 기획사로서 대표가 당연히 해야 할 일이었을 뿐이다.

좋은 상품을 선별해, 좋은 매출을 올리기 위해 예쁘게 포장시키고 마케팅을 하는 등 총력을 쏟아 성공시키는 것.

그것이 기획사 대표로서 할 일이고, 상품이었던 자신들 역시 성공하기 위해 건강에 이상까지 생겨 가면서도 소속사가 지시한 일들을 해냈다.

비즈니스였다.

그 논리에 의해 재계약을 하지 않을 뿐인데, 왜 이런 말을 들어야 할까.

"대표님께서 저희를 데뷔시키실 때 이렇게 말씀하셨죠. 이 세상에서 너희를 위하는 사람은 오직 자신뿐이라고요."

대표가 자신들을 정말 위한다면 놓아주어야 하는 게 맞았다.

"……그 일본 프로듀서가 옆에서 바람을 넣은 거지?"

처음 기획할 때부터 글로벌 시장을 겨냥하면 키운 아이들.

춤, 노래, 끼 이 삼박자를 모두 갖춘 일곱 명의 스페셜리스트를 모아 데뷔시키고 성공시켜 결국 일본까지 진출했다.

그때부터 모든 게 어긋나기 시작했다.

"더 좋은 조건에 응했을 뿐입니다."

흔들리지 않는 박이현의 모습에 대표는 이마를 붙잡았다.

"우리가 계약금과 정산 비율을 더 높여도 마음을 바꾸지 않겠지?"

"죄송합니다."

"후. 역시 최 이사의 말을 듣지 않을 걸 그랬어."

자신의 소속사에 엄청난 지분을 가지는 최종혁 사외이사.

아니, 명확한 직함은 없다. 종혁은 경찰이기에 겸직이 금지되기 때문이다. 그저 이사 대우를 할 뿐이었다.

그런 그가 자신의 소속사의 지분을 취했을 때, 아티스트와의 계약서부터 손을 봤다.

그중 하나가 계약 기간.

보통 하나의 아이돌 그룹을 제작해 투자금을 모두 회수하는 시기가 대략 3년에서 5년이다.

인기와 매출에 따라 이 기간은 줄어들 수도 있고, 늘어날 수도 있다.

그렇게 투자금을 모두 회수해야 비로소 회사도 수익을 얻게 된다.

그렇기에 아이돌 그룹의 계약 기간을 10년, 12년 정도로 잡는 게 업계의 관행인데, 종혁이 이걸 엎어 버린 거다.

물론 2009년에 이르러 공정위에서 고시한 표준계약서가 도입되며 다른 소속사들도 계약 기간이 줄어들긴 했지만, 그렇다고 해도 7년이었다.

하지만 당시 종혁의 이야기도 충분히 일리가 있었고, 새로운 타입의 굿즈 등 납득할 만한 해결책도 제시해 주었기에 손을 들어 준 것이기는 했다.

실제로 투자금 회수가 더 빨리 이루어지기도 했고.

하지만 결국 우려했던 일이 벌어지고야 말았다.

소속사의 매출에 상당 지분을 차지하는 아이돌 그룹의 멤버들이 재계약을 거부하는 일이 벌어진 것이다.

종혁의 말대로 계약서를 바꾸지 않았다면 몇 년은 더 벌 수 있었을 텐데, 대표 입장에선 속이 쓰리지 않을 수 없었다.

"……너흰 앞으로 그룹의 이름을 쓸 수 없을 거다."

"그동안 키워 주셔서 감사했습니다."

"그래. 그동안 수고했다. 너희들이 활동할 그룹 이름은 정했니?"

"현재 상의 중이라고 합니다."

고개를 숙이며 몸을 일으킨 박이현은 대표 옆에 서서 여전히 배신감 가득한 눈으로 쳐다보는 멤버들의 모습에 코웃음을 치며 돌아섰다.

'병신들.'

자신들이 소속사에 벌어다 준 돈이 얼마던가.

거기다 한국과는 비교할 수 없을 만큼 수익이 높은 일본. 돈을 더 벌 수 있는 길을 좇는 건 당연한 일이었다.

'메인, 서브 보컬에 비주얼까지 모두 나가는데 너희가 전처럼 인기를 끌 수 있을 것 같아?'

같은 그룹에 속해 있으니 팬들의 사랑을 함께 받은 것일 뿐, 엄밀히 말하면 그 인기를 만들어 낸 건 자신들이었다.

자신들이 소속사를 떠나 그룹명을 바꾸면, 자신들의 팬

들도 따라서 이탈할 터였다.

"와, 이게 이렇게 쉽게 끝나네."

"그러게. 난 대표님이 무서운 형들이라도 대동할 줄 알았는데."

"뭐? 푸핫! 야, 영화를 너무 많이 본 거 아니야? 우리 소속사 이사 중에 경찰 간부가 있는 거 몰라? 그랬다간 큰일 나."

"하긴. 이현쓰, 이제 뭐 하실 거임?"

"술?"

큰 산을 넘었으니 당연히 자축을 해야 됐다.

"오, 클럽?"

"난 술을 말했는데 왜 클럽이 나오냐? 네 머릿속은 술이꼬르 클럽이냐?"

"알면서."

이제 더 이상 거칠 게 없어진 그들은 키득키득 웃었고, 그들과 함께 왔던 일본의 엔터테인먼트 관계자가 비릿하게 웃는다.

"가시죠. 저희가 모시겠습니다."

"오! 한국에 대해서도 조사하셨……."

파악!

"이 배신자!"

"……마, 막아!"

머리에 썩은 계란을 맞은 박이현과 멤버들은 다급히 차로 이동됐다.

"괘, 괜찮으십니까? 이봐! 지금 뭐하는 거야! 이런 위협을 막는 게 너희 보디가드의 일이잖아!"

"죄, 죄송합니다!"

"정말 괜찮으십니까, 박 상?"

"……괜찮아요."

아니다. 괜찮지 않다.

박이현은 얼굴을 일그러트렸다.

'씨발.'

쿵쿵쿵쿵쿵!

신나는 EDM 비트가 귀와 몸을 찢는 클럽 안.

"자, 건배!"

"건배-!"

채재쟁!

"크아아! 좋다!"

아까 낮에 테러가 있었지만, 속이 후련해서 그런지 술이 아주 술술 넘어간다.

"아오, 씨."

"왜 그래?"

"아니, 여자가 없으니까 술이 안 넘어가잖아요. 솔직히 인간적으로 이런 날에는 예쁜 언냐들이랑 몸 좀 비벼 봐야 하는 거 아니에요? 이젠 소속사가 간섭할 수도 없잖아!"

갑과 을은 서로의 명예를 훼손해선 안 된다는 조항 때

문에 낯선 여자를 꼬드겨 술을 마시거나 아가씨를 끼고 놀 수 있는 유흥주점은커녕, 이런 클럽에 오는 것조차 첩보 영화를 찍어야 했던 그들.

"왜? 재계약 불발된 유명 아이돌 그룹 멤버 서 모 씨, 클럽에서 문란한 술자리를 즐기다? 이런 기사 올라오는 거 보려고?"

"……안 될까요?"

"그런 건 일본에서 하자."

한국과 달리 불륜이나 변태적인 행위만 아니라면 모든 게 허용되는 일본.

"쩝. 그래도 아쉬운데……."

"정 아쉬우면 이따가 템프로 가든지. 네 말처럼 소속사가 간섭하지도 않잖아."

"오! 그거 좋네요! 이현이 형, 형도 갈 거지?"

"당연하지! 아, 나 잠깐 화장실 좀."

"엇? 나부터. 존나 급해! 이현이 넌 밖에 있는 거 이용해라."

"에이씨."

혀를 차며 룸을 나선 박이현은 복도 끝에 있는 화장실로 향했다.

'정말 끝이네.'

속이 후련하면서도 약간은 답답하다.

그래도 데뷔를 시켜 주고, 자신들을 이렇게까지 키워 준 소속사.

전혀 미안하지 않다면 거짓말이다.

하지만 그것도 잠시다.

"뭐니 뭐니 해도 머니가 최고지."

씩 웃은 박이현이 화장실을 나서는 순간이었다.

"어? 박이현 씨 아니에요?"

"헉! 아, 안녕하십니까, 선배님!"

예전엔 감히 쳐다볼 수 없는 선배이자 배우인 한예선.

"어머, 날 알아요?"

"당연하죠, 선배님!"

"와. 나 헛살진 않았구나……. 아, 오늘 기사 봤어요. 재계약 안 한다면서요?"

"예. 뭐 그렇게 됐습니다."

"그럼 멤버들과 회포 풀러 온 거예요? 남자 셋이?"

그렇게 말한 한예선이 속으로 눈을 빛낸다.

국내 최정상 아이돌 그룹의 멤버이자 인기로 1, 2위를 다투는 박이현. 그동안 정말 만나고 싶었지만, 박이현 소속사의 방어로 인해 만나지 못했는데 이렇게 만나게 됐다.

'확실히 잘생겼네…….'

술이 들어가서일까. 몸이 달아오른다.

순간 한예선의 눈이 고혹적으로 휘자, 그 뜻을 눈치챈 박이현이 모른 척 수더분하게 웃었다.

"에휴. 그러게요. 이런 날에는 사람들과 부대끼며 신나게 춤춰야 하는데……."

"그랬다가는 내일 기사에 나죠."

"그러니까요."

"호호. 그럼 우리 룸으로 올래요? 우리도 다 여자들뿐인데……. 아, 누나들이라 좀 싫으려나?

"엇? 정말요? 아뇨. 아뇨. 그럴 리가요! 그럼 곧 넘어가겠습니다!"

"그래요. 저 방이니까 이따가 봐요."

또각또각!.

박이현은 엉덩이를 씰룩이며 멀어지는 한예선의 모습에 마른침을 삼키다 얼른 자신들의 룸으로 향했다.

"야! 얼른 옷 챙겨!"

"뭐? 왜?"

"한예선 선배님이 우리 불렀어! 여자들만 있대!"

"……오우, 씨발."

"잠깐! 스탑! 어차피 저쪽도 화장해야 하니까 20분 뒤에 가요!"

"아, 맞아. 오케이, 오케이. 아, 그런데 한예선 선배님 소문 안 좋지 않아?"

"맨날 남자가 바뀐다는 소문? 문제임?"

"아니. 참 좋아서. 흐흐."

그렇게 오늘 하루 중 제일 길었던 20분을 인내한 그들은 시간이 되자 얼른 룸으로 넘어갔고, 이내 속으로 활짝 웃었다.

"어서 와요!"

"꺅! 박이현이랑 서준서다!"

"어휴. 이런 귀한 곳에 귀한 분들이 오셔서 감사합니다."

멘트들이 범상치 않은 누나들.

분명 밖은 춥건만, 옷이 거의 헐벗은 수준인 누나들의 모습에 그들은 수줍은 척 연기를 하며 다가갔고, 한예선은 그들에게 술을 따라 줬다.

"건배?"

술잔을 들어 올리며 윙크를 하는 한예선이 박이현의 심장에 틀어박힌다.

'역시!'

그녀의 마음을 알아차린 박이현은 씩 웃으며 술잔을 들었다.

"건배!"

채재재쟁!

그렇게 그는 그날 결코 잊을 수 없는 밤을 보냈다.

* * *

"희한했지."

회상을 중지한 박이현이 중얼거린다.

한예선과 원나잇을 즐긴 이후 서로 깔끔하게 헤어졌다.

그런데 이후 어떤 술을 마셔도, 누구와 마셔도 그때 한예선과 함께 마셨던 술을 잊을 수가 없었다.

그래서 다시 한예선을 만나 술을 마셨고, 그때처럼 몸과 정신이 붕 뜨다 못해 텐션이 하늘을 뚫었다.

그렇게 계속 한예선과 술을 마셨고, 나중에서야 알게 됐다. 그것이 마약 때문이었음을.

깨달았을 땐 이미 늦어 버렸고, 이미 중독이 되어 버린 후였다.

하지만 별 상관없었다.

처음엔 배신감이 들었지만 그게 의미 없을 정도로 마약과 함께 마시는 술은 무엇보다 각별했고, 자신이 마약을 한다는 걸 들키지만 않는다면 팬들은 떠나지 않을 테니까.

아니, 수만 명에 가까운 넘는 골수 코어팬들은 자신이 마약을 한다고 해도 지지해 줄 거다.

그래서 그 쾌락을 즐겼다. 그보다 더한 쾌락을 찾았다.

그러다 여기까지 온 거다.

지잉!

—너 내년 1월에 크랭크인 하는 드라마에 캐스팅됐지? 나 아는 동생도 거기 들어가거든? 대사 잘 받아 줘!

—알았어! 다음에 봐, 누나!

한예선과의 대화를 종료한 박이현은 다시 주머니 속을 만지며 입술을 핥았다.

'얼른 하고 싶어.'

얼른 집에 가서 마약과 함께 술을 마시고 싶다.

그렇게 긴 시간이 지났다.

"도착했습니다."
"수고하셨습니다!"
택시에서 내리자마자 날 듯 자신의 집으로 들어간 박이현은 얼른 냉장고를 열어 위스키와 얼음을 꺼냈다.
그리고 주머니에서 파란 알약을 꺼내 부셔서 그 일부를 위스키가 담긴 술잔에 넣고는 그대로 들이켰다.
"……아."
약간의 시간이 지나자 훅 하고 올라오는 흥분과 고양감.
"하아아……!"
흥분에 몸이 달달 떨린 그가 갑자기 입맛을 다신다.
'부족해.'
약이 부족한 게 아니다.
여자가 부족했다.
하지만 지금 밖에 나갔다간 무슨 짓을 저지를지 모르기에 그는 억지로 참아 내며 음악을 크게 틀었다.
이렇게라도 기분을 내려는 것이었다.
그가 다시 위스키를 따라 약을 넣는 순간이었다.
띵동! 띵동!
"누구야?"
술잔을 든 채 의아해하며 인터폰으로 다가간 박이현은 낯빛을 굳힌다.
-오빠!
팬이다. 그것도 이 빌라에 사는 골수 코어팬. 사생까지는 아니지만, 자신을 귀찮게 하는 고등학생 팬.

-들어가시는 거 봤어요, 오빠!

'씨발!'

얼굴을 구겼던 그는 순간 떠오른 생각에 다시 인터폰 화면을 바라봤다.

'흠. 이 정도면…….'

생각을 정리한 그는 인터폰의 버튼을 눌렀다.

"들어올래?"

-네? 정말요?!

"응. 오빠가 오늘 좀 외롭다. 위로해 줄 수 있어?"

-흡?! 네, 네!

박이현의 얼굴이 음흉하고 잔인하게 일그러졌다.

* * *

"정말 박이현 맞아?"

특수본 본부 안으로 종혁이 재킷을 벗으며 들어온다.

그에 대답을 하려던 임세라는 종혁을 따라 들어오는 조오현 경기청장을 발견하곤 기겁했다.

"전체 차렷!"

"뭔데…… 끄헉?!"

다급히 하던 일을 멈추고 차렷 자세를 취하는 경찰대 48기 형사들.

"경례!"

척!

"그래. 충성. 최 부장이 큰 사건을 물었다고 하기에 궁금해서 따라온 거니 난 신경 쓰지 말고 계속하도록 해."

"알겠습니다! 쉬어!"

원망이 가득한 동기들의 표정을 무시한 종혁은 사무실 중앙에 세워진 화이트보드들 앞으로 다가갔다.

수십 명의 사진이 붙어 있는 화이트보드들.

"교차 검증 끝났어?"

"응?"

이미 보고한 사항을 다시 물어 오는 종혁의 모습에 의아해했던 임세라는 조오현을 보곤 고개를 끄덕였다.

그리고 종혁에게 눈짓을 했다.

'맞아?'

'어.'

'미친······.'

조오현 경기청장이 차기 경찰청장이었다.

그럼 처음부터 보고하는 게 맞았다.

"크흠. 여기 등기부등본. 확실히 박이현이 맞아. 그리고 이건 방금 뽑은 사진들. 진짜 겨우 찍었다."

창문 밖에서, 그것도 꽤 먼 곳에서 찍은 사진들.

박이현이 마약으로 추정되는 파란색 알약을 부숴서 술에 타 먹는 모습과 박이현의 집 안으로 젊은, 아니 어린 여성이 들어오고 또 어울리는 모습이 찍힌 사진들.

약 1시간 후 입을 맞추며 침대로 향하는 모습까지 적나

라하게 찍혀 있다.

"확인 결과, 같은 빌라에 사는 여고생이었어."

"……팬이겠군."

"아무래도 그렇겠지. 그리고 박이현이 마약을 입수한 후 위에 있는 놈들에게 연락했어. 문자라서 내용은 확인할 수 없었지만, 수신 위치가 저기였어."

종혁은 옆의 화이트보드를 봤다. 유생용과 장 부장, 왕 과장을 비롯해 강력반, 마약반 등 조직원이 찍힌 사진.

"많기도 하다."

강력반과 마약반, 총합이 무려 서른 명이다.

이 정도면 굉장히 큰 조직이라고 봐야 했다.

그리고 배달부로 보이는 사진이 물음표 표시와 함께 붙여져 있다.

"이건 뭐야? 왜 물음표야?"

"배달을 끝낸 후 그대로 PC방에 가서 게임을 하더라고. 채팅을 한다든지 누군가와 연락을 나누는 정황은 없었어."

"그렇겠지."

"응?"

"아마 이놈들 배달부와 감시조를 따로 쓰는 걸 거야."

그리고 배달부는 아마 물건을 택배 혹은 던지기 같은 걸로 받을 거다.

"배달부는 아마 감시자의 존재 자체도 모를 거고."

"택배? 던지기? 야, 던지기는 이 경우와 맞지 않는……"

아니, 단어만 놓고 보면 말이 되네?"

"택배가 아니라면 지정된 장소에서 물건을 수령한 후 건별로 돈을 입금받겠지."

미래에선 그랬다. 그래서 던지기 배달부를 잡아도 몸통까지 치고 올라가는 게 힘들었다.

"……창용아!"

"지난 석 달간 동선 따 볼게!"

동기 중 몇 명이 인식 프로그램 시리즈를 작동시킨다.

이로써 배달부가 배달한 마약을 받은 사람, 그리고 지정된 장소나 택배로 마약을 보낸 사람, 또 그리고 그 마약을 보낸 사람에게 마약을 들려 보낸 사람 모두를 확인할 수 있을 거다.

마약을 보관하는 창고나 마약을 제조하는 공장이 있다면 그곳까지 말이다.

"마약반이라 불리는 놈들이 기술자겠지."

"아마도……."

임세라는 입술을 비틀었다.

위의 유생용들과 마약반까지 함께 감시한다면 공장을 알아내는 건 시간문제였다.

"정작 문제는……."

"고객 명단이지."

이게 확인되어야 한 놈도 남김없이 검거할 수 있다.

"공유기에 해킹 프로그램 넣었어?"

"그건 빼도 박도 못하는 불법이잖니, 경무관님아……."

"쯧."

혀를 찬 종혁은 다시 박이현의 사진이 붙은 화이트보드를 봤다.

"누가 저놈을 소개시켜 줬을까……."

종혁의 시선이 이준호가 말한 배우들의 사진들이 붙은 화이트보드로 향한다.

"일단 박이현의 통화 목록과 메신저, SNS 모두 뒤져 보고 있어."

그 안에 분명 있을 거다.

확인만 되면 줄줄이 엮어 낼 수 있을 거다. 마약을 하는 놈들은 서로가 아는 법이니 말이다.

종혁은 그렇게 말하며 조오현 경기청장을 은근히 바라봤고, 임세라는 왜 그러냐는 듯 종혁의 옆구리를 찔렀다.

물에 물 탄 듯, 술에 술 탄 듯 튀는 것 없이 공기처럼 살아가는 보살 조오현 경기청장.

해킹 따위를 허락해 줄 리가 없었다.

종혁도 그런 건 바라지도 않았다는 듯 싱긋 웃으며 입을 열었다.

"얼마까지 지원해 주실 수 있습니까?"

"……고객 확인은 가능한 거야?"

"여기 메인인 배우와 메인급인 한예선을 포함한 배우 여덟 명과 박이현 외에도 더 확인할 수 있는 방법이 있긴 합니다."

굳이 위에 있는 놈들의 컴퓨터를 확인해 보지 않아도

말이다.

이건 조오현의 경찰청장 취임을 대한민국 전체에 알릴 초대형 축포다. 당연히 이번 수사에 들어가는 모든 비용 역시 조오현에게 청구해야 했다.

"끙. 적당히 해 줘."

"감사합니다. 충성."

"필요한 거 있으면 말하고. 아아, 나오지 마."

이마를 짚은 조오현이 나가자 본부 안에 있던 동기들 전부 종혁을 노려본다.

정말 저분이 차기 경찰청장이냐는 듯한 시선들.

종혁은 고개를 끄덕였고 동기들은 경악을 하며 소리 없이 비명을 질렀다.

이미 그들보다 먼저 눈치를 챘기에 그 모습들을 무시한 임세라는 종혁을 떨리는 눈으로 바라봤다.

종혁이 분명 지원이라고 했다.

"너 이번엔 또 뭔 짓을 하려고 그러는 거야?"

임세라의 질문에 종혁은 입술을 비틀었다.

"알잖아.

자신이 가장 잘하는 것.

"돈 지랄."

돈 지랄이었다.

"일단 박이현, 저놈부터 공략해 보자고."

종혁의 입가에 의미심장한 미소가 맺히기 시작했다.

* * *

쿵쿵쿵!

"딸! 문 좀 열어 봐! 무슨 일인지 말 좀 해 봐!"

대리석으로 꾸며진 커다란 빌라.

갑자기 방 안에 틀어박힌 딸에 애가 탄 어머니가 딸의 방문을 두드린다.

하지만…….

콰장창!

"들어오지 마! 들어오지 말라고!"

무언가가 방문에 부딪쳐 깨지는 소리와 찢어질 듯한 딸의 절규.

어머니의 가슴 또한 갈기갈기 찢긴다.

"……딸. 미나야. 엄마는 언제나 우리 미나 편인 거 알지? 여기 먹을 거 놔두고 가니까 꼭 챙겨 먹어."

"…….'

"후."

딸의 방문을 한참 동안 바라보던 어머니는 돌아섰고, 거실에서 안절부절못하던 아버지가 그녀를 간절히 쳐다본다.

어머니는 고개를 젓는다.

"이놈의 자식이!"

탁!

"제발……."

손을 잡는 아내의 모습에 아버지는 이를 악문다.

며칠 전 저녁, 술 냄새를 풍기며 들어왔던 딸.

무슨 일이라도 생긴 듯 멍한 얼굴로 들어왔던 딸.

이후 방문을 걸어 잠그더니 지금까지 나오고 있지를 않다.

강제로라도 문을 열고 들어가 무슨 일이 있었는지 듣고 싶다.

하지만 그랬다간 안 그래도 힘든 딸이 더 괴로워할 수도 있기에 둘은 오늘도 열쇠를 머릿속에서 잊는다.

"끙."

오늘도 타는 속에 한숨을 길게 내쉰 아버지는 외투를 챙겨 들고 집을 나섰고, 어머니는 딸의 방문을 바라보다 안방으로 향한다.

한편 어두운 방 안.

날이 밝았건만 커튼을 쳐 빛을 죽인 방 안, 침대에 위에서 무릎을 끌어안은 17살 고등학생 소녀가 멀어지는 엄마의 기척에 손을 뻗었다가 손톱을 깨문다.

'미안해, 엄마.'

하지만 어쩔 수가 없다.

지금은 너무 혼란스러워 차마 엄마와 아빠를 볼 수가 없다.

그 누구도 만날 수 없었다.

소녀는 방 안에서 유일하게 불이 켜진 핸드폰을 응시한다.

오빠 뭐해요? 바빠요?

오빠?

오빠…… 너무 연락이 안 되네요. 기다릴게요.

오빠! 진짜 왜 이래요? 제가 좋다고, 사랑한다고 했잖아요.

오빠, 왜 연락이 안 돼요? 나 무서워요. 오빠 연락 좀 받아 봐요.

S-톡을 읽지도 않는 박이현.

자신의 모든 것이자 자신이 세상에서 제일 사랑하는 오빠, 스타 박이현.

너무 바빠서 연락이 안 되는 것일지도 모른다.

그럴 수 있다. 박이현은 한류 스타니까.

하지만 그러한 사정을 알면서도 소녀는 간절히 바라고 또 바랐다.

그날 밤 그가 속삭였던 사랑만이 그녀의 유일한 버팀목이었다.

"오빠, 제발 연락 좀 받아 봐요……."

소녀는 간절히 바라며 며칠 전, 드디어 박이현의 집에 들어가게 됐을 때를 떠올렸다.

정말 많이 외로운 듯 낯빛이 어둡던 박이현.

오빠의 집 안으로 들어왔다는 감동과 감격, 그리고 자신은 다른 팬들과 다르다는 우월감은 빠르게 사라졌다.

가슴이 찢어졌다. 눈물이 났다. 보듬어 주고 싶었다.

그래서 박이현이 주는 술을 마셨고…….
"흑!"
그날의 자신은 자신이 아니었다.
물론 박이현을 세상에서 제일 사랑한다.
그를 위해서라면 무엇이든 할 수 있다.
하지만 그날 밤의 일은 자신의 의지가 아니었다.
자신의 의지와 상관없이 몸이 움직였다.
아무리 박이현을 사랑한다지만, 그것은 결코 그녀가 원하던 바가 아니었다.
뒤늦게 정신을 차리고 나니 박이현은 집에 없었고, 도망치듯 집으로 돌아온 그녀는 방문을 걸어 잠갔다.
'도대체 나한테 무슨 일이…….'
여전히 기억이 흐릿하고, 자신에게 무슨 일을 겪은 것인지 알 수가 없었다.
두렵다. 무섭다.
"욱!"
토악질이 나온다. 스스로가 혐오스러워진다.
똑똑!
"미나야, 엄마 잠깐 나갔다 올 테니까 밥 먹고 있어. 방문 앞에 놔두고 갈 테니까, 응? 알았지?"
'오빠, 제발…….'
부디 연락을 해 주길. 부디 흔들리는 자신을 잡아 주길. 자신에게 무슨 일이 있었던 것인지 설명해 주길.
그녀는 어두운 방에서 울고 또 울며 간절히 바랐다.

그렇게 얼마의 시간이 흘렀을까.

지이잉!

망연히 허공을 바라보던 눈이 다급히 핸드폰을 본다.

"아……!"

오빠다. 박이현 오빠다.

그녀는 거세게 뛰는 심장을 애써 진정시키며 S-톡을 읽어 내렸다.

-미안! 이제야 봤어! 그날 잘 들어갔어? 무슨 일 있는 거 아니지?

움찔!

"……무슨 일 있는 거 아니냐고?"

소녀의 숨이 턱하고 틀어막힌다.

'오빠, 그게 무슨 말이에요.'

그녀의 덜덜 떨리는 손이 핸드폰을 붙든다.

그 순간이었다.

지이잉!

-그날은 내가 너무 취해서 말이야. 내가 무슨 실수 같은 거 하진 않았지, 미연아?

쿵!

"마, 말도 안 돼……. 다, 다 잊은 거야? 모두?"

자신에게 무슨 일이 있었던 건지 그는 설명해 줄 수 있을 거라고 생각했다.

이 두려움에서 구해 줄 것이라 생각했다.

그런데 아니었다.

그가 속삭였던 사랑은 거짓된 것이었다. 아니, 박이현은 자신의 이름조차 모르고 있었다.

"……하하."

'이런 거구나. 난 이런 사람을 좋아하고 있었구나…….'

박이현을 처음 보게 된 건 중학교에 막 올라갔을 때다.

언제나 공부, 공부, 공부.

아침 7시부터 저녁 10시까지 오직 공부만 하는 살인적인 스케줄이 이어지던 어느 날, 잠시 화장실을 가다 우연히 보게 된 TV에서 맑은 미소를 지으며 윙크를 하는 박이현을 보곤 첫눈에 반해 버렸다.

그렇게 박이현은 첫사랑이 되었다.

어떤 사람일까. 어떤 걸 좋아할까.

앨범을 사고, 포토카드를 사고, 굿즈를 샀다.

매일같이 편지를 쓰며 자신의 사랑을 표현했다.

그래서 박이현이 자신이 사는 빌라로 이사를 왔다는 것에 얼마나 기뻐했는지 몰랐다.

"그랬는데……."

미소년 같은 외모와 달리 참 남자다운 면모를 보였던 박이현.

그래서 좋아했는데, 고작 이런 사람을 좋아해서 그동안 몸과 마음을 다 바쳤던 거다.

"하하. 하하하."

마음 한구석, 에서 외면하고 있던 진실이 몸집을 키운다.

그동안 마음 깊은 곳에서 애써 붙잡고 있던 희망의 끈

이 끊어져 버린다.

와장창!

그동안 그녀의 전부였던 세상이 무너져 내린다.

빛이 사라진 그녀의 눈이 문밖을 바라본다.

"엄마, 아빠……."

소녀의 눈에서 눈물이 흐른다.

'미안해요. 죄송해요.'

자신은 이제 더럽혀졌다.

더럽혀진 모습을 부모님께 보일 수 없었다.

진실을 알게 되면 더러운 년이라고 욕할까 무섭고, 두려웠다.

드르륵!

"흐윽! 흑!"

울며 책상으로 다가간 소녀는 커터칼을 들어 손목으로 가져갔다.

지이잉!

-야, 내려와. 10분 준다.

"미안해."

소녀는 눈을 감으며 손에 힘을 주었다.

푸욱!

손목을 파고드는 뜨거운 고통.

지이잉!

-안 내려오면 문 부수고 들어간다? 나 한다면 하는 년인 거 알지? 야, 대답 안 하나?

'엄마, 아빠. 미안해…….'
친구에게도 미안했다.

* * *

"어그그그!"
박이현이 사는 빌라 바로 아래층.
이사를 모두 마친 임세라가 기지개를 켠다.
"으그그그!"
"야, 세라야."
"응? 왜?"
"……진짜 종혁이 미쳤다."
유생용의 사무실 바로 아래 사무실을 얻은 건 그럴 수 있다. 월세니까.
하지만 여긴 매매다. 현재 시가로 무려 11억짜리 빌라. 보안이 너무 철저해 주민이 아니면 들어올 수조차 없는 빌라.
그걸 2억이라는 웃돈을 주고 구입한 거다.
임세라는 혀를 내두르는 동기의 모습에 눈을 껌뻑이다 씩 웃었다.
"실제로 보니까 더 지랄이지?"
"어."
그동안 종혁의 활약상이야 귀에 못이 박히도록 듣긴 했다.
하지만 어느 정도 과장된 것이리라 생각했다.

사건 하나를 수사할 때마다 그런 돈을 쓴다는 건 상식적으로 도무지 이해가 되지 않는, 상상조차 할 수 없는 일이었으니까.

"겨우 이거 가지고 놀라면 안 될 텐데……."

"이게 끝이 아니라고?"

"응."

짧지만 종혁과 함께 수사를 한 경험이 있는 임세라는 이게 전부가 아님을 알고 있다.

종혁의 돈 지랄은 이제부터가 시작이라는 걸.

'종혁이 스타일이면 아마 박이현과 나머지 두 놈이 세운 3인 기획사…….'

"미나야-! 제발!"

"눈 좀 떠봐! 야! 김미나!"

흠칫!

이사를 위해 열어 놓은 현관문 밖에서 들려오는 절규에 다급히 고개를 돌린 임세라와 동기의 눈이 동그래진다.

'김미나?'

며칠 전, 박이현의 집에 들어갔던 여고생 팬.

"……씨발!"

서로를 바라본 그들은 다급히 밖으로 뛰쳐나갔다.

* * *

삐이! 삐!

눈을 뜬 소녀가 새하얀 천장을 보곤 다시 눈을 감는다.
'안 죽었구나…….'
정말 친구가 온 것 같다.
'왜…….'
왜 살린 걸까.
'왜 나 같은 걸…….'
그동안 연예인 쫓아다닌다고 공부에 소홀했던 딸.
앨범 살 돈을 주지 않으면 짜증부터 부렸던 못난 딸.
손목을 긋기 전에도 그렇게 막말을 했던 딸을, 그런 딸을 왜 살린 걸까.
꾸욱!
"일어났니?"
자신의 손을 잡는 따뜻한 온기에 눈을 뜬 소녀는 옆에서 초췌한 눈으로 따뜻이 바라보는 엄마와 아빠의 눈빛에 입술을 깨문다.
울컥하고 무언가 차오른다.
"흐윽! 죄, 죄송해요……."
"아니야, 아니야. 그동안 엄마랑 아빠가 너무 무심했지? 우리 딸이 그렇게 좋아하는데 잘 알지도 못하면서 안 된다고만 하고. 연예인 좋아하는 게 뭐 그리 잘못이라고……."
"그렇게 힘들면 말하지 그랬어. 아빠가 알아주지 못해서 정말 미안하다. 미안해, 딸. 그리고…… 살아 줘서 고맙다. 정말 고마워."
"흐아아아앙!"

아니다. 그런 게 아니다.

미안하다. 그동안 너무 못난 딸이어서 너무 미안했다.

너무 미안해 고개를 들 수 없는 소녀는 그렇게 엄마와 아빠 품에 안겨 울고 또 울었다.

"너 진짜……."

"……."

도끼처럼 떠진 눈이 파르르 떨리는 친구에게도 할 말이 없다.

갑자기 학교에 안 오는 친구를 방 밖으로 끄집어내기 위해 찾아왔는데, 친구가 자살을 시도해서 얼마나 놀랐을까.

친구에게도 미안하고, 구해 줘서 고맙다.

"후. 내가 너 환자니까 더 이상 말 안 할 건데, 진짜 각오해. 일단 쉬어. 쉬고 이야기하자."

대체 무슨 일이 있었기에 유서도 쓰지 않고 자살을 시도한 것인지 친구로서 꼭 들어야 했다.

"미안해."

"꺼져. ……잘 자. 내일 봐."

코웃음을 친 친구는 병실을 빠져나갔고, 이내 낯선 사람들이 병실 안으로 들어온다.

"아, 오셨어요."

부모님과 아는 사이인 듯 고개를 숙이는 엄마와 아빠.

"잠시 자리 좀 비켜 주시겠습니까?"

"하지만……."

"가끔 저 나이대에는 부모에게도 말할 수 없는 일들이 있는 법이거든요."

그 말에 소녀를 보며 안절부절못하던 부모님은 몸을 일으켰고, 소녀는 화들짝 놀라 엄마와 아빠를 본다.

스르륵! 탁!

닫혀 버린 문에 당황하고 겁먹은 소녀.

"누, 누구세요……?"

임세라는 자신들을 잔뜩 경계하는 소녀를 향해 싱긋 웃어 주었다.

"안녕? 언니들은 경찰 언니들이야."

"네?!"

"원래 미나 양처럼 학생이 자살을 시도하면 곧바로 관할 경찰서에 연락이 되거든. 이건 몰랐지?"

"네……. 아! 엄마, 아빠는 아니에요! 엄마, 아빠는 저를 엄청 아껴 주고 사랑해 주세요!"

"알아. 가정 폭력이 아니라는 것쯤은."

"네? 그걸 어떻게……."

어리둥절해하는 소녀의 모습에 임세라들이 낯빛을 굳힌다.

"미나 양, 지금부터 언니들이 진실만을 말해 줄 테니까 미나 양도 진실만 말해 줄 수 있을까?"

처연하고 걱정만 가득한 시선.

철렁하고 내려앉는 심장이 무언가를 외치고 있다.

'서, 설마?'

"방금 전에 관할 경찰서로 연락이 간다고 했지? 하지만 이번 경우에는 좀 달라. 언니들이 이번에 미나 양이 사는 빌라에 이사를 왔거든. 그런데 이사를 다 끝낸 와중에 미나 양의 부모님과 친구들이 미나 양을 업고 달리는 걸 보고 따라온 거였어."

"아."

"그런데 박봉인 경찰 둘이 어떻게 미나 양이 사는 비싼 빌라에 이사 왔는지 아니?"

"아…… 니요?"

"박이현을 감시하기 위해서야."

움찔!

"마약을 하는 박이현을 감시하기 위해서."

소녀는 눈을 부릅떴다.

'마약?!'

"그래, 마약. 먹으면 기분이 붕 뜨고, 힘이 들어가지 않는 마약."

"아?"

소녀의 눈이 크게 흔들린다.

"그러니 이제 언니들이 물어볼게. 미나 양, 아니 미나야. 혹시 박이현에게 당했니?"

모든 것을 깨달은 소녀는 다시금 찾아드는 배신감에 오열하고 말았다.

＊　＊　＊

"재밌네."

달리는 차 안, 핸드폰을 보던 박이현이 입술을 비튼다.

분명 톡을 확인했는데도, 답장을 안 하는 같은 빌라에 사는 팬.

'밀당을 하자는 건가?'

꼭 이런 애들이 있다. 한 번 잔 것 가지고 마치 애인이라도 된 것처럼 구는 애들이.

"뭐가?"

매니저의 물음에 박이현은 고개를 저었다.

"아냐. 아무것도."

"……이현아. 무슨 일 있으면 나한테 말해야 돼. 그래야 수습할 수……."

"아무것도 아니라고 했잖아!"

"아, 알았어."

매니저가 다시 앞을 보자 박이현은 혀를 찼다.

'이럴 줄 알았으면 연락을 하지 말 걸 그랬네.'

하도 이상하게 말하기에 느낌이 이상해 답장을 한 그.

'대체 내 휴대폰 번호는 어떻게 알아서는……. 아니, 내가 말했겠지.'

오직 가족과 지인들만 알고 있는 메인 폰과 팬클럽 회장이나 일부 오랜 팬들만이 알고 있는 세컨 폰.

아마 약에 취해 메인 폰 번호를 말해 준 거 같다.

'아오, 씨! 미자 건드리면 골치 아파지는데!'

왜 미성년자를 건드리고 말았을까.

미성년자를 건드렸다가 다신 연예계 활동을 못한 사람이 몇 명이던가.

그는 폭주했던 그날의 자신을 반성할 수밖에 없었다.

"쯧. 일단 다독여야겠네."

하룻밤의 실수로 몰아가야 한다. 그래야 뒤탈이 없어진다.

'그래도 엉긴다면······.'

순간 박이현의 눈빛이 차가워진다.

'몇 번 자 주지, 뭐.'

두 번, 세 번이 반복되면 그때는 합의에 의한 것이라고 주장할 수 있었다.

물론 어느 정도 논란은 만들어질 수 있겠지만, 연예계 활동에는 지장이 없을 터였다.

'걔가 그래도 맛은 있었지? 흐흐.'

입술을 비튼 박이현은 담배를 물었다.

"불붙이지 마! 도착했어!"

"쯧. 수고했어."

"내일 새벽부터 스케줄인 거 알지? 4시까지 데리러 갈 테니까 일어나 있어."

"알았다고."

자신이 몇 년 차 연예인인데 늦잠을 잘까.

손을 저은 박이현은 엘리베이터로 향했다.

띵! 스르릉!
문이 열리며 빛이 들어오는 복도.
"으흐응."
박이현이 전자키를 만지며 집을 향해 몸을 튼다.
그 순간이었다.
"박이현."
오싹!
"누……."
덥썩! 쾅!
"크악!"
뒤통수를 잡혀 그대로 문에 찍힌 박이현이 발버둥을 친다.
"누, 누구야! 아아악! 자, 잠깐만요! 뭐, 뭘 원하는지 모르겠지만……."
"박이현, 널 미성년자 성폭행 혐의로 체포한다."
쿵!
"아, 그리고…… 마약도. 너 마약 했지?"
쫭!
박이현의 얼굴이 하얗게 질렸다.
쿠당탕!
종혁이 박이현을 그의 집 거실 바닥에 내팽개친다.
"아악! 팔! 팔!"
넘어지다 팔이 삐끗했는지 팔을 붙잡고 고통을 호소하는 박이현.

임세라가 그런 그를 차갑게 노려본다.

"일어나."

"지, 지금 뭔가 오해를 하고 있는 것 같은데!"

"일어나."

씨알도 먹히지 않을 듯한 모습에 박이현이 눈앞이 깜깜해진다.

'도, 도망쳐야 해!'

일단 이 자리를 벗어나야 한다. 그래야 무엇이든 할 수가 있었다.

박이현은 이를 악물었다.

"경찰이 이래도 됩니까?! 신고할⋯⋯."

"여기 마약 찾았어!"

'미친!'

안방에서 걸어 나오는 동기의 손에 들린 파란 알약이 든 봉지.

박이현의 눈앞이 아찔해진다.

툭!

임세라가 박이현의 배에 핸드폰을 던진다.

"신고해 봐. 그럼 좋겠네. 내일 아침 기사에 네 얼굴만 있겠어."

마약류에 의한 미성년자 성폭행에 마약류 관리에 관한 법률 위반. 아마 한 달 내내 박이현의 이름이 포털 사이트에서 거론될 거다.

철렁!

하얗게 질린 박이현은 주춤거리며 몸을 일으켰고, 임세라는 그의 발목을 그대로 걷어찼다.
빠악! 쿠웅!
"커허억?!"
허공에 붕 떴다가 떨어져 눈을 부릅뜬 박이현.
너무 고통스러워 굳어 버린 그의 사타구니를 향해 임세라가 발을 들어 내려찍는다.
콰직!
"……끄아아아악!"
"박이현, 너는 묵비권을 행사할 수 있고, 변호사를 선임할 수 있으며, 불리한 진술은 거부 및 체포구속적부심을 신청할 수 있어. 그러니…… 좀 맞자, 이 개새끼야."
"히익!"
부웅!
"임 경감."
멈칫!
"……충성."
주먹을 원래대로 되돌린 임세라가 불만스러운 얼굴로 화장실에서 걸어 나오는 종혁을 보고, 종혁은 희망의 동아줄을 찾은 듯 얼굴이 밝아지는 박이현을 보며 씩 웃었다.
"그렇게 패면 멍자국 남는다니까."
"아."
"자."
종혁은 화장실에서 찾은 수건 뭉치를 던졌고, 임세라는

입술을 비틀며 수건을 양 주먹에 감았다.

"동기야? 이 새끼 좀 일으켜 줄래?"

"오우케이!"

"이 꽉 물어라. 혀 잘린다."

"자, 잠……."

퍼어억!

"커…… 읍?! 으으읍!"

센스 좋게 박이현의 입까지 틀어막은 동기.

잔인하게 웃은 임세라는 그때부터 박이현의 배와 가슴, 허벅지 등 맞아도 티가 잘 나지 않는 곳을 후려치기 시작했다.

거실에 울리는 신나는 타작 소리와 억눌린 신음 소리.

"꿇어, 이 새끼야."

퍼억! 쿵!

"끄윽!"

"아가리. 씨발 아가리 안 닫지?"

"……."

"거, 그만하라니까 그러네. 임 경감, 너 자꾸 그러면 고소당한다? 이번에도 문제 생기면 내가 커버 못 쳐 줘."

"하지만 이 새끼가……!"

"쓥!"

임세라는 입술을 삐죽 내밀며 물러섰고, 종혁은 박이현에게 다가가며 싱긋 웃었다.

"아이고, 미안합니다. 박이현 씨, 많이 아프셨죠? 여기

다시 본청으로 〈243〉

임 경감이 마약과 성범죄라면 치를 떠는 형사라 본의 아니게 폭력을 쓰고 말았습니다. 저 친구가 눈이 돌아가면 저도 못 말리는 형사라서……. 그 점에 대해 깊이 사과드립니다. 아, 전 경찰청 홍보부장 최종혁 경무관입니다."

"최종혁……? 재벌 경찰?"

"오, 저에 대해 아세요?"

종혁이 눈을 동그랗게 뜨자 박이현의 눈에 눈물이 차오른다.

어느 정도 알고 있다.

영웅 경찰 최종혁.

재벌 경찰 최종혁.

해결 못하는 사건이 없다는 엄청난 경찰.

"다, 당신이 책임자세요?"

"예. 제가 이번 사건의 책임자입니다. 아무튼 그보다 상황이 고약하게 됐습니다, 박이현 씨."

움찔!

박이현의 몸이 굳자 종혁이 그의 앞에 양반다리 틀고 앉으며 말을 이었다.

"저희가 박이현 씨께서 마약을 하게 됐다는 걸 알게 된 건 유생용 사장의 뒤를 밟으면서부터입니다. 누군지 아시죠? 하이원 엔터의 유생용 사장. 당신에게 마약을 판 인물. 이번에 또 바꾼 이름이…… 아, 듀오 엔터였던가?"

'씨발!'

박이현이 얼굴을 구긴다.

하필 걸려도 더럽게 운 없이 걸렸다.

"그런데 이놈이 회원 추천제로 신규 회원을 받는다는 말이죠?"

기존 회원의 추천이 있어야만 가입이 가능한 회원 추천제.

종혁은 눈을 빛냈다.

"누굽니까, 박이현 씨를 유생용 사장에게 추천한 사람이?"

움찔!

"……."

"하아."

종혁이 입을 다물 줄 알았다는 듯 이마를 잡는다.

"박이현 씨, 이대로 독박으로 혼자 다 뒤집어쓸 겁니까? 마약에, 미성년자 성폭행까지. 이게 다 혼자 벌인 일로 공론화되면, 이 바닥에 계속 있을 수 있겠어요?"

지나칠 정도로 초범에 관대한 한국.

마약사범의 경우, 초범이면 대부분 집행 유예로 끝난다.

미성년자 성폭행도 마찬가지다. 기껏해야 2, 3년 형에 불과할 터.

하지만 형량이 적다고 해서, 대중들까지 죄를 용서해 주는 것은 아니다.

혼자 마약만 했을 뿐이라면 타인에게 피해를 준 것도 아니니 몇 년의 자숙을 거치면 연예계에 복귀할 수 있을지도 모르지만, 미성년자 성폭행은 그렇지 못하다.

합의된 성매매여도 쉬이 용서하지 않는데, 마약을 이고 성폭행을 했다? 시간이 얼마나 흘러도 대중들은 결코 그를 용서하지 않을 터였다.

"이대로 입 다물면 그 모든 스포트라이트를 당신이 독차지하는 겁니다. 감당할 수 있겠어요?"

"여, 영장 보여 주세요. 이, 이렇게 경찰서가 아니라 제 집에서 이렇게 절 회유하시려는 건……."

촤락!

"여기요, 영장."

박이현의 낯빛이 하얗게 질린다.

"박이현 씨, 드라마 좀 보셨나 본데 이건 모르시나 보네요. 지금 상황에선 사실 영장 없이도 긴급 체포도 가능해요. 마약을 숨길 수도 있고, 성폭행 피해자 근처에 거주해서 언제든 마주칠 수 있는 상황인데 그렇지 않겠어요? 지금이라도 그렇게 해 드려요?"

오싹!

심장을 옥죄는 살기에 하얗게 질린 박이현은 고개를 푹 숙였다.

더 이상 도망칠 구석이 없었다.

'됐네.'

종혁은 푸근히 웃었고, 박이현은 입술을 달싹거리다 결국 열었다.

"한예선이요……."

"오. 한예선 씨요?"

"예. 한예선이요."

연예계 대표 미녀이자 스타인 한예선. 자신에게 마약 구매 루트를 알려 준 건 그녀였다.

그리고…….

'날 마약에 빠트린 년!'

빠드득!

이년 때문이다. 이년이 자신을 마약에 중독시키지만 않았어도 이런 거지 같은 일은 벌어지지 않았을 것이다.

박이현이 주먹을 꽉 쥐었고, 종혁은 그의 격한 반응에 다음으로 튀어나올 다음 말을 기다렸다.

"이, 이년이 모든 원흉이에요."

한예선이 악의 축이다.

연예계의 숨겨진 마당발이자 연예계 마약 전도사.

"이년 때문에 마약에 중독된 사람이 서른 명이 넘는다고요-!"

쿵!

종혁은 입을 떡 벌렸다.

* * *

연예인뿐만이 아니다. 모델, 감독, 작가, 엔터 관계자, 광고주 등 서른 명이 넘는 사람이 한예선 때문에 마약에 중독됐다.

파티광인 한예선.

그녀의 파티엔 언제나 마약이 있었고, 그녀의 파티에 참석했다가 마약에 중독된 사람들 모두 박이현 자신처럼 어떻게 마약에 중독됐는지 모를 정도로 은밀히 마약에 중독됐다.

"심지어……."

자신을 통해 연결받으면 마약을 싸게 구매할 수 있다며, 프로포폴 등 향정신성의약품만 쓰던 사람들에게 마약을 권하기도 했다.

'판매책까지 한다고?'

박이현의 말대로라면 한예선은 판매자에게 고객을 소개해 주는 대가로, 일종의 커미션을 받고 있는 것으로 추측됐다.

"어디 그뿐인 줄 아세요?! 맨날 똑같은 표정 연기에, 똑같은 발성! 그런데도 감독들이 왜 계속 그녀을 써 주는 줄 알아요? 마약을 미끼로 신인 배우들한테 감독들 접대시킨 덕분이라고요!"

물론 한예선의 외모는 출중하고, 연기력도 크게 손색은 없다.

하지만 그녀를 노력할 줄 모르는 배우였고, 한 가지 이미지만으로 먹고살 수 있을 만큼 연기력이 뛰어나지도 못했다.

그럼에도 그녀가 유명 감독들에게 지속적으로 캐스팅될 수 있었던 이유는 따로 있었던 것이다.

한 번 입이 트이자 박이현은 한예선의 악행을 모두 말

하기 시작했고, 종혁은 뻣뻣해지는 뒷목을 주무르며 어이없다는 듯 웃었다.

'허허. 이 쌍년 보소?'

몇 번 연예계를 뒤엎으며 좆같은 연예계를 어느 정도 정화시켰다고 생각했는데 아니었다.

그 방심 속에서, 어둠 속에서 이런 암 덩어리가 자라고 있었던 것이다.

'나쁜 짓을 할 놈들은 어떻게든 한다더니……. 그래, 한예선. 기억나.'

회귀 전 보았던 그녀와 관련된 기사가 어렴풋이 떠올랐다.

수시로 지인들을 불러 모아 파티를 즐겨 파티퀸이라 불리기도 했던 한예선.

어느 날 누군가의 폭로로, 그녀가 배우로 데뷔하기 전 화류계에서 오랜 기간 일했었다는 사실이 드러났다.

'그때 마약을 접하게 된 걸지도 모르겠네.'

"여기요, 여기! 그년과 나눈 대화 내용이에요!"

스마트폰 비밀번호를 해제한 박이현은 그녀와의 대화 내용뿐만 아니라 자신이 어떻게 마약을 거래한 것인지까지 모두 말해 주었다.

쿵!

"씨발?"

"예?"

"아, 아뇨. 고맙습니다. 그런데…… 한예선 씨에게 유감이 많아 보이시는군요?"

"당연하죠! 그년이 날 중독시켰는데!"

"흠. 그래요."

종혁은 눈을 가늘게 떴다.

머릿속이 갑자기 간지러워지는 게 제법 좋은 생각이 떠오를 것 같다.

'아, 그래! 그렇게 하면 되겠네!'

"박이현 씨."

"예?"

"한예선 씨에게 엿 먹여 줄 생각 없어요?"

한예선에게 딱 한마디면 흘려 주면 된다. 그럼 한예선은 분명 자신의 예상대로 움직여 줄 거다.

"물론 지금이 아니라 약간 나중에."

올 연말쯤에.

박이현은 의미심장하게 종혁의 모습에 어리둥절해했다.

"그럼 마지막으로 멤버분들은 어떻습니까? 그분들도 마약을 하고 있습니까?"

움찔!

"……준서만 하고 있어요."

대마초를.

"아마 준서 이 새끼를 잡으면 가요계에서 대마 좀 한다는 새끼들 모두 잡아낼 수 있을 거예요!"

박이현은 조금이라도 더 형량을 줄이기 위해 재빨리 말했고, 종혁은 넝쿨째 굴러 들어온 호박에 푸근히 웃어 주었다.

"감사합니다."

철컥!

싸늘한 쇠뭉치가 손목을 옥죄자 박이현은 고개를 푹 숙였고, 종혁은 걱정 말라는 듯 그의 어깨를 두드려 주었다.

"박이현 씨께서 이렇게 협조를 해 주셨으니 본격적인 수사가 시작되기 전까진 편안한 곳에서 지낼 수 있게 해 드리죠."

"예?"

"김 경감, 일단 아래층에서 머물게 해 드려."

그리고 모두가 잠든 시간에 안가로 옮기는 거다.

안가는 종혁이 보유한 부동산 중 하나였다.

"아니, 차라리 외국이 낫겠네."

유생용과 한예선의 의심을 피하기 위해선 아예 연락이 안 되는 외국에 있는 게 나았다.

"박이현 씨, 이렇게 하는 겁니다. 내일부터 박이현 씨는 러시아 스케줄이 있는 겁니다."

"네? 러, 러시아요?"

박이현이 당황한 듯한 반응을 보였지만, 종혁은 들은 체도 하지 않고는 동기를 향해 손을 저었다.

"충성. 따라와."

"윽!"

박이현은 아래층으로 옮겨졌고, 임세라는 종혁의 손에 들린 박이현의 핸드폰을 보며 헛웃음을 터트렸다.

"굿캅 배드캅 놀이를 한 보람이 있네?"

종혁이 슬그머니 박이현을 달래는 모습을 보이자 바로 종혁의 의도를 알아차리고 장단을 맞춘 임세라.

"덕분이다."

정말 덕분이다. 이놈의 마약 중독자들은 입을 잘 열지 않기 때문이다.

무슨 약점을 잡혔거나 특별한 의리가 있는 게 아니다.

출소 후 또다시 마약을 하기 위해서다.

마약이 주는 쾌락이 너무 크기에 웬만한 쾌락은 시시해져 버린 마약 중독자들.

중증 마약 중독자는 아예 마약 외엔 그 어떤 쾌락도 느낄 수 없다 보니 출소 후 다시 마약을 하기 위해 마약을 판매하는, 그리고 함께 마약을 하던 사람들이 남아 있을 필요가 있기에 잘 불지를 않는다.

그렇기에 이런 굿캅 배드캅 수사기법을 쓴 거다.

"덕분은 무슨……. 그나저나 이 새끼들 진짜 치밀하네. SNS를 통해 신규 회원을 받다니……."

그 말에 종혁의 낯빛도 딱딱하게 굳는다.

신규 회원을 받아들이는 방법인 SNS.

SNS에 게시된 게시글에, 아무도 관심을 주지 않을 게시글에 좋아요를 누르면 유생용들은 그 사람에게 다이렉

트 메시지로 광고를 보낸다.

마약 구매자는 그 광고 메시지를 눌러 회원가입을 하고, 유생용은 던지기로 이놈이 경찰인지 아닌지를 판단하는 거다.

빠득!

'또 미래의 수법이 튀어나왔네.'

종혁은 이를 악물었다.

가까운 미래, 마약을 너무도 쉽고 저렴하게 구할 수 있게 된 한국.

십대, 이십대 마약사범의 수가 크게 증가하는 한국.

그 선봉에 있던 게 바로 SNS와 던지기다.

하루에도 수억 개의 게시글이 올라오는 SNS.

당연히 수사기관으로선 이 모든 SNS를 감시한다는 건 불가능한 일이었고, 게시글 역시 판매자와 구매자만 알아볼 수 있도록 암호로 작성되다 보니 눈앞에서 봐도 이것이 마약 판매 게시글인지 모르고 넘어가는 일도 허다했다.

지금 그런 상황이 벌어지려는 것이다.

솔직히 누가 SNS 광고 메시지를 마약 판매글로 생각할까.

거기다 경찰이거나 경찰의 끄나풀이라는 게 아님을 확인하면 아날로그 방식으로 마약을 주문, 배달을 받는 거다.

"와, 씨발. 이 교묘한 새끼들. 이러다 씨발, 치킨 배달시키듯 마약도 배달시켜 처먹겠네."

움찔!

임세라의 외침에 종혁은 입맛을 다셨다.

실제로 이들의 수법이 나날이 교묘해지기 때문이다.

'정말 각양각색으로 만들어 팔지.'

사탕, 젤리, 쿠키, 초콜릿 등 별의별 모양을 다 하고 있는 변종 마약들.

이 탓에 밀반입과 유통을 막기가 더욱 까다로워진다.

'당장은 그 정도까진 아니지만, 머리를 제법 굴리는 놈이긴 하네.'

이놈의 머리가 뛰어난 것인지 아닌지 모르겠지만, 사업수완만큼은 인정할 만한 놈이다.

'이거 할 일이 또 생겼네.'

아무래도 전 세계 수사기관 등 여러 사람을 만나 봐야 할 것 같다.

"이 새끼들, 아직 신원 조회 안 되지?"

"응. 대체 뭐하는 새끼들인지 모르겠는데 아무것도 안 나와."

지문과 모발, 타액 등 모든 걸 조회해 봤지만, 아무것도 나오질 않는다. 마치 출생 신고조차 안 된 사람처럼 말이다.

"중국에 의뢰는 해 봤어?"

"중국? 아, 그쪽은 이미 공문 보내 놨지!"

유생용에 장천, 왕가정. 누가 봐도 한국식 이름이 아니기에 신원 조회가 안 되자 가장 먼저 중국에 신원 조회를 요청해 놓은 상태다.

중국뿐만 아니라 홍콩, 대만, 말레이시아 등에도 신원 조회를 요청해 놓았다.

"하지만……."

종혁은 고개를 끄덕였다.

"공안 애들 일 처리가 좀 늦긴 하지."

인구가 10억이 넘는 중국.

미래에는 인도에게 세계 인구 1위라는 타이틀을 빼앗기지만, 그래도 수십 년을 부동의 세계 인구 1위였던 중국이다.

아무래도 시간이 더 소요될 수밖에 없다.

"아, 그런데 종혁아."

"왜?"

"이거 너무 판이 커지는 거 아니야?"

한예선이 마약에 빠뜨린 사람만 30명이 넘는다.

그리고 이 30명이 넘는 이들이 또 얼마나 많은 이들을 마약에 끌어들였을지 가늠이 안 되는 상황.

자칫 100명이 넘는 이들이 이번 사건에 연루되어 있을 가능성도 있었다.

"뭔 소리야. 몇 명이든 한 번 따는 김에 다 따 버려야지."

그렇지 않았다면 이미 유생용이 마약 조직의 보스라는 걸 알았을 때 바로 검거했을 거다.

어차피 검거해 족치다 보면 마약 공급 루트라든지 회원

모집 방식, 회원 명단 등 모든 걸 알게 될 테니 말이다.

"그리고 이렇게 커지니까 더 좋은 거고."

"아······!"

종혁은 임세라가 깨닫는 것 같자 입술을 비틀었다.

'정말 큰 축포가 되겠어.'

연예계를 비롯한 방송가, 또 그쪽과 연결된 분야들 전체가 일순간 정지할 수도 있는 거대한 취임 기념 축포.

조오현 경기청장은 국민들에게 제대로 각인될 거다.

'그럼 나도 움직이기 편할 테고.'

"그럼 이제 어쩔 거야?"

"어떡하긴. 한예선, 아니 이년 주위부터 족쳐야지."

밑밥을 까는 거다.

"이 새끼들 클럽 좋아한다고 했지?"

파티퀸 한예선. 박이현이 말하길 누가 한예선의 지인들 아니랄까 봐 모두 노는 걸 좋아한다고 했다.

씩 웃은 종혁은 핸드폰을 들어 조오현에게 전화를 걸었다.

"예, 경기청장님. 견적이 어느 정도 나온 것 같습니다."

그러니 지금부터 조금씩 밑밥을 깔아야 한다.

"일단 12월 맞이 유흥가 집중 단속을 하시는 건 어떻습니까?"

일반 술집이 아니라 클럽이나 나이트 등을 집중적으로 조지는 거다.

-견적이 많이 나왔나 보네. 알았어. 내가 장 청장님께

건의할게.

"예, 감사합니다. 충성."

통화를 종료한 종혁은 멍하니 쳐다보는 임세라의 모습에 피식 웃으며 걸음을 옮겼다.

"씨발. 경무관쯤 되니까 집중 단속도 전화 한 통화로 가능해지네. 아, 맞아. 종혁아, 그런데 아랫집은 어떡할 거야?"

이젠 쓸모가 없어진 아랫집.

"왜? 아까워? 아까우면 들어와서 살래? 싸게 줄게."

"진짜?! 아랫집이 내 신혼집이야?!"

"……남자는 있냐?"

"재수 씨!"

"어, 뭐 그래……. 파이팅이다."

'최재수도 파이팅.'

종혁은 고개를 저으며 걸음을 옮겼고, 임세라는 이젠 자신도 집 가진 여자라고 싱글벙글 웃으며 뒤를 따랐다.

* * *

웅성웅성.

해가 모두 저물다 못해 겨울의 찬바람이 쌩쌩 부는 늦은 저녁.

클럽 앞으로 사람들이 길게 줄을 늘어선다.

겨울바람이 무색하게 한껏 헐벗은 여성들과 그런 여성

들을 곁눈질 하는 남성들.

"아, 씨발 추워."

"오늘 뭔 일 있나? 뭔 이 시간부터 줄이 안 줄어들어?"

"물 관리 빡세게 하나 본데? 크크. 너 뺀찌 먹는 거 아니냐?"

"지롤."

어느덧 2012년이 성큼 다가왔건만 이곳에 있는 사람들 모두 그딴 것은 신경도 쓰지 않은 채 저마다 추위에 발을 동동 구르며 핸드폰을 살핀다.

그런 그들 곁으로 6명의 남녀가 스쳐 지나간다.

줄을 선 사람을 흘깃 보며 우월감에 젖은 미소를 짓는, 마치 모델처럼 압도적인 비율의 미남미녀들.

그들은 길쭉한 다리를 쭉쭉 뻗으며 곧바로 입구로 향한다.

"아, 저 맞다니까요!"

"됐으니까 돌아가세요."

실랑이가 벌어지는 입구에 도착한 그들은 딱 봐도 어려 보이는 남자들을 막아서는 가드를 향해 손을 흔들려다 깜짝 놀란다.

"오?! 실장 형님! 무슨 일이세요? 실장 형님이 입구에 다 있고?"

"왔어? 그냥 잠깐 담배 피우러 나온 거니까 신경 쓰지 말고 들어가. 아, 야. 너희들 미성년자는 아니지?"

"당연히 아니죠!"

"와! 우리가 그렇게 어려 보여요?!"

그렇다면 다행이다. 실장은 들어가라며 손을 저었고, 그들은 씩 웃으며 돌아섰다.

"수고하십쇼!"

"수고해요, 오빠! 꺄아아! 비트 좋다!"

몸을 흔들며 안으로 들어가는 그들.

그런 그들을 빤히 바라보던 실장은 이내 시선을 거두며 가드를 쳐다봤다.

"이따가 경찰이 단속하러 온다니까 괜히 막아서지 말고 협조 잘해 드려. 씨발, 뭐 충성을 다한다고 경찰 막고 그러면 정말 뒤진다."

"아니, 어떻게 클럽이 짭새들에게 문을 열어 준단 말입니까."

"하라면 해, 이 새끼야."

'나도 왜 그러는지 모르니까!'

위에서 절대 경찰 단속을 막지 말라며 신신당부해 왔다.

어디 그뿐인가. 클럽 내에서 마약이나 성추행 등을 하는 MD나 스태프가 있으면 공구리를 쳐서 인천 앞바다에 던져 버린다고도 했다.

절대 경찰을 막아서면 안 됐다.

"끙. 예, 알겠습니다!"

"연말에다 불금에 뭔 단속을……. 씨발, 양반은 아니네."

삐요오오옹!

클럽 입구를 향해 다가오는 세 대의 경찰 승합차.

관용차가 멈춰 서며 경찰들이 내리자 줄을 선 사람들은 호기심 어린 표정을 지었고, 실장은 그들을 향해 넙죽 허리를 숙였다.

"오셨습니까!"

"어? 아, 예."

'허. 상부에서 클럽들에 이미 협조를 구해 놨다고 하더니 정말인가 보네.'

혀를 내두른 경찰이 다른 경찰들을 바라봤다.

"1조는 저기 줄 선 사람들 신분증 검사하고, 나머진 안으로 들어갑시다. 알겠죠?"

"예!"

"자, 그럼 시작합시다!"

"건배!"

채재쟁!

강렬한 비트가 울리는 클럽의 1층, 테이블을 잡은 여섯 명의 남녀가 화하게 웃으며 맥주병을 부딪친다.

"캬아!"

"크!"

오늘 하루가 많이 고되서일까. 몸을 적시며 피로를 씻어 내는 술에 그들은 부르르 몸을 떤다.

"얘들아, 그 이야기 들었어?"

"뭐?"

"내년부터 서울에서 패션쇼 열리는 거?"

"패션쇼는 많이 있잖아?"

"아니, 그거 말고! 패션위크!"

"아, 나도 그 이야기 들은 적 있어! 그거 때문에 지금 국내 디자이너들 죄다 모델들 구하느라 난리라잖아!"

"씨발. 난 왜 그걸 몰랐지?"

"넌 맨날 술이나 처먹으니까 모르는 거지."

"와, 대한민국이 많이 발전하긴 발전했나 보구나."

그들 같은 패션 모델들에겐 굉장히 큰 기회인 패션위크. 런웨이를 걸으며 눈도장만 제대로 찍어도 바로 네임밸류가 생기는 거다.

'그렇게 인지도를 쌓게 되면?'

세계 4대 패션위크의 런웨이에 서는 것도 무리가 아니었다.

그런 생각이 들자 그들은 들고 있던 술을 내려놓았다.

단 1그램 차이로 런웨이에 서냐 마냐가 판가름 나는 살벌한 모델계. 이런 소식을 들었는데 술이 들어갈 리가 없었다.

"하, 이럴 땐 예선이 누나가 있는 게 짱인데."

"그러니까……."

맥주보다 비교적 살이 덜 찌면서 빨리 취하는 위스키.

이런 클럽에서 술을 마실 때 한예선은 맥주는 취급도 안 했다. 그런 한예선의 은총이 그리웠다.

"누나한테 연락할까?"
"미쳤냐? 누나가 먼저 연락하는 거 싫어하는 거 몰라?"
"다음부터 언니랑 술 안 마시려고? 그럼 난 빼 줘."
"……의리 없는 새끼들."
"자자, 뭐가 걱정이야! 이거 마시고 취하면 되지!"
"야, 한 병 마시고 취하겠냐?"
"취하게 만들면 되지."
"응?"
의아해하던 모델들은 동료 모델이 주머니에서 꺼내는 파란 알약 한 알에 경악한다.
"와, 이런 사랑스러운 새끼!"
"야, 얼른 가져와! 부수게!"
"어허. 어딜."
알약을 다시 주머니에 숨긴 모델이 콧대를 세운다.
"일단 형이라고……."
"수고하십니다!"
옆에서 들려온 목소리에 기겁하며 돌아본 그들은 어느새 곁에 다가온, 클럽과 전혀 어울리지 않는 추레한 옷차림의 남성의 모습에 의아해한다.
그러나 그것도 잠시.
"경찰입니다!"
움찔!
'겨, 경찰?!'
기겁하며 주춤 물러나는 그들.

'봐, 봤을까?'

혹여 마약이 들킬까 전전긍긍하는 그들의 모습에, 마치 똥 마려운 강아지 같은 그들의 모습에 눈을 가늘게 떴던 경찰이 이내 활짝 웃으며 입을 열었다.

"현재 미성년자 단속 중에 있는데 신분증 좀 확인할 수 있을까요?"

"예?!"

서로를 본 그들이 이내 가슴을 쓸어내리며 품을 뒤진다.

"예! 여기요!"

"아이구, 감사합니다! 예, 확인됐습니다. 좋은 시간 되세요!"

웬 기기를 꺼내 신분증들을 스캔하면서 여섯 명의 얼굴을 확인하곤 정중히 고개를 숙이며 돌아서는 경찰.

갑자기 휘몰아친 폭풍에 멍해진 그들은 클럽 안을 둘러봤다가 입을 벌렸다.

경찰들이 클럽 여기저기를 돌아다니며 신분증을 확인하고 있었다.

"……우리 다른 클럽으로 옮길까?"

"그럴까?"

테이블값이 비싸긴 했지만, 수십 명의 경찰이 돌아다니고 있다. 그뿐만 아니라 2층의 룸으로도 올라가고 있다.

찔리는 게 많은 그들은 슬그머니 클럽을 빠져나가 근처의 다른 클럽으로 향했다.

그런데…….

"자자, 번거로우시겠지만 협조해 주시면 감사하겠습니다!"

"쓥. 민증 사진과 다른데?"

"아, 저 맞다니까요. 이땐 술 먹은 다음 날 찍어서 부은 거예요!"

입구에서 줄 선 사람들의 신분증을 검사하는 경찰들.

그들은 눈을 껌뻑였다.

그 순간이었다.

"뭐야. 여기도 단속이야? 누나, 여기도 그른 것 같은데요?"

익숙한 목소리에 고개를 돌린 그들은 환하게 웃었다.

족히 열 명은 되어 보이는 미남미녀들을 대동한 채 다가오는 한 미녀.

선글라스로 얼굴을 가렸지만, 서 있는 자태만으로도 엄청난 아우라를 뿜어내는 미녀, 한예선이었다.

"누나!"

오늘은 위스키와 샴페인, 마약을 즐길 수 있겠다는 생각이 든 그들은 터지는 환호성을 겨우 참으며 냉큼 다가갔지만, 한예선은 낯빛을 굳히고 있을 뿐이었다.

이미 다른 클럽에서 놀다가 갑작스러운 단속에 흥이 깨져 이 클럽으로 자리를 옮겼기 때문이다.

"진짜 오늘 무슨 일 있나."

아무래도 서울의 모든 클럽에서 단속이 실시되고 있는

것 같다.

찔리는 게 많은 그녀는 혀를 차며 몸을 돌렸다.

"오늘은 끝! 해산!"

이딴 기분으로 술을 마실 순 없었다.

* * *

경찰! 연말 집중 단속 실시!

터엉!

회원이 아니면 결코 들어올 수 없는 강남의 한 술집.

대리석과 벨벳으로 고급스럽게 꾸며진 룸에 앉은 한예선이 빈 글라스를 거칠게 내려놓는다.

술을 마셨음에도 부글부글 끓는 속.

"뭐지?"

벌써 2주째 경찰들이 전국의 모든 클럽과 나이트에서 집중 단속을 벌이고 있다. 즉, 벌써 2주나 몸을 터트릴 것처럼 격렬한 음악과 술, 마약을 즐기지 못한 거다.

그것도 1년에 딱 2주뿐인 황금 같은 연말에.

1년 중 가장 신나게 즐겨야 하는 시기에.

벌써 12월 26일. 이제 2011년도 고작 5일만 남았을 뿐이다.

파티를 무척이나 사랑하는, 신나는 파티와 함께 즐기는 마약을 너무도 사랑하는 그녀로선 짜증이 머리끝까지 솟는 상황일 수밖에 없다.

물론 여기서도 신나게 파티를 즐기고 있지만 강렬한 음악이 틀어지고 있지만, 클럽 특유의 그 느낌이 나질 않고 있었다.

그렇게 그녀의 얼굴이 일그러져서일까.

함께 놀던 10명의 남녀가 한예선의 눈치를 본다.

그때 갑자기 한예선의 전화가 울렸다.

'헉! 어떤 멍청이가 이럴 때 전화를……!'

"어머, 피디님!"

서늘한 눈빛과 달리 발랄한 목소리로 전화를 받는 한예선.

'이 늙은이가 웬일로 전화했지?'

-하하. 한 배우, 잘 있었어? 내가 너무 늦은 시간에 연락한 건 아니지?

"아니에요! 하루는 이제부터가 시작이죠! 감독님은 잘 계셨어요? 작품 진행은 좀 어떻게 되고 있으세요?"

-어휴. 말도 마. 드라마판 사정은 한 배우가 잘 알고 있잖아. 어떻게 한 배우 같은 배우가 없냐?

"호호! 죄송해요. 한문식 피디님이 너무 간절히 부탁하시는 바람에! 다음엔 꼭 감독님 작품에 출연할 테니까 연락만 주세요!"

-알지, 알아. 에휴. 내가 먼저 부탁을 했어야 했는데…… 아, 그런데 내가 부탁한 건 어떻게 됐어?

"……아, 그거요?"

'돼지 같은 늙은이. 그것 때문에 전화한 거구나?'

"안 그래도……."

똑똑!

두들겨진 문이 열리며 한 미녀가 들어온다.

긴 생머리에 단아하고 청초한 외모.

"아, 안녕하세요!"

한예선을 발견하자마자 넙죽 허리를 숙이는 미녀를 향해 손을 흔든 한예선이 미소를 짓는다.

"안 그래도 잘 진행되고 있어요. 네. 한 달 안에 정식으로 소개시켜 드릴게요. 네. 알겠습니다. 그럼요. 피디님도 수고하세요-!"

통화를 종료한 한예선이 아직 카메라 마사지를 덜 받은 것인지 젖살이 남은 신인 배우를 향해 다가간다.

"미안, 미안. 통화 중이라. 오는 길이 어렵지는 않았지?"

"아, 아뇨!"

신인 배우는 따뜻하게 맞이해 주는 한예선의 모습에 정신을 차릴 수 없었다. 한예선은 그녀로선 감히 쳐다도 볼 수 없는 대선배이자 톱스타였으니까.

그녀뿐만이 아니다. TV에서 많이 봤던 배우들, 누군지는 모르지만 연예인처럼 잘생긴 남자들도 있다.

"자, 어서 안으로 들어와. 야, 좀 비켜."

"다리가 긴 걸 어떡하라고. 하하. 안녕하세요."

"네, 네. 안녕하세요."

한예선이 손을 잡아끌자 더 혼이 나간 그녀는 한예선이

이끄는 대로 상석으로 향하는 수밖에 없었다.
 '대, 대체 왜 한예선 선배님이 나 같은 신인을…….'
 "자기야."
 "네?"
 "이렇게 가까이서 보니까 훨씬 더 예쁘다."
 "네에에?! 제, 제가요?!"
 "호호호! 뭘 그렇게 놀라고그래. 자기가 예쁜 거 몰랐어?"
 "아, 아뇨! 제가 어떻게……!"
 대한민국의 대표 미녀 중 한 명인 한예선에게 예쁘단 소리를 들을 수 있을까.
 "그래서 친해지려고 불렀어. 난 예쁜 사람이랑은 꼭 친해져야 직성이 풀리는 버릇이 있거든. 괜찮지?"
 "아…… 네, 네!"
 영광이었다. 신인 배우는 치미는 감격에 눈물이 날 것 같았다.
 "호호. 일단 한 잔 받을……."
 지이잉!
 갑자기 울리는 핸드폰.
 '또 누가……!'
 "미친!"
 벌떡 일어난 그녀는 하얗게 질렸다.
 -누나, 아무래도 경찰이 누나를 노리는 것 같아.
 부서져라 쥔 핸드폰에는 그렇게 적혀 있었다.

다급히 룸을 빠져나와 화장실로 들어간 한예선이 S-톡을 다시 확인한다.

그럼에도 환각이 아니라는 듯 변함이 없는 톡의 내용.

그녀는 다급히 전화를 걸었다.

-누나! 자는 거 아니었어?!

"야, 이거 무슨 말이야?! 경찰이 날 노리고 있다니!"

박이현의 뜬금없는 톡.

그것이 한예선 그녀의 정신을 쏙 빼놓고 있었다.

-나 러시아 간 건 얘기했었지? 상트페테르부르크!

"아직도 러시아에 있어? 아니, 그게 중요한 게 아니라 도대체 이게 무슨 소리야?"

-진정하고 좀 들어 봐. 상트페테르부르크 구석구석을 구경해 보고 싶어서 거리를 돌아다니던 중이었는데…….

웬 시꺼먼 사람들이 어느 큰 건물 안으로 들어가는 게 아니겠는가.

마치 마피아처럼 외모가 흉흉한 사람도 있고, 마치 대학교 교수처럼 중후한 인상의 사람도 있었다.

-그래서 호기심이 들어 가까이 가 봤는데…… 글쎄, 전 세계 경찰들의 모임이더라고. 거기에 한국 경찰도 있는 거 아니겠어?

경찰. 마약을 하는 박이현으로서 결코 마주치고 싶지 않은 부류라 그대로 몸을 돌렸다.

그때, 그들이 하는 대화가 박이현의 귀에 꽂혔다.

내년 초에 마약 단속을 하는 게 어떠냐고.

메인으로 세울 사람이 있냐고.

좋다고. 한예선이 의심스러우니까 그쪽을 한번 파 보자고.

쿵!

-그 말을 듣는 순간 바로 연락한 거잖아! 어때? 나 잘했지?!

그녀의 머릿속이 차가워진다.

'그런데 이걸 왜?'

물론 단순히 자신을 통해 마약을 구매하고 있었으니, 계속 마약을 하기 위해서라도 자신을 보호하려는 것이라고 생각할 수도 있다.

그러나 모든 행동에는 이유가 있고, 모든 선의에는 대가가 따른다는 걸 그녀는 누구보다 잘 알았다.

"그래서? 원하는 게 뭐야?"

-역시 말이 잘 통하네! 누나, 누나가 나 정회원으로 올려 주라고 말 좀 해 주면 안 돼? 아니, 씨발! 약 한 번 받으려면 도대체 몇 번을 뺑이 쳐야 하는 거야!

'결국 그게 목적이었구만.'

차라리 이게 나았다. 속내를 드러내지 않고 접근하는 놈들이 오히려 위험한 법이었으니까.

"알았어. 그건 내가 사장님한테 부탁해 볼게. 아, 그리고 알려 줘서 고마워."

정말 고마웠다.

박이현이 아니었다면 아무것도 모르고 있다가 잡혔을

거다.

"이 은혜 꼭 갚을게."

통화를 종료한 한예선은 손톱을 깨물었다.

'내년 초에 날 잡으러 온다고?'

경찰이 자신을 찍었다. 단순히 며칠, 혹은 몇 달 해외에 나가 있는다고 해결될 일이 아니다.

못해도 2, 3년은 해외에 머물며 혈액 세척을 해야 했다.

곧 드라마 촬영이 예정되어 있지만, 그건 문제가 아니었다. 어차피 자신이 마약을 했음이 밝혀지면 캐스팅에서 제외되는 건 마찬가지니까.

진짜 문제는 해외에 나가 있을 동안 떨어져 나갈 인맥들이다.

배우, 감독, 작가 등 자신과 함께 마약과 향락을 즐기는 인맥들.

지금이야 자신이 소개해 준 루트로 마약을 구매하고, 또 미남미녀들을 접대해 주니 자신과 함께하고 있지만, 그들이 원하는 것을 주지 못하게 된 순간 단숨에 끊기게 될 관계였다.

자신이 해외에 있는 동안, 결코 마약을 끊질 못할 이들은 어떻게든 마약을 구입할 수 있는 다른 루트를 알아볼 터였다.

그렇게 되면 자신은 끝이었다.

"……안 되겠어."

눈빛을 가라앉힌 그녀는 핸드폰을 들었다.

"네, 사장님. 저 한예선이에요."

* * *

촤락!
신문을 집어 던진 유생용이 담배를 문다.
"장 부장."
"예, 사장님."
"지금 재고 얼마 남았어?"
"……."
"영업 그따위로 할 거야!"
 연말이다. 연이어 이어지는 술자리와 파티에 1년 중 마약이 가장 많이 팔리는 연말 시즌.
 물론 마약 중독자들이 그런 것 따져 가며 약을 먹나 싶지만, 그건 하루라도 마약을 하지 않으면 죽을 것 같은 중증 중독자들 이야기다.
 그보다 중독 증상이 약한 중독자들은 이런 술자리가 있을 때 더 불타오르며, 또 좋은 것은 서로 나누기 위해 마약을 구매한다.
 그런데 이맘때쯤이면 거의 떨어졌어야 할 재고가 예년보다 반 이상 남아 있다.
 아직 신년 맞이 시즌이 남아 있지만, 이대로라면 그때도 재고를 소진할 수 있을지 불확실하다.
"소중한 고객님들께서 반년 묵은 약을 먹고 싶겠냐고!"

거기다 1월 2일이면 원료가 새로 들어온다.

그걸 모두 약으로 제조하는 데 약 2주의 시간이 걸리는데, 그 안에 재고를 모두 털어야 했다.

사람들이 갓 나온 빵을 좋아하듯, 마약 중독자들도 막 만들어진 따끈따끈한 약을 좋아한다.

홍보를 하기도 좋다. 또 몇몇 놈들은 그걸 귀신같이 알아차리기에 유통 기한을 속일 수도 없다.

그런데 쌓인 재고를 털어 낼 방법이 보이지 않았다.

"……죄송합니다."

이 모두 경찰의 집중 단속 때문이기에 하고 싶은 말이 많다.

하지만 사장이 이렇게 분노하고 있는 상황에선 결코 해선 안 되는 게 바로 변명이었다.

"죄송하다고 말만 하지 말고, 영업을 뛰든 할인을 하든 뭐라도 해야 할 것……."

지이잉! 지이잉!

"씨발. 또 누구야?"

울리는 핸드폰을 본 유생용의 표정이 급변한다.

"오! 한 배우님! 무슨 일이십니까?! 예? 뭐라고요?"

나이가 들어 귀가 잘 안 들리는 것일까.

유생용이 스피커 모드로 바꾼다.

-출장을 나올 수 있냐고 물었어요.

"출장이요……."

무슨 일인지 경직되면서도 다급한 한예선의 목소리.

거기다 무리한 부탁까지 해 오고 있음에 유생용의 눈이 가늘게 떠진다.

"이거, 전화를 잘못 거신 것 같은데……."

-옆에 경찰 없고, 진심으로 묻는 거예요. 지금 그럴 만한 사정이 있어서 저도 무리한 부탁인 걸 알지만 부탁하는 거고요.

"죄송합니다. 저흰 배우 엔터이지 뷔페처럼 출장을 가는 그런 식당이 아닙니다."

-후우. 유 사장님, 방금 박이현에게 연락이 왔는데 경찰이 날 찍었대요.

움찔!

-내년 초부터 한 3년간 한국에 못 들어온단 말이에요.

"……."

-캔디, 밀가루, 스노우 세 개 합해서 1킬로, 그리고 고기 한 근 주문할게요. 아, 주사기도 넉넉히요. 선금으로 절반 넣을 거고요.

엑스터시를 뜻하는 캔디와 필로폰을 뜻하는 밀가루, 코카인을 뜻하는 스노우, 대마초를 뜻하는 고기.

그녀가 말하는 양이면 족히 수억에 달하는 엄청난 양이다.

"흠. 다시 연락드리겠습니다."

통화를 종료한 유생용은 고객을 관리하는 왕 과장을 봤다.

분위기가 이상해지자마자 이미 누군가와 통화를 하고

있는 그.

"예, 알겠습니다. 예. 하하. 돈은 계좌로 입금해 드리겠습니다."

통화를 종료한 왕 과장이 입을 연다.

"사장님, 아무래도 진짜인 것 같습니다."

한예선의 매니저, 자신들에게 마약을 받으며 자신들의 사람이 된 그와 통화를 한 왕 과장.

"한예선이 1월 3일 새벽 태국행 편도표를 예약해 달라고 했답니다."

"편도?"

"예. 갑자기 안식년을 가지고 싶다고 말해서 지금 소속사가 뒤집어졌다고 합니다."

이제 곧 새로운 드라마 촬영이 예정되어 있는 한예선.

이미 캐스팅 발표까지 끝난 상황에, 갑자기 위약금을 물고서라도 계약을 취소하겠다고 하니 소속사는 뒤집어질 수밖에 없었다.

"흠…… 그런데 박이현은 러시아에 갔다고 하지 않았어?"

"예. 박이현이 매니저와 함께 러시아에서 찍은 사진이 SNS에 올라와 있습니다."

"……아니, 러시아에 있는 박이현이 어떻게 경찰의 움직임을 말해 줄 수가 있어?"

"그놈도 한류 스타니까 경찰에 끈이 있는 거 아니겠습니까?"

장 부장의 말에 유생용은 고개를 끄덕였다.

자신들에게야 그저 고객일 뿐이지만, 개인 팬의 숫자만 10만 명이 넘는 대스타가 바로 박이현이다.

경찰 쪽 인맥이 있다고 해도 이상한 일은 아니었다.

잠시 생각에 잠겨 있던 유생용은 이내 고개를 끄덕이며 한예선에게 전화를 걸었다.

"예, 한 배우님. 출장은 어디로 가면 되겠습니까?"

"됐어!"

듀오 엔터의 아래층에 차려진 연예계 마약 사건 특수본.

주먹을 불끈 쥔 경찰들이 하이파이브를 했다.

* * *

데엥! 데엥! 데엥!

12월 31일의 끝을 고하고 2012년 새해의 시작을 알리는 타종 소리가 울린다.

살이 에일 듯한 추위에도 아랑곳하지 않고 보신각 앞에 모인 사람들은 옆 사람들과 작년 한 해도 수고 많았다 말하며 양손을 끌어모은 채 내년에도 부디 이 행복이 이어지길, 내년에는 부디 좋은 일만 있길, 가족들이 건강하길 기도를 한다.

데에엥!

33번째, 마지막 타종 소리가 울리자······.

뻬유우우웅! 뻐버버버벙!

"해피 뉴이어-!"

"새해 복 많이 받으세요-!"

보신각 주변을 쩌렁쩌렁 울리는 사람들의 외침.

보신각 타종 행사에 참여한 박명후 대통령과 정치인, 그리고 여러 정관계 사회 인사들도 서로에게 덕담을 하며 훈훈한 분위기를 자아낸다.

"오, 최 경무관!"

"충성."

사람들과 인사를 나누며 다가온 박명후가 손을 내밀자 종혁도 마주 잡는다.

"최 경무관 덕분에 이 대한민국을 좀먹어 가던 많은 암덩어리들이 제거됐어요."

"아닙니다. 모두 옆에 계시는 경찰청장님과 전남청장님께서 휘하 경찰들의 수사 활동을 지지해 주신 덕분입니다."

"허허. 그래요?"

박명후가 바라보자 경찰의 수장으로서 참가한 장희락 경찰청장과 함경필 전남청장의 입이 쭉 찢어진다.

"이거 아쉽군요."

이제 퇴임을 하는 장희락 경찰청장.

지난 3년, 박명후 대통령의 임기 내내 지지율을 방어해 주고, 대한민국의 치안을 확립해 준 장희락이 떠난다고

하니 못내 아쉽기만 하다.

마음 같아선 임기를 4년, 5년으로 늘리고 싶지만 그건 또 다른 문제를 야기할 것이기에 아쉬움을 접을 수밖에 없다.

"그동안 수고했습니다, 장 청장. 신안 문제를 해결해 줘서 고맙습니다, 함 청장."

"충성-!"

"그리고 앞으로 잘 부탁드리겠습니다, 조 청장."

"충성. 최선을 다하겠습니다."

조오현 경기청장은 여전히 사람 좋은 미소를 지으며 박명후의 악수를 받았다.

"대통령님, 이제 가셔야 할 시간입니다."

"저런."

비서실장의 말에 다시 아쉬움을 표한 박명후는 종혁에게 다시 악수를 청했다.

"그럼 내년에도 잘 부탁드리겠습니다, 최 경무관."

"충성. 아, 새해 선물을 곧 보내 드리도록 할 테니 반품만은 말아 주십시오."

"오! 하하하!"

눈을 빛낸 박명후 대통령은 종혁의 어깨를 두드리며 차로 향했고, 오늘 이 자리에 함께 참석한 현몽준, 홍정필과도 눈인사를 나누곤 자리를 뜬다.

그리고 종혁을 위아래로 훑으며 그 뒤를 따르는 정치인들과 서울청장.

진저리를 친 종혁이 장희락을 본다.

"수고하셨습니다."

"아직 이틀 남았어."

"미리 인사드리는 겁니다."

"쯧. 수사 끝나면 연락하지."

코웃음을 친 장희락은 자리를 떴다.

정말 기분이 상해서가 아니다. 경찰의 새로운 리더와의 자리를 만들어 주기 위해 비켜 주는 거다.

그 뜻을 모를 리 없는 종혁에게 조오현이 다가선다.

"진척은 얼마나 됐어?"

"이제 수확만 하면 됩니다."

그것도 바로 취임식 그날.

원료 거래에 한예선까지.

한예선도 1월 2일에 일을 치른다. 몇 년 후 다시 한국으로 돌아왔을 때를 위한 밑 작업을.

어쩜 이리 타이밍이 딱 맞는지 모르겠다.

"……끙. 이거 취임 연설문을 고쳐야겠구만."

"그건 새로 오시는 대변인님 시키십시오. 전 바쁩니다."

"너무한 거 아니야?"

툴툴거린 조오현은 이내 묵직한 눈빛으로 고개를 끄덕이곤 멀어졌고, 종혁은 그런 그들을 바라보다 한숨을 내쉬었다.

'진짜 다사다난했다. 다사다난했어.'

올해 1년 동안 시간이 어떻게 지나갔는지 모를 정도다.
고개를 저은 종혁은 핸드폰을 들었다.
"응, 엄마. 1월에 여행 갈까?"

* * *

1월 2일, 최소 경정 이상의 경찰들만 모인 대강당.
"충성!"
짝짝짝짝짝짝!
퇴임 연설을 끝낸 장희락 경찰청장이 시원섭섭한 표정으로 물러나고, 조오현 경기청장, 아니 이제 경찰의 수장이 된 조오현 경찰청장이 단상에 올라선다.
"모두 반갑습니다. 과분하게도 경찰청장직을 맡게 된 조오현입니다."
"와아아아!"
"잘생겼습니다―!"
짝짝짝짝짝!
"휘유. 이 나이에 잘생겼다는 소리를 듣는 걸 보니 이 자리가 참 대단한 자리인 것 같습니다. 제가 경기청장으로 있을 때는 이런 말은 들어 보지도 못했는데 말입니다. 듣고 있어, 경기청 간부들?"
"하하하하하!"
농담이라는 듯 웃은 조오현이 그 특유의 사람 좋은 미소를 짓는다.

"모두 늙은이의 주절주절 말 따윈 지겨우실 테죠? 그러니 핵심만 말하고 물러나도록 하겠습니다."

'어이쿠.'

'어이쿠야.'

온갖 미사여구로 치장을 해도 모자랄 취임 연설.

이미 조오현의 성격을 알고 있는 경기청 간부들은 이마를 잡았고, 다른 간부들은 눈을 동그랗게 뜬다.

"전임 청장이신 최기룡 청장님, 이택문 청장님. 그리고 장희락 경찰청장님으로 이어지며 만들어 오시고 또 지켜 오신 현재의 경찰, 강한 경찰. 저 조오현 역시 그 위대한 뜻을 그대로 이어 가도록 하겠습니다."

쿵!

보살이라 불릴 정도로 너무 사람이 좋기에 혹시나 공권력을 약화시키는 방향으로 가지 않을까 걱정했던 경찰 간부들이 조용히 기쁨을 삼킨다.

"그리고……."

순간 정면의 종혁을 보는 조오현.

종혁은 미세하게 고개를 끄덕였고, 조오현은 다음 말을 기다리는 경찰 간부들을 향해 나지막이 선포했다.

"그리고 2012년 한 해는 마약 근절의 해로 삼는 게 어떨까 싶습니다. 모두 협조해 줄 수 있겠습니까?"

"……충성-!"

"감사합니다. 부탁드리겠습니다. 충성."

"와아아아아아!"

짝짝짝짝짝짝!

짧지만 임팩트 있는 조오현의 취임식이 막을 내렸다.

우르르!

간부들이 조오현 경찰청장의 취임사를 곱씹으며 걸어 나오자, 밖에서 정복을 입은 채 대기하고 있던 임세라가 빠르게 종혁에게 다가간다.

무슨 일인지 낯빛이 좀 어두운 그녀.

"야, 아무리 생각해도 좀 걸려서 그런데……. 이거 함정 수사로 걸리는 거 아니야?"

"난 하라고 등 안 떠밀었다."

자신은 그저 한예선에게 곧 치고 들어갈 거라고 경고를 한 것뿐이다.

이 모든 선택은 한예선이 한 것.

물론 의도한 것이긴 했지만 거리낄 건 없었다.

"흐응? 그래?"

"그래."

종혁이 그렇다면 그런 것이다.

임세라는 주먹을 쥐었고, 입술을 비튼 종혁은 무전기를 들었다.

"경찰대 48기, 스탠바이 하자."

이제 지난 한 달간의 수사를 끝내고, 수확을 하러 갈 시간이었다.

3장. 2012년의 시작

2012년의 시작

부우웅! 빵빵!

차들로 꽉 막힌 서울의 도로.

차의 뒷좌석에 앉은 유생용이 힐끔 뒤를 본다.

그가 탄 차의 뒤를 따라오는 승합차들.

"쯧."

품으로 손을 가져가던 유생용이 못마땅한 표정을 짓는다. 단일 거래로는 최대 물량이다 보니 자신도 모르게 초조해졌나 보다.

"창문 내릴까요, 사장님?"

"됐어. 고객 만나는데 대마 냄새 풍기며 갈 순 없잖아."

운전석에 앉은 조직원의 말에 고개를 저은 유생용은 옆에 놓인 사각형 서류 가방에 손을 얹으며 보조석을 봤다.

"장 부장."

"예, 사장님."

"내가 없더라도 잘할 수 있지?"

오늘 원료 거래에 대한 걸 말하는 유생용.

"차라리 제가 접대하는 게 낫지 않겠습니까? 아니면 지금이라도 사무실에 있는 왕 과장을 부를까요?"

본래 왕 과장의 역할이 고객 관리이기에 이런 출장 역시 그의 몫이었다.

"됐어. VVIP가 되신 고객님인데 이 정도 서비스는 해 줘야지."

한 달에 사 가는 마약의 값만 수천만 원이기에 원래부터 VIP고객이었던 한예선. 하지만 이번 거래로 그녀의 등급은 한 단계 더 올라가게 됐다.

"이런 거 보면 연예인도 할 만한가 봐."

자신은 경쟁 조직의 살해 위협이라든가 경찰의 수사 등 온갖 위협을 무릅써 가며 이 빌어먹을 놈의 돈을 버는데, 마약이 아니라면 퇴물이나 다름없는 한예선은 고작 인맥 관리를 위해 수억을 턱턱 내놓는다.

이는 드라마 한 편에 출연할 수만 있다면 그보다 더 많이 번다는 뜻.

이 정도로 자리 잡기까지 온갖 고생을 다 해 온 유생용으로서는 살짝 자괴감이 든다.

그는 잠시 아득히 먼 과거를 떠올렸다.

* * *

 그가 처음 세상을 인식했을 때, 그곳은 다 낡아 빠진 집들만 가득한 헤이룽장성의 시골 동네였다.

 도시에선 무섭기 짝이 없다는 공안의 몽둥이조차 통하지 않는 동네. 아니, 몽둥이를 휘두르면 칼과 도끼로 대답하는 동네.

 낡아 빠진 집들만 가득한 동네에서도 그의 집은 유독 못살았다.

 처음엔 공부로 성공을 해 보겠다며 열심히 공부를 했었고, 다행히 도시의 고등학교에 진학할 수 있었다.

 하지만 중국에서 시골 출신은 최하층민 노동자였다. 시골 출신은 아무리 공부를 해도 결코 도시에서 성공을 할 수 없다는 것을 알아차리곤 공부를 때려치워 버렸다.

 같은 헤이룽장성에서도 출신에 따라 이렇게 계급이 나뉘고 기회가 불균등한데, 정말 발달한 베이징이나 상하이는 오죽할까.

 목표를 잃은 유생용은 빠르게 타락했고, 매일같이 싸우고 다녔다.

 나름 패거리를 이뤘고, 학생들뿐만 아니라 학교 인근의 상인들에게도 세금을 걷고 다녔다.

 그렇다 보니 도시에서 암약하는 조직의 눈에 띄는 건 필연이라고 할 수 있었다.

 '정말 많이 맞았지.'

느닷없이 찾아와 자신과 패거리들을 두들겨 팬 마약 조직.

유생용이 아무리 날고 긴다 해도 고등학생. 성인, 그것도 깡패를 상대로는 아무것도 할 수 없었다.

그렇게 맞고 맞다가 정말 죽을 것 같았던 유생용은 결국 굴복했고, 그때부터 그 조직의 조직원으로 살게 됐다.

하지만 처음 생각했던 것과 달리 나쁘지 않았다.

더 큰물에서 놀기 시작하니 들어오는 돈도 많아졌고, 자신을 보면 90도로 허리를 숙이는 조직원들을 볼 때면 드디어 성공했구나 흐뭇함마저 느낄 수 있었다.

좋았다. 폼이 났다.

잘난 놈 제치고, 못난 놈 누르고. 그렇게 계속 위로 올라갔다.

그리고 한순간에 추락했다.

동네를 어슬렁거리며 목에 힘만 주는 그런 병신 같은 공안이 아니라, 거침없이 머리통을 깨부수는 진짜배기 공안들.

지금까진 자신들이 입에 쑤셔 넣어 주는 돈을 받고 얌전했던 그들이, 갑자기 마약 단속을 한다며 쳐들어온 탓이었다.

꽌시 따윈 통하지 않았고, 그날 그가 몸담고 있던 마약 조직은 공중분해가 되어 버렸다.

간신히 몸을 뺄 수 있었던 유생용은 곧장 밀항 브로커에게 연락을 취했고, 그렇게 밀항을 하여 도달한 곳이 이곳 한국의 인천 차이나타운이었다.

'평범하게 살아 보려고도 했지만…….'

밀항자로 신분도 없는 그가 평범하게 살 수 있는 방법은 없었다.

결국 배운 게 도둑질이라고 그는 다시 마약 장사를 시작했다.

다행히 조직이 공중분해될 때 조직의 재산을 제법 빼돌려 놓은 상태였고, 당시 조직과 거래해 왔던 거래처들과도 연락이 닿았다.

하지만 한국의 마약 시장은 레드오션 그 자체였다.

언제나 눈에 불을 켜고 마약 조직을 쫓는 경찰과 검찰.

구역 내에서 마약을 판매하면 어떻게든 쫓아 죽이려 드는 폭력 조직들.

그러다 눈을 돌린 게 연예계였고, 각고의 노력 끝에 이렇게 자리 잡을 수 있었다.

"무슨 생각을 그렇게 하십니까?"

"장 부장과 처음 만났던 날?"

"억!"

인천 차이나타운의 통나무 공장에서 만난 장 부장.

유생용 자신은 신분이 사라진 것이라면, 장 부장은 애초부터 신분이 없이 태어난 사람이었다.

불법 체류자의 아들로 태어나 장천이라는 이름 두 자만 가지고 살아온 장 부장. 그는 먹고살기 위해 안 해 본 일이 없었고, 그 성실함과 눈치에 반해 스카우트 제의를 했다.

왕 과장도 비슷한 처지, 아니 유생용과 똑같이 중국에서 범죄를 저지르고 밀항해 온 불법 체류자였다.
 그래서 서로에게 동질감을 느끼고 하나로 뭉친 그들은 지금의 조직을 만든 것이었다.
 "처음에 연예계를 공략하자고 했을 땐 사장님이 미치셨나 했는데……."
 TV에 나오는 스타들이 있는 연예계다.
 여차하면 경찰과 검찰이 쌍으로 달려드는 마굴.
 그래서 미쳤다고 생각했다.
 "하하. 그랬어?"
 "왕 과장도 그렇게 생각했을 겁니다."
 "지금도?"
 "절대 아닙니다."
 연예계는 블루오션이었다.
 물론 연예인에게 마약을 파는 조직이 없는 건 아니지만, 여차하면 좆된다는 생각 때문인지 적극적으로 움직이지 않았고, 그건 곧 그들에게 기회가 됐다.
 뿌리면 뿌리는 대로 거두는 블루오션의 시장.
 "그리고 오늘 거래로 이 블루오션 시장을 다 먹지 않겠습니까?"
 "그렇겠지."
 한예선이 주문한 양으로 보아 오늘 모일 이들의 수는 100명은 가뿐히 넘을 것으로 추정됐다.
 그리고 거기서 다시 가지를 치고 뻗어 나가면 자신들의

고객은 기하급수적으로 늘어날 터였다.

"배달부 모집, 아니 배우 모집 공고는 올렸어?"

"왕 과장이 인터넷이 연결되자마자 바로 올렸습니다."

고객의 수가 늘어나면 그만큼 배달부도 많이 필요했다. 한동안은 계속 배달부를 구해야 할 듯싶었다.

"그런데 사장님. 아예 저희 애들을 몇 명 매니저로 집어넣어 보는 건 어떻겠습니까?"

"그게 무슨 말이야? 매니저로 왜…… 아, 확실히 그러면 내부에서 직접 영업도 뛸 수 있긴 하겠네."

"경찰의 시선을 피하기에도 더 쉬울 테고요."

"……생각 많이 했네?"

"죄송합니다."

"아냐, 아냐. 좋은 의견이야."

유생용은 손을 저었지만, 그 마음속은 차갑게 얼어붙는다.

'손과 발이 생각을 한다라…….'

좋지 못한 징조다.

손과 발은 그저 머리가 내리는 명령을 따르기만 하면 될 뿐, 생각이라는 것을 하게 되면 결국 머리가 되려고 한다.

십수 년간의 조직 생활을 통해 그걸 뼈저리게 알고 있는 유생용의 마음속에 경각심이 찾아든다.

"감사합니다. 아, 도착한 것 같습니다."

"……크네."

족히 20층은 될 고층 빌딩.

저 안에서 한예선이 기다리고 있었다.
유생용은 다시 가방을 매만졌다.

한편 그 맞은편 건물의 옥상.
난간에 턱을 괴며 쌍안경으로 지하주차장 입구를 응시하던 경찰대 48기의 형사가 무전기를 든다.
"우리 유 사장님, 강력반들과 함께 입장합니다. 응? 차량 한 대가 더 들어가는데?"
형사는 자동차 번호판 번호를 말했고, 이윽고 무전기 너머에서 다급한 목소리가 터져 나왔다.
-야! 그거 첫 번째 메인이다!
박이현이 나타나기 전까지만 해도 그들이 메인으로 잡았던 한류 스타.
"어이쿠. 혹시나 우리들이 고생할까 봐 이렇게 찾아와 준 거야? 이거 황송한데?"
호박이 넝쿨째 굴러 들어왔다.
무전을 듣고 있는 모든 경찰이 웃음을 터트렸다.
"오우! 한예선 배우님 입장하십니다! 야, 4팀! 어디쯤 왔어?"

* * *

탁!
차에서 내린 유생용이 뒤를 돌아보자 그를 따라온 승합

차에서 검은색 정장을 차려입은 삼십여 명의 건장한 사내들이 내린다.

"있는 새끼들은 노는 것도 화려하게 노는군."

겉보기에도 고급스러운 빌딩.

한예선이 말하길 이 빌딩이 소위 가진 자들이 은밀히 즐기고 싶을 때 찾는, 서울에도 몇 곳 없는 프라이빗한 장소라고 했다.

빌딩을 보며 헛웃음을 터트린 유생용이 따라 내리는 장 부장을 봤다.

"거래 끝나면 원료는 바로 공장에 넣어. 새벽에 사무실에서 보자."

"예!"

스르륵! 빠앙!

"차 빼, 이 새끼들아!"

얼굴을 구기며 돌아본 유생용은 깜짝 놀랐다가 이내 속으로 어이없다는 듯 웃으며 발끈하는 조직원들을 말렸다.

"아이고. 처음 뵙겠습니다, 정 대표님."

한류 스타 정찬호. 1990년대 혜성처럼 등장해 순정만화 속 주인공 같은 외모로 인기를 휩쓸며 안방극장을 차지한 대배우.

한때 한국 남자들 중 정찬호의 헤어스타일을 따라 하지 않은 사람이 없다고 할 정도였고, 어찌 보면 제1호 한류 스타 배우라고 할 수 있는 배우였다.

게다가 지금은 배우 기획사의 대표이기까지 한 그.

"……누구?"

"반갑습니다. 듀오 엔터의 사장 유생용입니다."

"듀오? 예, 뭐 그래요. 정찬호요. 뒤에 덩치들은 사장 님이 데려오신 거? 허이구. 눈깔 뜬 거 봐라. 확 씨발 눈 깔을 뽑아 버릴라. 됐으니까 차나 빼세요. 나 바빠."

유생용은 그를 빤히 바라봤다.

'뭘 믿고 이렇게 나대는 거지?'

사료 먹고 덩치나 불린 조폭들과는 차원이 다른 흉기들 이 바로 자신의 조직원들이다.

눈이 돌아 버리면 일단 쑤시고 보는 놈들이 뽕쟁이기에 극한으로 단련시킨 조직원들. 웬만한 사람이라면 그 눈 빛만 봐도 겁을 먹을 수밖에 없다.

그런 그의 의문은 곧 풀리게 됐다.

저벅저벅.

"무슨 일이십니까, 대표님?"

어느새 정찬호의 차를 둘러싸며 눈빛을 가라앉히는 검 은 정장의 사내들. 숫자도 15명이나 됐다.

그들 중 한 명이 유생용에게 다가서며 물러나라는 듯 손을 내민다.

그 순간이었다.

타탁! 뻐억!

"큽?!"

유생용의 뒤에서 날아와 공중 뒤돌려차기를 날리는 유 생의 조직원. 다급히 가드를 한 경호원이 몇 걸음 물러

서자 남은 경호원들이 품에서 삼단봉을 꺼내 든다.

촤락!

그에 조직원이 유생용을 본다.

"죽일까요?"

마치 인형처럼 무심히 명령만 내려 달라고 말하는 그. 다른 조직원들도 조용히 유생용의 뒤에 서며 압박을 가한다.

유생용은 정찬호를 빤히 바라봤고, 정찬호는 얼굴을 구겼다.

"……나 바쁘다니까!"

빠앙! 빵!

'죽일까?'

그러나 속마음과 달리 싱긋 웃은 유생용은 손을 저었고, 유생용이 타고 온 차들은 얼른 비켜섰다.

그리고 정찬호의 차가 근처에 주차를 한다.

탁!

"야, 뭐하냐? 너 데뷔 안 할 거야?"

"대, 대표님……."

"아, 됐다. 너 그냥 집에 가라."

"아, 아니에요!"

보조석에 앉아 있다 다급히 내린 앳된 외모의 여자가 정찬호에게 다가서자, 정찬호가 그녀의 어깨에 손을 얹으며 가슴을 움켜쥔다.

"흑?!"

"흥!"

정찬호는 콧방귀를 뀌며 멀어졌고, 유생용은 경호원들에게 둘러싸여 멀어지는 정찬호를 보며 실소를 터트렸다.
"겁이 많아서 어딜 가도 경호원들을 대동하고 다닌다더니……."
정말 그랬다.
경호원을 믿고 덤비는 쥐새끼. 정찬호가 딱 그 짝이었다.
'그래도 여기서 더 거슬리면 죽여야겠어.'
저런 부류는 회유가 통하지 않는다. 죽이는 거 말고는 답이 없었다.
"어휴. 저 망나니 새끼. 잘 참으셨어요, 유 사장님."
"아, 한 배우님."
"미안해요. 저 새끼가 자기 빼고 놀았다고 꼬장 부리면 골치 아파서 부를 수밖에 없었어요. 물건은 가져오셨죠?"
유생용은 서류 가방을 들어 올렸고, 한예선은 활짝 웃었다.
"그런데 이 멋진 분들은 누구?"
"오늘 보디가드를 해 줄 친구들입니다. 한 배우님께서 통 크게 구매해 주셔서 드리는 서비스입니다."
몇 년 후 다시 자신을 이용할 한예선.
그때도 복귀 기념으로 오늘처럼 통 크게 지를 것이고, 자리를 비우는 동안 떨어져 나간 인맥들을 다시 불러 모으기 위해 마구잡이로 마약을 구매할 것이다. 그때를 위한 깜짝 서비스였다.
"어머! 정말요?! 나 감동! 그럼 들어가실까요?"

한예선은 화장을 해서 더 예뻐진 신인 배우를 데리고 건물로 향했고, 유생용은 장 부장을 봤다.

"아까 그 새끼, 자기 집에서 잘 때 머리맡에 쥐 대가리 잘라서 가져다 놓고, 가족 있으면 차로 밀어 버려."

"예."

하룻강아지, 아니 상대할 가치도 없는 쥐새끼라지만 조직원들이 보고 있는데 망신을 당했다. 명예 회복을 위해서라도 액션을 취해야 했다.

"가 봐."

"새벽에 뵙겠습니다. 가자."

기술자 15명이 장 부장을 따라나서자 유생용은 남은 15명을 데리고 빌딩으로 향했다.

그렇게 빌딩 입구에 도착한 유생용은 낯살을 찌푸렸다.

건물 입구를 막고 있는 정찬호의 경호원들.

그뿐만이 아니다. 그들 외에도 총 30명의 경호원이 건물 입구와 로비를 돌아다니고 있었다.

정찬호 외에도 콧방귀 좀 뀌는 인간들이 찾아온 것 같다.

"두 놈만 따라오고 나머진 여기 있어. 그리고……."

한 사내의 귀에 입을 가져간 그.

"여차하면 다 병신으로 만들어 버려."

마약 중독자들로 가득할 장소. 안에서 무슨 일이 생길지 모른다.

그리고 혹시나 경찰이 찾아올지도 모른다.

"어차피 오늘 여기 CCTV는 다 꺼졌다고 하니까."

빌딩 근방의 CCTV도 모두 꺼 놨다고 했다.

"예."

사내의 서늘히 빛나는 눈을 본 유생용은 사내의 가슴팍, 칼이 꽂혀 있는 가슴팍을 두드리곤 빌딩 안으로 들어갔고, 유생용의 조직원들은 짝을 지어 빌딩 로비 곳곳으로 흩어졌다.

그리고 이내 엘리베이터에서 내려 하나의 문을 열고 들어간 유생용.

쿵쿵쿵쿵쿵!

그의 몸을 강렬하게 때리는 비트와 사이킥 조명 아래에서 몸을 흔들고 있는 이백여 명의 사람이 그의 눈에 한가득 들어온다.

그래. 파티였다.

한예선은 인맥 관리를 위해 마약 파티를 여는 것이었다.

자신을 잊지 말라는 발악.

그리고 이 자리에 있는 모두가 그의 잠정적인 고객들이었다.

'좋군.'

입술을 좌우로 찢은 그는 안으로 들어갔다.

쿵!

* * *

한예선과 유생용 들이 들어간 빌딩 맞은편 건물의 로비.

"캬! 대단하다, 대단해!"

배우, 감독, 작가뿐만이 아니다.

엔터 임원들과 재벌 3세, 4세 등도 빌딩 안으로 들어갔다.

그 숫자만 무려 240여 명.

"한예선 인맥 쩌네. 이거 한예선을 메인으로 잡았어야 했던 거 아냐?"

종혁은 고개를 저었다.

"그러기에는 정찬호와 박이현의 이름값이 너무 크지."

일단 정찬호와 박이현을 투톱 메인으로 세워 온 국민들의 관심을 집중 시키고, 후에 한예선 게이트로 이름을 바꾸면 된다.

그렇게 말한 종혁이 뒤를 돌아본다.

몇 시간 뒤 원료를 거래할 장 부장을 따라간 임세라와 이지용 외 이십여 명을 제외한 동기들이 하품을 하거나 들고 있는 연장들로 어깨를 두드린다.

정말 일이 있어 참석을 하지 못하거나 애초부터 검사나 판사, 변호사로 빠진 동기들을 제외한 경찰대 48기 전원.

"한예선이 들어간 지 몇 시간 지났냐?"

"3시간."

"그럼 올 놈들은 다 왔겠네."

장 부장의 마약 원료 거래도 앞으로 30분 뒤에 이뤄진다.

종혁의 그 말에 몸을 푸는 경찰대 48기의 경찰들.

종혁은 그들의 몸에서 피어나는 살기에 입술을 비틀었다.

"가자."

쿵!

경찰대 48기 경찰들의 입가에 흉악한 미소가 맺힌다.

종혁이 발을 내디디며 로비를 벗어나 때마침 신호가 바뀐 횡단보도 위를 걷는다.

그 흉흉한 분위기에 정차한 차들 속 사람들은 숨을 죽이고, 경찰대 48기 형사들 중 절반이 빌딩의 뒷문을 향해 달려간다.

그리고 그들을 일견한 종혁이 빌딩의 정문 입구로 향한다.

"다 나와!"

우르르!

순식간에 튀어나와 종혁과 동기들의 앞을 막아서는 경호원들.

"오우, 씨발. 종혁아, 많은데?"

게다가 체구나 자세, 분위기도 범상치가 않다. 모두 진짜배기들이다.

자칫 오늘 몇 군데 부러질 것 같은 위기감이 그들을 엄습한다.

"정지. 더 이상 오시면 안 됩니다."

"아, 그렇습니까?"

종혁이 제법 큰 기기를 꺼내 들어 전원을 켠다.

그 순간이었다.

찌이이잉!

"크악!"

"악!"

다급히 귀에 꽂힌 무전기 리시버를 빼는 경호원들과 유생용의 조직원들.

종혁은 씩 웃었다.

"경찰대 48기!"

촤락! 부웅!

대답 대신 삼단봉을 펼쳐 들거나 연장을 휘두르는 동기들.

"싹 다 조······."

스윽!

종혁의 말이 떨어지기 전에 유생용의 조직원들이 품에서 칼을 꺼내 들며 종혁과 동기들의 앞을 가로막는다.

오싹!

순간 온몸의 솜털이 곤두선다.

칼잡이다. 그것도 피를 몇 리터나 마신 전문적인 칼잡이들.

고요하지만, 지독한 살기가 종혁과 동기들을 덮친다.

낯빛이 굳은 종혁과 동기들이 바싹 말라붙는 입술에 침을 묻히며 품 안으로 손을 가져간다.

그리고······.

타아아아앙!

한 발의 총성이 가장 앞에선 조직원의 허벅지를 꿰뚫는다.

"으아아아아아악……!"

종혁은 놀라 굳는 조직원들과 경호원들을 보며 눈을 껌뻑였다.

"뭐해? 꿇어, 새끼들아."

종혁의 동기들의 총구가 그들을 가리켰다.

"……씨발."

총구 앞에서 그들이 할 수 있는 일은 아무것도 없었다.

* * *

쿵쿵쿵쿵쿵!

"이야 하!"

"으아아!"

희미한 어둠을 반짝이는 조명 아래 헐벗은 남녀들이 서로 뒤엉키며 음악을 즐긴다.

그런 그들을 감싸는 뿌연 대마의 향기.

중간중간 놓인 테이블에 널린 주사기와 하얀 가루, 파란 알약들.

목이 마르면 엑스터시가 섞인 술을 들이켜고, 여자와 남자가 고프면 옆에 있는 이성의 입술을 찾는다. 그리고 그 아래로 내려간다.

절제도, 수치도 없는 정글의 짐승들.

쾌락과 향락의 파티.

그 광경을 바라보며 입술을 비튼 한예선이 안쪽의 문을 열고 들어간다.

그녀를 가장 먼저 반기는 금실의 레드카펫과 대리석의 벽.

고급스럽게 꾸며진 복도를 지나 더 안쪽의 문을 열고 들어가니 바깥보다 더 처참한 광경이 펼쳐진다.

"그래서? 여기까지 와서 안 하겠다고?"

"아, 아니 그게……."

"아, 이 씨발년이 돌았나."

"크크. 적당히 해, 정 대표. 그러다 울어 버릴라."

"난 우는 게 좋던데! 배 아래 깔려서 앙앙앙!"

"푸하하하하하!"

데리고 온 파트너, 배우 지망생에게 마약이 든 주사기를 들이밀며 가학적인 미소를 짓는 정찬호와 그런 둘을 보며 낄낄거리는 재벌 3세, 4세들.

국내 50대 기업 안에 드는 기업의 자식들은 아니지만, 엄연히 광고주들이다.

"어머! 저만 빼놓고 재밌게 놀고 계셨어요?!"

"한 배우! 어디 갔다 온 거야!"

"화장실에 대기 줄이 너무 길더라고요."

"왜 밖에 있는 화장실을 가. 저기에도 화장실이 있는데."

"왜요? 나 화장실 가면 따라 들어오려고요?"

"오! 들어가도 돼?!"

─아항! 앙!

시공이 잘못된 건지 아니면 의도된 것인지 옆방에서 들려오는 신음 소리에 그렇지 않아도 달아오르던 광고주들의 눈이 벌게진다.

한예선은 고혹적인 미소를 지었다.

"나 감당되려나? 나 광고 한 편에 10억인데?"

"거기에 금테를 둘렀나. 너무 비싼 거 아냐?"

"어머. 몰랐어요? 나 금테 수술했는데?"

"뭐어?!"

"푸하하핫! 야! 너 한 방 먹었는데?!"

"와, 씨. 이걸 확인해? 말아?"

"궁금하시면 언제든 연락 주세요. 여기 명함."

한예선은 입술로 가져가 립스틱 자국을 진하게 찍은 명함을 내밀며 윙크를 했고, 광고주는 입술을 핥으며 탐욕을 드러냈다.

"오? 한다, 해!"

광고주들의 시선이 정찬호와 배우 지망생에게로 향하자, 한예선은 속으로 한심하다고 생각하며 돌아서 옆방으로 향한다.

"아항! 아앙!"

방금까지 있던 방이 개씹새끼들의 지옥이라면, 이곳은 개새끼들의 지옥이다.

한 감독의 배 아래 깔려 신음을 터트리는 무명 배우.

그 맞은편에선 한예선이 데려온 신인 배우는 이미 축

늘어져 멍하니 허공을 바라보고 있고, 감독이 그녀의 상의를 벗기며 가슴을 주무르며 콧김을 씩씩 내뱉는다.

그럼에도 아무런 반응을 하지 않는 무명 배우의 발치엔 다 쓴 주사기가 널브러져 있다.

'좋네.'

아주 좋다. 이 정도면 다시 복귀할 때까지 걱정하지 않아도 될 것 같다.

이번 파티에 모두 녹여낸 파티퀸으로서 쌓아 온 노하우.

DJ부터 조명, 동선, 흥을 돋울 바람잡이, 개개인의 취향에 맞춘 접대까지. 저들이 어디서 이런 향락과 쾌락을 맛볼 수 있을까.

이들은 영원히 오늘은 잊지 못할 터였다.

'정말 안심해도 되겠어.'

미소를 지으며 돌아서던 한예선이 화들짝 놀랐다.

"어디 계셨어요, 유 사장님."

"하하. 영업 좀 뛰고 왔습니다."

유생용이 대마잎 쪼가리 몇 개가 붙어 있는 텅 빈 서류 가방을 보여 준다.

완판.

가져온 모든 약을 다 나눠 준 거다.

"그 많은 게 벌써 다 떨어졌어요?"

"엑시터시가 가장 먼저 떨어졌습니다."

"아휴, 거지들. 작작 좀 처먹지."

말은 그렇게 했지만, 그녀의 입가엔 미소가 떠올라 있

었다.

이 정도면 연예계에서 마약을 한다는 놈들 전부 여기에 있다고 해도 과언이 아니었다.

가슴이 뻐근할 정도로 기분이 좋았다.

"호호. 그럼 정산을 할까요?"

"오, 그러시겠습니까? 저쪽에 빈방이 있었습니다."

"어휴. 지린내 나는 곳에서 비즈니스 하긴 그런데."

마약에 취한 짐승들이 들어가서 일을 치르라고 따로 빼놓은 빈방들.

그녀는 어쩔 수 없다는 듯 유생용을 따라나서며 빈방 안으로 들어가 핸드폰을 빼 든다.

"응, 오빠. 나야. 가방 들고 와. 아니, 트렁크에 있는 큰 가방 있잖아!"

버럭 화를 낸 한예선이 통화를 종료한 순간이었다.

벌컥!

누군가 문을 열고 들어오자 이를 악문 유생용이 테이블에 놓인 재떨이를 집어 던진다.

콰앙!

"내가 일할 때 방해하지 말랬지!"

"죄송합니다, 사장님. 경찰입니다."

쿵!

"……뭐?"

"뭐라고요?!"

순간 멈췄던 시간이 다시 흐르자 둘은 벌떡 일어났고,

유생용이 한예선을 덮치며 목을 향해 손을 뻗다 멈춘다.

"……뭐, 뭐하는 거예요! 지금 나 때리려고 한 거예요?!"

"죄송합니다. 착각했습니다."

한예선이 경찰을 불렀다면, 사람들이 저렇게 마약에 절어 있을 때까지 파티를 진행하지 않았을 거다.

"일단 이동하시죠. 비상구가 어딥니까?"

"씨바알-! 꺄아아아아아아아악!"

자신이 저들을 어떻게 모았던가.

이 파티를 위해 얼마를 썼던가.

그 수고와 노력이 공중분해되어 버리자 한예선은 악을 지를 수밖에 없었다.

하지만 그것도 아주 잠시다.

유생용 사장의 말처럼 일단 몸을 피해야 했다.

체포가 되고, 실형을 받는 게 문제가 아니었다.

자신이 불러 모은 자리에서 저들이 잘못되면, 이는 모두 자신의 책임이 될 수밖에 없었다.

재벌 3세, 4세의 아비들이 자신을 가만두지 않을 거다.

하얗게 질린 한예선은 구두를 벗고 치마를 쫙 찢었다.

"저쪽에 비밀 통로가 있어요."

이곳은 소위 있는 자들의 비밀스러운 자리를 위해 만들어진 장소. 혹시 모를 불미스러운 상황을 대비한 대피 통로도 당연히 준비되어 있었다.

"가요."

"……앞장서."

"예."
그들은 유생용의 조직원을 앞장세우며 빠르게 걸었다.

* * *

그으으응!
"워, 씨. 엘리베이터 넓은 거 봐라."
"로비부터 대리석으로 쫙! 캬, 이런 건물은 얼마나 할까?"
"있는 새끼들이 여기 모여서 자주 구린 일을 한다는 거지? 기억해 둬야겠네."
"기억은 무슨. 앞으로 여기 올 일은 없을 건데."
종혁은 멍하니 쳐다보는 동기들의 모습에 어깨를 으쓱였다.
"이 난리가 났는데 뒤 구린 새끼들이 여길 또 오겠냐?"
은밀하기에 이곳을 이용하는 것인데 보안이 뚫렸으니 아마 다시 달이 뜨기도 전에 이곳에서 있었던 일들이 모두 소문날 거다.
'그럼 아마 그곳처럼 연회 공간으로만 쓰이게 되겠지.'
옛날 종혁이 경찰대에 있던 시절 종혁이 강철선과 함께 해결한 연예계를 뒤집은 스폰 사건, 삼성 클럽 사건 때 인수했던 호텔.
M-컴퍼니의 모태이자 초기 자본이 된 군사독재 시절 때 지어진 호텔.

본래는 높으신 분들의 은밀한 회동을 위한 공간으로 사용된 그곳은, 이젠 동창회 등 평범한 모임의 연회 공간으로만 쓰인다.

띵! 스르릉!

엘리베이터의 문이 열리자 1층 로비처럼 대리석과 저 멀리 고풍스럽게 생긴 문이 그들을 반긴다.

붉은 기가 살짝 돌면서 더 고급스럽게 느껴지는 대리석.

"조용하네. 방음 공사에 얼마를 쓴 거야?"

"방검복 점검해. 그리고 다들 대가리 조심해라. 여차하면 깨진다."

저 문 너머의 공간에 있는 사람들은 이미 약에 취해 있을 만큼 취해 있을 거다. 어떤 불의의 사고가 발생할지 몰랐다.

"야, 저 새끼들 도망치는데?"

입구 앞을 지키고 있다 그들이 나타나자 기겁하며 안으로 뛰어 들어가는 검은 정장의 사내들.

"놔둬. 어차피 독 안에 든 쥐야. 너흰 엘리베이터 막고 있어."

"오케이."

각자에게 역할을 분담시킨 종혁은 문이 활짝 열리자 거친 비트를 토해 내는 공간 안으로 걸음을 내디뎠다.

쿵쿵쿵쿵쿵쿵!

"……워메, 씨벌."

"여기가 파라다이스인가?"

음악에 맞춰 몸을 흔들며 서로를 탐닉하는 사람들.
남녀노소 가릴 것 없이 서로의 몸에 서로의 신체를 때려 박고 있다.
이런 걸 경멸하는 동기 중 한 명이 앞으로 나서며 크게 외친다.
"자, 자! 모두 그만-! 여기에 집중해 주세요!"
쿵쿵쿵쿵쿵!
"씨발?"
얼굴을 구긴 동기가 허공을 향해 총을 들어 올린다.
타아앙!
쿵쿵쿵쿵쿵!
그러나 총성에도 마치 아무것도 들리지 않는다는 듯 즐기기에 여념인 사람들.
"……환장하겠네."
"크크크. 어이구, 새끼야. 너 약쟁이들 상대 안 해 봤냐? 저 새끼들은 그런 거 안 통해."
성큼성큼 사람들을 지나쳐 DJ에게 걸어간 다른 동기가 DJ 박스를 집어 높이 쳐든다.
그 순간이었다.
팟!
순간 환하게 켜지는 천장의 전등들. 그리고 멈춰 버린 음악.
"어?"
"뭐야?"

"아, 씨발. 불 꺼! 흥 깨지잖아-!"

반발을 하는 사람들의 모습에 전등 스위치를 켠 종혁이 천장을 향해 총을 발사한다.

꽈아아앙!

"……."

그제야 입을 다물며 멍하니 쳐다보는 사람들에, 마약에 취해 상황을 파악하지 못하는 사람들의 모습에 종혁이 입술을 비튼다.

"어이구. 낯익은 분들이 많이 계시네."

배우에, 모델에, 가수.

대한민국 연예인들이 여기 다 있는 것 같다.

"이 씨발! 짭새 새끼가 여기가 어디라고-! 으아아아아!"

쩌억! 쿵!

약에 취해 사리 분별이 안 되는 배우 한 명의 얼굴을 박살 낸 종혁이 여전히 멍하니 쳐다보는 사람들을 보며 입을 열었다.

"뭐해. 다들 체포해."

"오케이!"

"자자, 반항하면 아픕니다."

"눈 떴는데 병원이면 싫죠? 좋게 좋게 수갑 찹시다."

"어허. 발도 내미세요. 그렇죠, 공손하게. 나란히."

약에 취해도 너무 취해 버린 건지 별다른 반항을 안 하는 사람들.

그러나 언제 뭐가 날아올지 모르기에 그들은 긴장을 하며 사람들에게 다가갔고, 종혁은 인파를 헤치며 걸음을 옮겼다.

"너흰 나 따라와. 저기 문 있다."

"응!"

속도를 높이는 종혁의 뒤를 바짝 쫓았다가 문 안으로 들어오자마자 복도 양옆의 문부터 열어젖히는 동기들.

"뭐, 뭐야?!"

"이 새끼들이……! 야! 내가 누군지 알아?!"

약에 취해 용기가 샘솟는 건지, 무턱대고 달려드는 그들의 모습에 동기들이 씩 웃으며 연장을 들어 올린다.

"대가리!"

쩌어억!

"끄아아악!"

종혁은 사방에서 들리는 비명들에, 든든한 동기들의 모습에 안심을 하며 다른 방의 문을 열어젖혔다.

그런데…….

타다닥!

"씨발! 야, 종혁아! 한예선, 유생용 이 새끼들 토낀 거 같은데? 싹 다 뒤져 봤는데 안 보여! 야! 후문 입구! 나 7조장! 거기로 나온 놈 없어?!"

치익!

-없어!

"지하주차장은!"

-여기도! 엘리베이터도 안 움직여!
-정문도 이상 없다! 무슨 일인데!
"씨발-! 다들 어디로 튄 거야!"
자신들은 분명 모든 입구를 막으며 안으로 들어왔다.
그런데 한예선과 유생용이 보이질 않는다.
하늘로 솟았을까, 땅으로 꺼졌을까.
찰칵! 치이익!
"야, 뭐해! 이 새끼들 안 찾을 거야?!"
"후우. 사랑하는 동기야, 내가 가장 많은 게 뭐?"
"……돈?"
"그래. 돈이면 안 되는 거 없어."
 나른하게 웃은 종혁은 복도를 걸어 더 안쪽으로 걸어갔고, 이내 커다란 화병이 딱 붙어 있는 벽 앞에 섰다.
 누가 봐도 막다른 길.
 종혁은 그 벽에 손바닥을 대고 힘주어 밀었다.
 그러자…….
"이, 이런 미친!"
 소음조차 내지 않으며 밀리는 벽.
 그리고 숨겨진 엘리베이터 하나가 그들의 눈앞에 드러난다.
 불이 들어와 있지 않은 엘리베이터.
"뭐야, 꺼졌네? 버튼도 없는데?"
"인내심 좀 가지고 살자. 응?"
 종혁은 버튼조차 없는 엘리베이터에 품 안에서 카드를

꺼내어 가져다 댄다.

삐리릭! 그으으으응!

요란한 소리를 내며 작동을 시작한 엘리베이터. 여전히 엘리베이터의 현 위치를 밝히지 않는 엘리베이터.

띠잉! 스르릉!

열리는 문에 고개를 돌린 종혁은 멍해 있는 동기들의 향해 미소를 지어 주었다.

"내가 말했잖아. 돈이면 안 되는 거 없다고."

내일 하루 이 건물 전체를 대관하기로 했다.

그에 당연히 종혁 또한 한예선과 마찬가지로 이곳의 내부 정보들을 미리 전해 들을 수 있었다. 비상 상황 시 대피로와 대피 장소까지.

안으로 들어간 종혁은 오직 '5'라고 적힌 버튼 하나만 있는 엘리베이터 기판을 누르며 무전기를 들었다.

-치익!

"후문, 거기 놔두고 5층으로 올라와. 우리 메인 새끼들 5층에 있다."

스르릉!

문이 닫혔다.

* * *

20평 정도의 넓은 공간. 아니, 마치 집처럼 꾸며지다 못해 방이 3개나 있는 패닉룸.

오늘 같은 비상 상황이 끝날 때까지 몸을 숨기기 위한 장소.

"씨발! 이게 뭔 일이야!"

노리고 있던 배우 지망생이 주사기도 꽂았겠다 마약을 더 받아 내기 위해 룸을 나서다가, 도망치는 한예선과 유생용을 발견하곤 따라온 정찬호가 이를 악문다.

"아, 좀 닥쳐 봐요! 정신 사납잖아!"

"뭐라고, 이 쌍년아?!"

"년?! 씨발, 너 말 다했어?!"

"너? 이년이 진짜!"

"그럼 내가 이 상황에 존대할까!"

시끄러운 거실의 모습을 일견한 유생용이 핸드폰을 든다.

"장 부장, 나야. 지금 상황이……."

-죄, 죄송합니다, 사장님! 지, 지금 겨, 경찰이……!

크악!

쿵!

"……."

끊겨 버린 전화를 차갑게 노려보던 유생용은 사무실에 있을 왕 과장에게 전화를 걸었다.

달칵!

"왕 과장."

-여어, 유 사장님. 지금 어디야?

"……."

얼굴을 와락 구긴 유생용이 핸드폰을 집어 던진다.

콰작!

정찬호와 한예선 사이로 날아간 핸드폰이 벽에 부딪쳐 박살 난다.

"저, 저 씨발 새끼가……! 안 그래도 좆같아 죽겠는데 뭐해! 저 새끼 가만둘 거야?"

길길이 날뛰는 정찬호의 명령에 다가오는 경호원들.

"하아아. 죽여."

결국 폭발한 유생용의 명령에 그를 안내한 두 조직원도 품에서 칼을 빼 들며 달려든다.

그 순간이었다.

삐리릭!

"뭐, 뭐야. 또 누가 오기로 했어?!"

정찬호의 말을 무시한 모두가 숨을 죽이며 패닉룸의 입구를 본다.

그리고 문이 열리며 종혁과 형사들이 안으로 들어온다.

"이야. 메인들이 다 여기 있었구만?"

"뭐야. 신발 벗어야 하는 거야?"

탓!

상황을 파악한 두 조직원이 칼날을 시퍼렇게 세우며 종혁을 향해 달려들고, 갑작스러운 기습에 종혁과 동기들의 낯빛을 굳힌다.

쾅! 콰아앙!

느려진 시간 속, 순식간에 두 조직원을 때려눕힌 종혁

의 얼굴을 향해 발을 내지르는 경호원.

'오?'

정확하게 턱을 노려오는 발에 손을 움직여 그 발의 발목을 잡은 종혁이 몸을 크게 비튼다.

"흐읍!"

콰아앙!

경호원이 옆의 벽에 처박히며 찾아든 정적.

종혁은 칼을 빼 들며 달려들려다 멈춘 유생용을, 얼어붙은 정찬호와 한예선을 보며 입술을 비틀었다.

"한예선, 정찬호, 유생용. 너희를 마약류 관리에 관한 법률 위반으로 체포한다. 그러니…… 다 꿇어, 이 새끼들아."

콰아앙!

그들의 의지를 꺾는 데는 한 발의 총알이면 충분했다.

* * *

부우웅!

-내 꺼 하자!

"내가 재수 씨 사랑해, 어? 내가 재수 씨 걱정해, 어?"

"지랄."

"음악 소리 좀 줄여! 미행하는 거 티 내냐!"

달리는 차 안, 운전대를 잡은 강렬한 반발에 임세라가 한숨을 내쉰다.

"어휴. 이 솔로들아, 그렇게 부럽니?"

"뭐?"

콧대를 세우는 임세라를 어이없다는 듯 바라보는 동기들.

"동기 씨, 나 결혼했는데? 애가 벌써 유치원 들어갔어요. 너님 나 결혼식이랑 우리 애 돌잔치 때 왔잖아요."

"나 내년에 결혼하는데?"

"미안하지만 솔로는 너고요. 그 재수 씨라는 사람 손은 잡아 봤어?"

이번엔 임세라의 입이 꾹 다물어진다.

얼굴이 벌겋게 달아오른 임세라는 버럭 화를 냈다.

"너, 너희가 진짜 미행에 대해 알아?!"

"어이구. 지는 뭐 많이 해 본 것처럼 말하시네요. 이거 왜 이래. 우리도 짬 먹을 만큼 먹었어."

미행에는 사대 원칙이 있는데 은밀, 신속, 정확, 시선 분산이 바로 그것이다.

"흥! 그거 다 쓸모없어. 돈이면 다 되는 거야. 씨발. 어떤 범죄자 새끼가 경찰이 벤틀리 컨티넨탈을 타고 쫓을 거라고 생각하겠어? 그것도 이렇게 음악을 크게 틀고?"

그뿐만이 아니다.

벤츠, 마세라티, 볼보 등 온갖 외제차들이 벤틀리의 뒤를 따른다. 모두 종혁에게 빌려온 것들이다.

"그래도 저 새끼들 계속 빙빙 돌고 있잖아."

인천에 도착하고 2시간째 계속 이리저리 시내를 돌아다니기만 하고 있다.

혹시나 경찰이나 다른 조직의 미행이 붙진 않았는지 확인하기 위함이 분명했다. 아니라면 무려 2시간이나 이렇게 빙빙 돌 리가 없었다.

"대체 뭐가 걱정인데? 어차피 쟤들은 우리가 보이지도 않잖아."

거의 300미터 거리를 두고 쫓는 중인 그들.

신호 한 번만 잘못 걸려도 놓칠 수 있는 거리였으나, 그래도 딱히 문제는 없었다.

모두 GPS 추적기 덕분이다.

장 부장을 비롯한 그들 조직원들의 차량에 모두 GPS 추적기를 부착해 놓았기에, 언제든 그들 뒤를 바짝 쫓을 수 있었다.

이 부분에 대해선 그들도 입을 다물었다.

정말 돈 지랄 만세였다.

드디어 동기들의 입을 다물게 한 것에 뿌듯해한 임세라는 장 부장을 떠올리며 혀를 찼다.

"에휴. 욕본다, 새끼들아. 지도는 잘 보고 있지?"

"걱정 마셔. 저 앞 신호등에서 좌회전."

"오케이!"

임세라는 다시 노래를 흥얼거리며 액셀을 밟았다.

* * *

부우웅!

장 부장이 탄 승합차 안.
운전대를 잡은 기술자가 시계를 힐끔 보곤 입을 연다.
"부장님, 시간 됐습니다."
"어후. 끄으으! 미행은 없지?"
"예, 없었습니다."
목소리에 살짝 불만이 어려 있는 기술자. 일단 시키는 대로 하긴 했으나 이렇게까지 해야 하나 싶었다.
그에 장 부장의 얼굴이 구겨진다.
"미쳤냐?"
"⋯⋯죄송합니다."
"아오⋯⋯ 됐다. 네가 사장님의 뜻을 어떻게 알겠냐."
오늘 출장이 무사히 끝나면 사업 규모를 확장시켜, 연예계 전체의 판매를 독점할 거다.
그리고 자신들의 구역이 확장될수록 다른 마약 조직들 눈에는 거슬릴 수밖에 없었다. 눈치 빠른 놈들은 벌써 소식을 듣고 이쪽을 주시하고 있을 가능성도 있었다.
그러니 혹시 모를 상황을 막기 위해서라도 조심해야만 했다.
'경찰은 뭐⋯⋯.'
자신들이 있는지조차 모를 테니 논외였다.
"그럼 거기로 가."
"예."
부아앙!
갑자기 속도를 높이기 시작한 차량.

그들을 태운 차량들은 빠르게 달려 인천 어느 큰 병원의 주차장 건물 안으로 들어간다.

시간대가 새벽이라서 그런지 너무도 고요한 주차장 건물. 그들은 3층까지 올라가서야 멈춘다.

그리고 운전대를 잡은 기술자가 경적을 누른다.

빵!

……빠앙!

"저쪽이네."

마치 화답처럼 경적이 울린 방향을 향해 차를 몬 그들은 대방화학이라 적힌 탑차 앞에 멈춰 서며 차에서 내린다.

그에 탑차에서도 내리는 두 사람.

그 양옆의 차량들에서도 삼십여 명의 사람들이 내린다.

"응? 유 사장님은?"

땀과 흙먼지로 누리끼리해진 점퍼를 입은 배불뚝이 장년인이 중국인 특유의 억양으로 한국어를 내뱉는다.

"하하. 오늘은 제가 거래를 맡게 됐습니다, 사장님."

"아, 그래?"

고개를 끄덕인 장년인은 탑차의 열쇠를 장 부장에게 던진다.

"물건은 확실합니까?"

"모르지, 나야. 실어 준 거 그대로 옮기는 것뿐인데."

장 부장은 옆 기술자를 향해 고개를 끄덕였고, 그는 탑차의 뒤로 돌아가 문을 열어젖힌다.

저장고 안을 가득 채운 드럼통들.

기술자는 그중 하나의 뚜껑을 열어 들고 온 기름펌프를 찔러 넣는다.

그리고…….

쭈왁! 쭈왁!

펌프에 의해 빨려 나와 바닥에 흩뿌려지는 노란색 액체들. 그걸 어느 정도 빨아내니 그 안에 투명 아크릴판으로 된 뚜껑이 하나 더 드러난다.

원료 유통을 위해 특수 제작된 드럼통.

아크릴판에 달린 투명 걸쇠를 잡은 그는 힘을 주어 잡아당긴다.

그 순간 코를 찌르는 독한 냄새.

드럼통 안으로 머리를 박듯 집어넣고, 혀끝까지 담가 본 기술자가 다시 아크릴 뚜껑을 닫고는 탑차에서 내린다.

"확실합니다."

"그래. 이젠 좀 믿자."

"하하. 수고하셨습니다."

따악!

장 부장이 돈을 가져오라며 손가락을 튕긴 순간이었다.

과르릉! 끼기기긱!

아래에서 차가 올라오는 소리에 그들은 잠시 몸을 멈춰 세운다.

숨을 죽이고 눈을 돌리며 아래를 향해 귀를 기울이는 그들. 2층에 진입한 차가 3층으로 올라온다.

더 숨을 죽인 그들은 저마다 차 뒤로 몸을 숨겼다.

하지만…….

끼긱! 탁! 탁!

2층에서 3층으로 올라오는 오르막길에 멈춰 선 차들.

누군가 차에서 내린다.

"아, 왜 여기다 세우는데?"

"그래야 내려오는 걸 막을 거 아냐? 진짜 머리 좀 굴리며 살자. 응?"

카라라라랑!

각목이나 야구 배트 따위가 바닥에 끌리는 소리.

배달업자와 장 부장은 서로를 바라봤고, 이내 동시에 하나의 단어를 떠올렸다.

'다른 조직!'

다른 마약 조직이 찾아온 거다.

대체 어디서 정보가 새어 나간 것일까.

장 부장과 장년인은 서로를 눈빛으로 욕하며 몸을 일으킨다.

그러며 품에서 칼이나 도끼 등의 흉기를 꺼내 들며 대화가 들리는 방향을 향해 선다.

어렴풋이 보이던 실루엣은 곧 사람의 형상을 갖췄고, 두 무리는 서로를 보며 흠칫 놀라 멈춰 섰다.

장 부장과 장년인을 샌드위치처럼 포위한 그들.

'겨우 스물?'

'많은데?'

한쪽의 입술은 잔인하게 비틀어졌고, 다른 한쪽은 그들

이 든 날붙이에 낭패 어린 표정을 짓는다.

"한 놈, 두 놈, 석삼, 너구리, 오징어……."

고요해진 주차장을 울리는 소리에 사람들의 시선이 임세라에게로 몰린다.

어느새 양손에 너클을 끼운 채 상대편의 숫자를 세고 있는 임세라.

"뭐하냐?"

"딱 마흔다섯. 두당 적당히 두 놈씩 맡으면 되겠네. 뭐야, 저런 놈들 둘도 못 잡는 거야?"

"……하! 진짜 임 또라이, 이 미친년."

그럴 리가 있겠는가.

뿌득! 뿌드득!

몸을 푼 경찰대 48기 형사들은 입을 찢으며 땅을 박찼다.

"다 죽여!"

"……우리도 죽여!"

"우와아아아아!"

무기를 치켜세우며 서로를 향해 달려드는 둘.

'너부터 죽여 주마!'

간이 배 밖으로 나온 여자, 임세라를 향해 유생용 조직의 기술자가 달려들며 목을 향해 칼을 찔러 넣는다.

그런 그의 눈에 구멍이 뚫린 쇳덩이가 비친다. 알싸한 화약 냄새와 함께.

"어?"

꽈아아앙!
순간 주차장에 지독한 침묵이 내려앉았다.

"으아아아악!"
비명이 울려 퍼지지만, 시간이 얼어붙은 듯 사람들은 멍하니 임세라를 바라본다.
그에 임세라는 어깨를 으쓱였다.
"쟤들 칼 들었잖아. 왜 쉬운 길 놔두고 어렵게 가?"
"하지만 잘못하면 여기 차들이 파손될……."
"우리의 위대한 동기이신 최종혁 경무관님이 다 배상해 줄 거야."
"……아, 그래?"
"씨발. 그런 거면 빨리 말하지."
"이게 우리 최종혁 경무관님의 위엄이다, 쨔사들아. 니들은 우리 경무관님 없지? 흐흐."
경찰대 48기 형사들은 품에서 권총을 꺼냈고, 장년인과 장 부장은 서로를 바라봤다.
'경찰!'
"……튀어-!"
"잡아!"
"씨발, 깡 없는 새끼들-!"
마치 겁먹은 토끼처럼 사방으로 흩어지는 두 조직들.
사냥꾼들이 이를 악물며 사냥에 나섰다.

* * *

"하아암!"

오늘도 지긋지긋한 야근 때문에 피로에 찌든 경찰이 어두운 복도를 걸어 엘리베이터 버튼을 누른다.

"4시네……."

내일 아침 9시까지 과장님 책상에 올려놔야 하는 서류를 마무리하다 보니 어느덧 새벽 4시.

이보다 더 절망적인 건 당장 집에 돌아간다고 해도, 집까지 1시간 거리라는 거다.

집에 도착하면 새벽 5시. 잠깐 눈만 붙였다가 다시 출근해야 했다.

"누가 씨발 경찰이 공무원이래……."

한 번 합격했다 하면 정년까지 무사태평인 철밥통 공무원.

그러나 경찰은 그 범주에서 살짝 비켜서 있다.

수많은 경찰이 퇴직을 하면서 폭발적으로 늘어난 업무량과 철밥통이 알고 봤더니 종이 밥그릇이었다는 불안감.

그저 행정직 공무원들이 부러울 뿐이다.

아무래도 오늘도 근처 찜질방에서 하루를 보내야 할 것 같다고 생각한 그는 마침 열리는 엘리베이터 안으로 몸을 던진다.

아니, 그러려다 그대로 굳는다.

"이제 퇴근해?"

"……추추추추추추충서엉-!"

당장 어제 취임을 한 신임 경찰청장 조오현 경찰청장. 그가 정복을 멋들어지게 차려입은 채 푸근한 미소를 짓고 있다.

잠과 피로가 저 멀리 날아가 버렸다.

"그래, 수고 많아. 얼른 인력이 늘어야 한숨 좀 돌릴 텐데 말이야. 졸리지? 이것 좀 먹어."

"가, 감사합니다!"

양손으로 공손히 레몬 사탕을 받아 든 경찰은 안절부절못했고, 조오현은 그런 그에게 이것저것 질문을 던진다.

"본청 사내 식당 메뉴는 좀 어때? 먹을 만해? 집은 어디야? 멀어?"

옆집 사는 아저씨의 향기를 짙게 풍김에 경찰은 어서 이 시간이 빨리 지나가길 빌었다.

그런 그의 기도 덕분일까. 엘리베이터가 1층에 도착했다는 알림음이 울린다.

"띵!"

"그, 그럼 전 이만 가 보겠습니다!"

"아니, 지금 나가면……."

"나왔다!"

'뭐가?'

고개를 돌린 경찰은 로비를 가득 채운 기자들과 쏟아지는 플래시 세례에 그대로 굳어 버렸고, 조오현은 그의 어깨를 두드리며 앞으로 나선다.

"취임 첫날 사건으로 너무 큰 폭풍을 일으킨 게 아닐까 싶은데 어떻게 생각하십니까!"
"정말 연예인들이 마약을 한 게 맞습니까?!"
"여기 좀 봐 주십시오, 조오현 청장님!"
"조오현 청장님!"
조오현 경찰청장을 잡아먹을 듯 달려드는 기자들.
조오현이 미소를 지으며 양손을 들어 진정시킨다.
"허허. 새벽이지 않습니까. 우리 조금만 조용히 합시다."
"아니, 근방에 이 소란을 들을 사람이 누가 있다고……."
"어허. 그러면 나 그냥 올라갑니다? 내가 담력이 약해서."

짓궂은 그의 미소에 기자들은 앓는 소리를 내며 끓어올랐던 열기를 가라앉힌다.

하지만…….

부르릉!

새벽의 적막을 깨며 본청 안으로 진입하는 경찰 버스들.
"와, 왔다!"
"달려!"

우르르르르!

다시 특종이란 흥분이 폭발한 기자들이 주차장을 향해 달리고, 남겨진 조오현은 여전히 당황하고 있는 경찰에게 미소를 짓는다.

"그럼 내일 보지."
"추, 충성!"

"허허허."

뚜벅뚜벅.

양손을 허리에 가져다 대며 느긋이 걷는 그.

기자들에게 둘러싸인 경찰 버스에서 종혁과 다음 달부터 본청에서 근무할 경찰대 48기의 경찰들이 모습을 드러낸다.

조오현을 스타로 만들어 줄 선물들과 함께.

"빨랑 내려, 이 새끼들아!"

"어쭈? 똑바로 안 걸어?"

마치 굴비를 엮은 것처럼 포승줄에 묶여 끌려 나오는 사람들.

"뭐, 뭐야! 바, 박이현이 왜 저기서 나와!"

"미친! 저, 정찬호 대표도 있어!"

"뭐야! 정찬호까지 마약을 했다고?!"

"저, 저기 저 사람은 한예선이랑 오상식 감독이잖아-!"

특종이라면 플래시부터 터트리고 봐야 할, 머릿속의 궁금증부터 풀고 봐야 할 기자들이 그대로 얼어붙는다.

갑자기 특종을 주겠다며 연락해 온 조오현 경찰청장.

신임 경찰청장이 공언하는 특종, 그것도 연예계 특종.

온갖 상상을 하며 부랴부랴 달려왔는데, 정말 수많은 톱스타와 유명 감독 등 엄청난 유명 인사들이 줄줄이 끌려 나오고 있다.

찰각!

"이, 일단 찍어!"

"뭐해! 찍어! 찍으라고!"

촤라라라라라라!

마치 이번 사건 해결을 축복하듯 쏟아지는 불빛을 온몸으로 받으며 앞으로 나아간 종혁과 경찰대 48기의 경찰들.

종혁은 허허롭게 웃고 있는 조오현을 보며 입을 크게 열었다.

"전체 차렷! 조오현 경찰청장님을 향하여 경례-!"

"충-! 성-!"

이젠 공기마저 흔들어 깨우는 쩌렁쩌렁한 외침.

종혁은 미소를 지으며 박이현과 정찬호, 유생용을 앞으로 떠민다.

"지원해 주신 덕분에 일망타진할 수 있었습니다, 청장님."

움찔!

'지원?!'

'조오현 경찰청장의 명령이라고?!'

"허허. 내가 한 게 뭐 있다고. 수고했어, 최종혁 경무관."

"충성."

희번덕 떠진 기자들의 시선 속에서 둘은 서로를 보며 의미심장하게 웃었다.

* * *

조오현 경찰청장 취임 첫날 벌어진 초대형 사고!

아이돌 겸 배우 박이현, 마약 투여 및 미성년자 성폭행?!

국민배우 정찬호! 마약 파티를 벌이다!

박이현, 정찬호뿐만이 아니다! 마약 파티에 참가한 연예인 및 연예계 관계자 숫자만 240명!

엎어지는 작품들! 내려가는 광고! 피해 규모만 약 4천억 원!

사상 초유의 사태! 어디까지 번질지 모른다! 연예계 무너지나?!

연예인 팬들! 제발 우리 오빠, 언니가 없길!

조오현 경찰청장이 지원한 경찰대학교 48기 경찰들! 선봉엔 최종혁 경무관이 있다!

이번에도 최종혁 경무관?!

재벌 3세, 4세들도 마약 파티에 참가한 걸로 확인돼!

쿵!

화려하게 꾸며진 집무실, 손목에서 파텍 필립 시계가 번뜩이는 장년인이 눈을 파르르 뜬다.

"우, 우리 지호를 잡아간 경찰이 누구라고?"

"최종혁 경무관입니다······."

"현진의 이 회장과 윤성철 의원을 찢어발긴 그 최종혁?"

"죄송합니다!"

"아!"

장년인이 아찔해지는 눈앞에 이마를 잡는다.

"사장님! 여기 누가 찬물 좀 가져와!"

다급히 달려든 비서를 말린 장년인이 이를 악문다.

정재계의 저승사자, 본청의 불도저, 재벌 경찰 최종혁.

그에게 압력을 넣으려 했던 이민석 회장과 윤성철 의원이 어떻게 됐던가.

조 단위의 시가 총액으로 높은 재계 서열을 자랑하던 대기업 현진그룹이 회장이란 선장을 잃은 충격에 의해 현재 실시간으로 분해되고 있는 중이다.

국내 모든 기업들과 해외 기업 및 사모펀드들이 서로 합종연횡을 하며 달려들어 물어뜯고 있다.

만약 현진그룹의 볼륨이 지금보다 작았다면 벌써 다 뜯어먹히고 먼지조차 남지 않았을 거다.

7선을 바라보는 6선 의원 윤성철은 또 어떻게 됐던가.

원래라면 국회의원들이 결단코 막아야 할 체포동의안이 곧장 통과되다 못해 이 나라에 국회가 열린 이후 최초로, 역대로 가장 많은 숫자의 국회의원들이 제적되며 검찰에 잡혀 들어갔다.

군사독재 시절의 의회 해산 이후 다시없을 거라 생각했던 끔찍한 참사.

그럼에도 살아남은 국회의원들은 국회를 건드린 최종혁을 향한 어떤 보복도 감행하지 않으며 그저 묵묵히 상황을 받아들이고 있었다.

최종혁은 이런 경찰이었다.

"포기해."

"사장님……."

"자식 놈 하나 빼내자고 계열사를, 아니 그룹을 무너트릴 순 없잖아!"

그동안 뇌물을 먹여 놓은 국회의원들도, 경찰 관계자도 고개를 돌릴 거다.

한 자식의 아비는 항거할 수 없는 공포에 굴복하고 말았다. 그건 다른 부모들도 마찬가지였다.

그러나 청와대는 좀 달랐다.

"허허. 최 경무관이 말한 새해 축하 선물이 이거였나 보군."

박명후 대통령은 포털 사이트와 신문을 가득 채운 초대형 사건을 보며 눈을 빛냈다.

앞으로 족히 두 달은 시끄러울 정세. 덕분에 레임덕이 미뤄지게 됐다.

"비서실장, 지금 통과시켜야 할 사안들이 뭐가 있지?"

"30분 안에 준비시키겠습니다."

2012년, 올해는 대통령 선거가 열리는 해다.

이 자리에서 물러나기 전에 이 대한민국을 위해 꼭 해야 했지만, 반대에 밀려 진행하지 못한 일들을 진행시켜야 했다.

박명후는 주먹을 꽉 쥐었다.

'정말 고맙습니다, 최 경무관.'

이 나라에 종혁이 있어 줘서 정말 고마웠다.

* * *

"어으으!"

"최 부장-!"

그야말로 폭풍 같았던 하루.

숙직실에서 잠깐 교대로 눈을 붙이고 나오며 기지개를 켜던 종혁은 이쪽을 향해 달려오는 장년인을 발견하곤 입맛을 다셨다.

"최 부장! 아니, 부장님! 어떻게 나한테 이러실 수 있습니까! 계급 높아졌다고 말이야! 아니 말이에요!"

"그냥 편하게 하세요, 대장님."

마약수사대의 대장이 얼굴을 구긴다.

"이런 초대형 마약 사건인데!"

"죄송합니다. 저도 먼저 성공한 사람으로서…… 예? 그런 게 있잖아요."

알고 있다.

이번 사건 해결의 주역인 경찰대 48기, 황금 세대의 경찰들.

종혁이 이들을 본청으로 콜업을 하기 위해 그동안 지켜만 보고 있었던, 훗날 나중에 써먹으려고 보따리에 꽁꽁 숨겨 놨던 걸 끄집어낸 것이 분명했다.

이 정도도 모른다면 정치를 할, 아니 진급할 자격조차 없었다.

"그래도 언질은 해 줄 수 있었잖아……."

"그 부분은 정말 죄송합니다. 저도 경찰청장님이 맡기신 사건이라서."

움찔!

전가의 보도가 뽑히자 마약대 대장은 얼굴을 찌푸렸다.

"에이씨. 그렇다고 너희들끼리 홀랑 삼켜 버리냐? 아, 몰라. 네 동기들 올라오면 간식도 안 줄 거야."

"정말요? 우리 애들 진짜 잘하는데?"

그 말에 마약대 대장뿐만 아니라 주위를 지나던 경찰들의 귀가 쫑긋 솟는다.

"흥. 그래 봤자 이제 32살인……."

"제가 언제 거짓말하는 거 봤습니까? 뭐, 싫으시면 말고요. 에휴. 다음으로 경무관 진급을 하실 분이 누구시려나. 김종두 과장님? 광수대장님?"

마약대 대장의 눈이 흔들린다.

"……진짜 잘해?"

"물론 저만큼은 아니지만 뭐…… 대장님도 경무관 진급하셔야죠? 아직 TO도 많이 남았잖습니까."

"겨, 경무관?"

솔직히 수사 부서만 전전해선 상부로 올라갈 수가 없다. 하지만 경찰에 새로운 역사를 쓰고 있는 종혁이 말하는 거다.

종혁은 흔들리는 그의 모습에 결정타를 날렸다.

"제가 그것 때문에 우리 애들을 선물로 드리고자 말도 안 했던 건데……. 거기다 월말에 인사이동 끝나면 애들이 가진 실적 모두……."

 인사이동이 끝난 시점의 해당 부서의 장이 가져가는 거다.

 물론 특수본 차출을 승인해 준 이전 부서의 장도 나눠 가지겠지만, 그보단 인사이동이 끝난 시점에 그들이 속해 있는 부서의 장이 가져가는 몫이 몇 배는 더 크다.

"어흠!"

 완전히 넘어왔다.

 종혁은 잔잔히 웃었다.

"일단 사건 냄새만 맡게 해 주세요. 그럼 알아서 범인 잡아다 대령시킬 겁니다."

 마약대 대장은 활짝 웃으며 종혁의 옆구리를 찌른다.

"에이. 장난이었던, 거 알지?"

"그럼요. 저 하나도 안 섭섭합니다."

 종혁은 씩 웃으며 그가 내민 손을 붙잡았고, 마약대 대장은 몸을 돌리며 눈을 빛냈다.

'종혁이 저놈이 저렇게 장담을 할 정도라면…….'

 아무래도 이번에 본청으로 콜업이 될 경찰대 48기 출신 간부들의 쟁탈전이 심해질 것 같다.

'일단 48기 이놈들과 접촉부터 해야 돼!'

 그래야 한 명이라도 더 마약수사대로 끌어들일 수 있지 않겠는가. 그래야 실적을 좀 더 가져갈 수 있지 않겠는가.

 그는 빠르게 걸었고, 종혁은 그 모습을 보며 미소를 지었다.

"난 해 줄 만큼 해 줬다. 이제 너희들이 잘해야 되는 거다."
 종혁은 동기들이 잘해 낼 수 있을 거라고 믿었다.
 "종혁아!"
 임세라가 이쪽을 향해 헐레벌떡 뛰어온다.
 "중국에서 공문 왔어!"
 "오?! 유생용 신원 조회 떴어?!"
 "응! 그런데……."
 종혁은 이어지는 그녀의 말에 얼굴을 와락 구겼다.

* * *

 한숨을 쉰 종혁이 취조실의 문을 열고 들어가며 거칠게 사건 서류를 내려놓는다.
 터엉!
 찰칵! 치이익!
 "내가 이러니 담배를 못 끊지. 후우우."
 -경무관님, 금연껌 사다 줘?
 "금연껌에 중독되면 답 없다."
 -금연껌도 중독이 된다고?!
 된다. 회귀 전 담배를 끊어 보려고 금연껌을 씹은 적이 있는데, 거의 2년 동안 아침에 일어나 잠들 때까지 씹었다.
 그러다 결국 턱관절에 이상이 와서 다시 담배를 피우게 됐지만 말이다.

"거의 마약 수준이야."

-……금연에 투자할 생각 없수?

"탈모엔 투자하고 있어."

-우리 경무관님은 인류애가 넘치시네. 그래서 진척은?

"다시 자라날 머리카락은 미래의 나에게서 빌려오는 거라더라."

-씨발.

그렇게 시답잖은 대화를 하다 보니 취조실의 문이 두드려지며 유생용이 안으로 들어온다.

털썩!

강제로 앉혀진 유생용이 종혁을 가만히 바라본다.

적개심과 억울함이 가득한 그의 눈에 종혁은 한숨을 내쉬었다.

쾅!

"꺽?!"

취조 테이블을 걷어찬 종혁은 가슴을 움켜쥐며 숨을 제대로 쉬지 못하는 유생용에게 다가가 그의 뺨을 후려쳐 버렸다.

쩍! 쿠당탕!

"컥! 커헉!"

취조실 구석에 처박혀 눈을 뒤집은 채 부들부들 떠는 유생용.

종혁은 열려 있는 취조실 문에 혀를 차며 다가간다.

"어이구. 이건 또 왜 열어 놨어."

움찔!

"힉?!"

"뭐야, 한예선 씨랑 정찬호 씨 있었어요? 박이현 씨도 계셨네? 임 경감, 저 새끼 취조하는 데 오래 걸릴 건데 왜 다 데리고 왔어?"

"아, 그렇습니까? 알겠습니다. 그럼 이 둘은 다른 취조실에서 취조하겠습니다."

"그래, 수고."

파랗게 질린 셋이 동기들에게 끌려가는 걸 일견한 종혁이 취조실 문을 잠그며 아직도 눈을 뒤집고 있는 유생용을 빤히 바라본다.

"셋 셀 때까지 의자에 엉덩이 붙이지 않으면 피똥 싼다. 하나, 둘……."

스으윽!

슬그머니 몸을 일으킨 유생용이 의자를 일으켜 앉자, 방금보단 공손해진 그의 눈빛에 고개를 끄덕인 종혁도 맞은편에 앉으며 노트북을 켠다.

"유생용 씨, 중국에서 협조 공문이 왔어. 당신을 넘겨 달라고 말이야."

쿵!

종혁은 경악하는 유생용의 모습에 이를 악문다.

신원 조회를 요청한 지 한참이 지나도 결과를 공유해 주지 않았던 중국.

그러다 이번에 검거를 하면서 검거 사실을 공유해 줬더

니, 이번에는 곧바로 연락을 해 왔다. 유생용을 넘겨 달라고 말이다.

'하여튼 이 개씨발 공안 새끼들.'

진짜 정이 안 가는 놈들이다.

종혁은 유생용에게 담배를 권하며 입을 열었다.

"솔직히 나야 넘겨주고 싶지 않지만, 우리 입장에서 또 중국이랑 척을 지면서까지 버틸 이유도 없긴 하거든."

대한민국을 발칵 뒤집은 초대형 마약 사건.

그것도 누구나 다 아는 톱스타를 비롯한 여러 유명인들이 얽혀 있는 사건이기에 그 파장은 더욱 컸다.

그리고 그것은 유생용의 입장에서는 안 좋은 쪽으로 작용했다.

모든 여론이 국민배우이자 대형 기획사 대표인 정찬호, 인기 아이돌 멤버 박이현, 그리고 이번 사건의 중심인 한예선에게 모두 쏠리게 되었으니까.

누구도 그들에게 마약을 판매했는지는 관심조차 두지 않고 있었다.

이런 상황에서 별다른 이슈조차 안 되는 유생용을 넘기지 않으려고 중국과 척을 지는 건 악수였다.

"그래서 저쪽에서 수갑을 들고 찾아오면 당신을 넘겨줘야 한단 말이지. 그러면 당신은 어떻게 될까?"

사형이다.

"……불도 주십시오."

"여기."

찰칵! 치이익!

덜덜 떨리는 손으로 겨우 담배를 문 유생용이 깊게 담배를 빨며 천장을 본다.

"후우."

'결국 이렇게 되는 건가…….'

결국 이렇게 될 걸 뭘 그리 아등바등 살아왔는지 모르겠다.

"내가 원료를 공급받는 중국 거래처를 알아내려고 하는 것 같은데……."

"아닌데?"

"……뭐?"

"대방화학. 삼합회 애들이 한국에 만든 지부잖아."

"컥?!"

유생용은 경악하며 일어났고, 종혁은 심드렁히 그를 봤다.

유생용에게 원료를 공급하는 대방화학에 대해선 이미 알고 있다.

삼합회의 전진 기지. 마약대 대장이 도움을 주겠다며, 그러니 48기 좀 팍팍 꽂아 달라며 준 정보에 대방화학에 대한 정보가 있었다.

중국에서 생산한 원료를 유독성 물질 같은 걸로 포장해 한국으로 들여오고, 대방화학은 그걸 가지고 유생용과 거래하는 거다.

"내가 무슨 용빼는 재주가 있어서 중국에 넘어가 삼합

회를 일망타진할 수 있는 것도 아닌데, 그런 정보를 알아서 뭐하게?"

'그, 그럼 왜?'

종혁은 혼란해하는 그의 모습에 다시 담배를 물었다.

"말했잖아. 난 당신을 이 대한민국의 교도소에 처넣고 싶다고."

"……그 거래처가 나 말고 원료나 약을 납품하는 한국 마약 조직들 명단을 원하는 거군."

그리고 종혁들이 압수 수색을 해서 확보했을 고객 명단에 없을 고객들의 명단까지.

"됐어. 관심 없어. 지금도 충분히 많아."

"……배달부?"

흠칫!

몸을 굳힌 종혁은 나른히 웃었다.

"그래, 이제야 좀 말이 통하네."

유생용들이 제거한 것으로 추정되는 단역 배우, 아니 배달부들.

그들이 누구인지, 또 사체는 어떻게 처리했는지.

종혁이 유생용에게 궁금한 것 오직 그것뿐이었다.

물론 방금 유생용이 말한 것들 모두도 궁금하지만 말이다.

종혁은 아래에 내려놓은 검은 봉지에서 고량주와 짜사이를 꺼내어 내밀었다.

"한국에서 무기징역 받게 해 줄게, 새끼야."

그러니 모두 불어.
종혁의 눈이 살의로 번들거리기 시작했다.

* * *

"후우."
이젠 못 먹을 술을 마지막 한 방울까지 입속으로 탈탈 털어 넣는 유생용을 뒤로하며 나온 종혁은 넥타이를 풀어 헤친다.
"수고했어."
"지용아, 애들한테 저놈이 말한 장소에 가서 뼛가루 수습하라고 해."
배달부들을 살해한 후 화장을 해 근처에 뿌려 버렸다는 유생용.
"뼛가루가 남아 있겠어?"
"없으면 흙이라도 모두 퍼 와. 땅은 내가 살 테니까."
끊겨 버린 자식들의 연락을 애타게 기다리고 있을 배달부들의 부모들.
마음 같아선 이 비보를 전하고 싶지 않지만, 그건 또 그것대로 못할 짓이다.
"이젠 못 만날 자식들이라고 해도 밥 한 끼 지어 먹이 겐 해야지."
그것이 설혹 구천을 떠돌 자식을 위한 제사 음식이래도 말이다.

"……오케이."

한숨을 무겁게 내쉰 이지용이 아차 하며 종혁을 본다.

"그런데 저 새끼 진짜 중국에 안 보낼 거야? 압박이 심하게 들어올 텐데?"

"나를? 누가? 정치인이? 기업가가? 아님…… 청장님이?"

"외사국, 인마."

안 그래도 썩 협조적이지 않은 중국. 이번 일로 기분이 상해 더 강짜를 부려 버리면 정말 답이 없어진다.

그 말에 종혁의 눈빛이 차갑게 가라앉았다.

"그래서 가려고."

외사국을.

"……뭐?!"

"압박에 못 이겨 애써 잡은 범죄자를 내주더라도 내가 내줘야 기분이 덜 상하지. 씨발."

"이런 미친 새끼. 고작 그런 이유로……."

이번 사건 해결로 종혁은 어디든 갈 수 있는 프리패스를 얻었다. 그것이 경찰의 중추 중 중추라는 경무인사국이라고 해도 말이다.

어쩌면 경찰의 가장 비밀스런 기관인 정보국으로도 갈 수 있었다.

"그런데 그걸 허무하게 날린다고?!"

"어쩌겠냐. 이런 성격인걸."

'뭐, 외국으로 좀 나돌 필요가 있기도 하고.'

이윤 부자 게이트 사건 당시, 좋은 기회라고 생각했는지 권&박 홀딩스까지 건드리며 종혁을 공격해 왔던 놈들 회사.

 놈들의 공격을 막기 위해 종혁은 드바 로마노프와의 관계를 설명할 수밖에 없었고, 회사는 종혁과 빅토르가 단순히 사적 친분이 있는 관계가 아님을 알게 되었다.

 드러나지 않은 것이 하나가 있으면, 두 개도 있을 수 있는 법.

 놈들 회사는 종혁에게 더 감춰져 있는 것은 없는지 더더욱 예의 주시를 하기 시작할 터였다.

 그 이목을 흩트릴 필요가 있었다.

 이뿐만이 아니다.

 '새로운 범죄 수법이 등장했으니 범죄 포럼들도 돌아다녀야 하고.'

 외사국에 있으면 외국으로 나갈 일이 자연스레 많아질 테니 일석이조였다.

 "그리고 그렇게 가면 청장님이 예산을 더 팍팍 주지 않겠냐?"

 "두 배, 세 배도 주겠지. 아니, 그래도 너무 아까운데……!"

 "가서 망자들이나 잘 모시고 와."

 "에휴. 아, 진짜 이놈처럼 행동해야 위로 올라가는 건가?"

 "이젠 경감 될 새끼가 지랄한다. 얼른 가, 인마."

그동안 현장에 남고 싶어 계속 진급을 거부했던 이지용. 그러나 이젠 더 큰물에서, 더 지랄 맞은 현장에서 구르면서도 진급까지 하는 거다.

이지용뿐일까. 이번 특수본에 합류한 경찰대 48기 전원 1계급 특진이다.

움찔!

"흐흐흐! 간다!"

"어후. 병신이 좋단다."

그동안 진급을 거부하지만 않았어도 경정이 됐을 이지용.

종혁은 그것이 너무 아까워 혀를 찰 수밖에 없었다.

* * *

인면수심의 악마들, 정찬호와 박이현은 애송이?

연예계의 이면, 그곳의 대통령 한예선!

파티퀸 한예선, 그녀가 즐긴 파티는 모두 마약 파티?

연예계 포주, 한예선! 그녀가 출연한 드라마의 배우와 감독은 누구?

다급히 한예선 출연 장면을 지우는 방송국!

나날이 커져 가는 손해!

얼마나 억울했을까! 삼성클럽 사건 이후로도 변함없는 연예계!

검찰, 연예계 전면 수사에 나서겠다!

불똥 튄 모델계! 서울 패션 위크의 향방은?

부우웅!
 달리는 차 안, 종혁이 옆자리에 앉은 고정숙을 보며 불퉁한 표정을 짓는다.
 "아니, 겨울에 갈 곳이 얼마나 많은데……."
 "네가 있던 곳이잖아."
 솔직히 처음 뉴스로 접했을 때 충격을 받았다. 아직도 한국에 저런 곳이 있냐며 정신을 차릴 수 없었다.
 그래서 궁금했다.
 아들이 바꿨을 그곳, 신안. 그곳에 가 보고 싶었다.
 그런 그녀의 말에 종혁은 볼을 긁적였다.
 "그럼 이제 그런 개새끼들은 없는 거야?"
 "푸핫! 없지. 앞으로도 수시로 뒤집을 건데 있을 리가 없지."
 경찰대를 졸업한 경찰들이 무조건 거쳐야 할 신안이다. 범죄자를 잡고 싶어 열의에 넘칠 경찰대 출신의 경위들이.
 범죄자가 있을 리가 없었다.
 "거기다 지역 채용을 손보기도 했고."
 "지역 채용?"
 "아, 신안 같은 시골 같은 경우엔 가려는 사람이 없다 보니 그 지역 출신에게 가산점을 주면서 배정을 하거든."
 "주민들과 결탁을 할 수 있단 말이구나?"

"그렇게 썩는 거니까."

치안력이 닿기 힘든 곳에서 치안을 지켜야 할 경찰들이 주민들과 한마음, 한뜻이 되어 범죄를 덮어 버린다.

신안 사태로 인해 상부가 가장 먼저 손본 게 바로 그 지역 채용이었다.

앞으로 경찰들은 시골로 인사이동 시 거부를 한다면 엄청난 불이익을 받게 될 거다.

"그러면 불만이 생길 텐데?"

"그러니까 시골 발령 시 인사고과에 가산점을 부여하고, 상여금을 많이 주는 거지."

가산점은 거의 도시에 근무하는 경찰보다 1.5배 수준일 거고, 상여금 역시 하는 업무에 비해 더 높게 책정될 거다.

도시라면 상여금 없이 넘어갈 일도, 시골에 가면 상여금을 받는 거다.

경찰 관사도 대대적으로 손볼 예정이다.

이에 대한 안건이 현재 행정안전부에 올라가 있는 상태였다.

"누구나 가려고 하겠구나."

"승진에 관심이 있는 사람이면 누구나. 아니면 유부남, 유부녀 경찰들이 가장 먼저 지원을 하지 않을까?"

"아하하핫!"

주말부부가 너무 고픈 경찰들도 꽤 지원을 할 거다.

한참을 웃던 고정숙이 눈물을 닦다가 혀를 내두른다.

"이게 대체 뭔 일이래니."

경찰이 너무 빨리 변화하고 있다.

그녀가 한창 힘들 시기엔 결코 국민의 편이 아니었던 경찰. 그런데 지금은 민중의 지팡이라는 말이 너무도 어울리게 변했다.

"아들."

"응?"

"고생했어."

김종두 과장과 종종 이야기를 나누기에 알고 있다.

자신의 아들이 경찰에서 어떤 일을 하고 있는지, 어떤 일을 해냈는지.

이렇게 경찰을 바꾸기까지 얼마나 고심하고 노력했을까.

언제나 경찰과 시민, 사건만 머릿속에 담고 있는 아들에겐 쉬는 것도 쉬는 게 아니었을 것이다.

그럼에도 해가 거듭될수록, 진급을 할수록 더 바빠지는 아들.

그러면서도 언제나 끊임없이 생각하고 또 생각하는 아들.

자신에겐 너무 과분하고 고마운, 자랑스런 아들이었다.

그녀는 그 모든 뜻을 담아 고생했다고 말했다.

"아."

갑자기 눈물이 왈칵 차오른다.

종혁은 그 모습을 보이기 싫어 고개를 돌리며 투덜거렸다.

"그런 말은 좋은 풍경을 보면서 해야지. 아줌마가 눈치가 없어, 눈치가."

"다음 달부터 집에 잘 들어오지 않을 아들은 다물어. 오늘은 그냥 엄마 말에 대답만 해."

종혁이 다시 외사국으로 간다는 말에 저기압이 됐던 고정숙의 눈이 다시 도끼눈이 되자 종혁이 할 수 있는 말은 하나뿐이었다.

"네……."

그렇게 그들은 압해대교에 들어섰다.

* * *

"하아. 드디어 인사이동이 끝났구나."

차에서 내린 젊은 경찰이 어깨를 늘어트리며 본청 로비로 들어선다.

그와 같은 젊은 경찰에겐 그저 먼 나라의 이야기일 뿐인 인사 결과. 그저 경찰들 중 엘리트만이 갈 수 있다는 외사국에 들어온 것만으로도 그는 머리가 터질 지경이었다.

작년 하반기에 발령을 받았건만, 아직 외사국 모든 경찰들의 이름조차 다 못 외운 젊은 경위. 그 때문에 호랑이 같은 선배님들에게 맨날 질책만 듣는 그.

경찰대 출신에, 4개 국어를 할 줄 아는 인재이건만 외사국에선 그저 애송이일 뿐이다.

"이번엔 누가 오실지……."

작년 하반기에 함께 왔던 부국장님이 이번에 자리를 옮겼다. 듣기론 중앙경찰학교로 간다고 했다.
"에휴. 좋은 아침입니…… 아?"
문을 열며 힘차게 외치던 젊은 경위가 난생처음 보는 광경에 눈을 껌뻑인다.
"어, 왔냐?! 얼른 이리 와서 이거 불어!"
"이건 이쪽으로 달면 될까예?!"
"아니, 그짝 말고 우로. 아니 우로 하라니까 왜 우로 가냐!"
"아이고, 됐심더! 갸가 그런 거 신경 쓸 거 같습니꺼!"
"갸? 아주 상급자한테 맞먹지?! 이리 와, 새끼야!"
풍선이 불리고 정면엔 '환영합니다♡'라는 반짝이 낱말 카드가 붙는다. 레이스와 함께.
"뭐해! 빨리 안 오고!"
"예, 예!"
젊은 경위가 다급히 상급자에게 달려가는 순간이었다.
벌컥 문이 다시 열리며 외사국 소속의 경찰이 뛰어 들어온다.
"왔다!"
"……에이씨! 얼른 치워! 그냥 이 정도로 만족해!"
"뭐하냐! 얼른 안 치우고!"
"예, 예!"
쓰레기를 일단 책상 밑 등 안 보이는 곳에 밀어 넣은 젊은 경찰은 방금의 소란이 마치 환각이었다는 듯 고요해지는 외사국에 마른침을 삼켰다.

  그때, 묵직한 발소리가 그들을 귀를 때린다.

  뚜벅뚜벅!

  탁! 덜컥, 스르륵!

  문이 열리며 역광을 받은 그림자가 드러나자…….

  빠바방!

  "왔구나!"

  "오셨구나!"

  "아이고, 어서 오십시오. 물주, 아니 최종혁 경무관님!"

  "전체 차렷! 우리 외사국을 다시 풍족하게 만들어 주실 최종혁 부국장님을 향하여 경례!"

  "충—성!"

  난데없이 폭죽을 얻어맞고, 꽃다발과 케이크를 품에 안게 된 종혁은 얼굴에 욕심을 그득그득 채운 외사국 경찰들을 보며 어이없다는 듯 웃었다.

  "에라이."

  2012년, 2월. 다시 외사국 출근이었다.

                (회귀 경찰의 리셋 라이프 40권에서 계속)